余生须尽欢

向阳 编

简媜
张曼娟
蔡珠儿
等著

江苏凤凰文艺出版社
JIANGSU PHOENIX LITERATURE AND ART PUBLISHING, LTD

献给生命中值得热爱的一切

目录

如果余生里仍有温情，那请让我回到宿命的泥土，去接受生活的万种。余生长长短短，愿你我都能在最深的风景里，走过最欢愉的路途。

——引言

第一章　又见天涯海角

我对这世界的爱，也是我这一生最大的独白。

天 涯 海 角

简　　媜

1 春之哀歌

春，已投海自尽，人说她畏罪。

当百年森林一夕之间被山鼠啮尽，成群野鸟在网罟悬翅；溪川服食过量之七彩毒液，大批游鱼在河床曝尸。那千里御风而来的春妇，蓬首垢面于岛屿上空痛哭："美丽之岛！你遗弃我！美丽之岛！何以故？"

遂降于山巅谷腹。红桧斩首后，血流成河漫过她的足踝；折翅的蝶体在砾谷上堆积成冢，任蝼蚁搬运尸臭。远方小镇升起浓烟，百万只串烤鹌鹑清炖嫩鸽，满足人们对和平的欲望。烟尘弥漫天空，令群花褪色，树蝉自动割喉。时在五月，一名少妇自名为春，枯槁于杂草丛生的死湖，在蚊蚋声中，散发哀歌：

> 我所思兮！翡翠之岛，位于太平洋最温暖的波涛。我命候鸟分批守护，鱼龙逐浪而舞；我让禾苗在平原舒骨，蝴蝶

兰与灵芝草在山崖结巢。这是我钟爱之岛，不准大漠滚沙、冰雪镇压。我派遣太阳，如春蚕吐丝；指定弯月，像新妇描眉，每年，季风穿梭南北，雨水占领四至六月，替我辛勤的子民拭汗，为我心爱的稻禾灌溉。夜以继日，我在缥缈的天庭亲昵地呼唤，美丽的情人啊！我终生的美丽之岛！

我曾以歌声与你盟誓，美丽之岛！每年元宵灯灭、七夕雨前，我将带着众神的祝福，欣然返家。

那时，稻浪翻腾于野，你已为我铺好绿绒被；山坡上，遍植茶树白花，我向山涧借水，亲手为你煮茶。美丽之岛，相逢的故事多似繁星，熠亮之后无不转堕风尘，唯你与我，以眼认眼，以身还身。岛屿之外，若有人寻春不见春，当知道，我已回到美丽之岛身边，犹如雨落入深渊，风与风再续前缘。

站在雄伟的山脊骨，我褪下锦绣衣襦，撕成胭脂分赠群树，让艳丽的花朵如狂奔的探子，告诉你有人千里赋归；我的双羽翼悬挂于古松枝，露水浸润一夜，黎明时，将有百万只白羽鸟自松涛里飞出，盘旋于天空反复啁啾，将我年来的情思，一一衔入你的耳朵。

我换上布衣，打扮得像一名不曾远离的村妇。天光初泻，鸡已三啼，我折枝笄发，掬水果腹，随着一伍庄稼汉子，来到平野。啊！阡陌如织，薄雾之中，又如千条飘带，一起向我招摇。剑叶上一行凝露，争着对我耳语，昨夜有人未曾阖眼，频频催促月亮赶路。我一眼望穿，远方稻田浮升白烟，乃是你在假眠。我一跃而入，噤声匍匐，过身之处露湿耕衣，稻叶摇曳如一丛琴弦。有股温热游散于茎叶之间，我已踏着故乡的泥土，年来的渴慕转眼成真，我逐渐探触你的鼻息，接近你的身体——啊！美丽之岛！我唤着你的小名，别躲了吧！我嘻嘻然而来，美丽之岛！来向你求爱！

有风，自天上吹袭而来，一席绿被涌生万千波涛，被面的鹭鸶绣倏地飞走了！只剩叶与叶交颈挲摩，金黄之火燎过原野；谷与谷撞击，我听到结实的米粒如玉石相激。啊！最野的雀都惊走，今春的谷子将熟。你剥开壳儿，喂我第一粒白米，嘻嘻然问我：米熟否？我拈去你眉睫上的草屑，舐尽你颊面的泥沤，我说，唯恒久之等待与不变的恩爱，米得以熟。你既酬酢以骨血，而今而后，我怎会吝于以泪代酒。远处，有农人招呼："谁家的，外地来的村姑，歇个午！"我挽发整衫，水淋淋地上岸。庄稼之妻递来陶钵，为我倾注今年的茶水，我乐于相告，万顷稻谷即将丰收。面对你躺卧之处，我覆眉而饮；再斟一钵，向你扬去，水珠沿空低飞，泼成你我的合欢酒。美丽之岛！就算织女焚杼，牛郎断轭，我与你结发绾袖，不轻言放弃。尔后，我若在异域漂泊，当反复咀嚼那一粒白米，我若在天庭执戟，最能解渴的，还是故乡的清茶一钵。美丽之岛！相逢的故事多似流星，唯你与我，以眼认眼，以身还身。

十五月圆，二十悬钩。我怀着美丽之岛之子，宿于山坳草舍，贞静如一名农妇。白昼，我蹲踞河滩，为菜蔬染色、瓜果调浆；夜来，替蛙鼓试音、树蝉绷弦。港湾传来远洋渔船已经归航，我命燕子为我剪发，纺织娘星夜赶到，搓发为绳；我令所有的星子一齐掌灯，让我亲手执针，补缀渔网。我们是海洋上的珍珠，若不懂得发肤相护，终会陆沉。

清明微雨，四月五，乌沉香插遍山冈古墓。弯形镰刀只斩五节芒、爬墓藤，不斩家的血脉。数百年来沧桑渡海，何曾畏惧狂浪噬舟？纵使船破人浮，犹掌握一线香袋不容尽湿，遂扶老携幼，家祠南来。几番烽火燎烧，焦了田园，毁了屋舍，涂炭的只是一己面目，青碑上冠戴父兄之姓，还了所有清白。皇天在右，后土居左，墓庭上铺设三牲酒礼，供着的是自家园子的上好水果，生死既然同爨，血缘脐带绵延不断。青苔滋生于石缝，烛焰如豆，照映百家姓名。百年沧桑，最难句读的，在这片墓域；或为英年军夫，前来叩拜的，是他的鬓白儿子；或是不归渔人，新寡少妇跪于空冢，频频招魂；或是一生流徙，撒了妻小在海岛埋骨的老兵，仍有念旧袍泽，来给兄弟斟酒……酒过三巡，焚祭后，银箔如黑纸鹞飞入历史的墨池，流浪民族，一命只抵一字。此后何以传家？家族之姓，一册千万字写成的历史。

四月杏花怒，五月桃子胭脂，六月石榴产子。我择了吉日，领岛民之子嬉游于林树之间溪涧旁。我熟记他们的乳名，合十掷珓，卜算前路，他们是渔夫之子，农妇之孙，虽是草民实乃天下之贵胄，既享祖泽庇荫，又能鸿运当途。当他们摊开细软的手掌，掌纹纵贯横走，合符后竟是未来的地图。我要捕捉那流动的眸光，让光芒群聚成一座大海洋，盛载着夏天的芭蕉扇，也漂洗了秋天的红海棠。我引领他们到活泼的山涧，为他们濯衣沐浴。赤红的童体一一跃入潭中，仿佛一树苹果击出水波，潭水都甜了。我折桃枝为帚，轻轻地为他们洒背祓除；还要依序合掌，接取岩隙滴泉，喝下后祈求长生康健。他们的粗胚衣衫，穿晾在蔓藤上，好似一道道玉帝朱批过的护符，永远要贴在岛屿门楣。我哄他们入睡，起身寻找果园及菜圃，摘来多汁的红莲雾、黄玉西瓜，还有松土覆着的甜肉番薯。我砌土为灶，卷草诱火，薯肉闷出一道饿人的薄烟，而小玉西瓜正浸于山涧底，要冰镇孩童们软红的小舌。一伞树叶筛动阳光，光影幻作一尾尾游鱼，穿梭于孩子脸上的茸毛。我倾听那波浪似的鼾息，知道他们梦着高岗，梦着蓝色的天空，梦到在草原上追逐小牛犊，梦着竹篱笆外红色的鸡冠花，梦到母亲的炊烟，走失的陀螺，还梦到稻草垛上一只雄鸡喔喔地啼，田里的谷子长了翅膀，一齐飞到大稻埕上……我不禁疼惜，叉指梳顺他们的额发，吹干发茎上的梦汗。这安静而甜美的午后，林树青草皆为孩童梦席的岛上，我多么愿意永远居住，做一名编织童话的女仆。

我趁着良辰未尽，潜入孩子的梦里附耳叮咛，不管走得多远，飞得多高，日暮黄昏之前，让我们相互叫着同伴的名字回到诞生的岛屿，围坐在林荫之下，分食熟烫的甜薯。我愿意以我的命运与孩子的梦境结盟：明年，当莲雾在枝头摇铃，你们要记得回来，我会烤熟红薯，微笑等待。

而我将产子，梅雨后七夕之前，美丽之岛，我要献出你的骨肉。潜藏海底，我隐居在红珊瑚隙，以海草结庐，采紫苔铺榻；巨鲸与豚鱼已分头清理海路，以迎接婴之破腹而生。我安静地躺卧，不食不饮，不喜不惧。咸波中，我红润的女体逐渐溶解，化成鱼群身上斑斓的纹彩。繁华洗尽，我素朴如一颗海底的人泪。婴在腹中顿足，婴出之日即是春尽夏至，季节与季节递交令牌，让夏以少年英姿守护母亲所爱、父亲所在的岛屿，带来雷雨与艳阳，使生命得以沸腾。我渐渐离魂，心中淤积着不舍的恩爱，美丽之岛！我把强壮的夏天托付你，你要褓抱这口希望，并且答应为我等待，明年元宵灯灭，我会带着众神的祝福再次起航，那时，稻浪翻腾于野，我要回到我思念的岛上……当，在高空崩动，闪电鞭裂海面，长鲸已清理海路，殷红之婴将破海腾空而来，振翅，俯吻，他钟爱的父母城邦。

而我闭目，渐渐离魂，遥想稻浪翻腾于野，山坡上，茶树静静地开着小白花。遥想美丽之岛，明年，你会前往高山湖泊，星夜里，为我铺设鸳鸯被……

歌哭洒入泥土，犹不能弥补龟裂；高山湖泊如一面尘封之破镜，水禽交颈而亡，在蛆吮后朽成白骨。散发之妇拾簪刺目，羞于指认这疮痍之地、破碎之岛。哀恸中，七窍汩汩涎血，目瞽声哑，指裂而足刖，匍匐于干死之湖，撕裳断袖，焚于荒野，恩义既然转堕风尘，终此一生无须眷恋无须守节。遂编发悬石，森冷之夜，投海自沉。

春已绝。

人们蟹居于水泥城市，自锁于钢棂铁门之内，吃酒嚼肉，叩盘欢歌，呵欠之后，刷牙洗脸，上床作乐。独有一名人世之母乃拾荒妇，神情憔悴，衣褐百结，黑夜中自东南海面起程，行脚南北。空乏竹篓，沿着歌声问路，说要寻找一名世间人子，为某投海妇人题字竖碑，时在五月。

2 兰屿古谣

夕阳掉入太平洋，太平洋浮出一颗红人头，头上热带雨林固守这古老火山岛。珊瑚礁星罗棋布，好比女巫的黑脚趾，站在银白浪里，日夜向回游的鱼群招手："啊！我们的祖先善于造雕纹舟，造舟为了在海上行走，在海上行走为了捕鱼，哟哟！鬼头刀、浪人，还有漂亮的白飞鱼。"

晚风习习，族人以歌待客。

祖母绿的芭蕉叶，我们叫他美丽之岛。芭蕉叶甩了一颗大露珠，噫！就是Botol Tobago，这是土话。我们是快乐的捕鱼人，会说，听不懂闽南语，学了一点点普通话，认得新台币。外国人最爱坐飞机，坐飞机来问我们How much？你要去杀蛇山抓红角鸮，还是要买晒鱼架上的熏飞鱼？你的竹篓这么大，要装水芋头还是大法螺？啊！希亚罗索维有两粒小石头，比我更聪明的小石头。我现在要到凉台上唱很多条歌，等我心情好一些，再告诉你希·亚罗索维的小石头。啊！我的神哟！请让我唱得很流利，不要唱错。

黄毛猪散步于海滨公路，寻觅猪母藤及波罗蜜，踩扁五四三二一个可口可乐空罐，傍晚就自动回到住宅旁边的窝，原始部落没有厕所，灌木丛里任君选择。晒鱼架上齐整地挂晒男人鱼与女人鱼，男人女人都爱唱歌，小心地收藏 tobaco。卵石铺设的空庭上，种着白艾草，艳红的日头花一朵朵。庭上竖立大石板，有的立有的卧，据说是望夫石，坐在石上唱唱歌，等候雕纹舟自海面平安归来；或云石板数目表示家人有几个，倒塌的石板表示有人永远不再回来。每一造木屋三大落，茅草凉台面对着大海洋，等候文明的浪潮冲来一波波游客。

工作房里可以舂小米，强壮的少年吃了会长肉，跨过海洋去台湾找工作。四五年才找齐一百五十块好木头，盖了主屋要一代一代地打扫干净。每座木屋都有很长的故事以及族人相互祈福的歌，并且骄傲地用古谣庆贺新屋落成。曾经，长子以雄浑的声音起头：“我把印度鞭藤做的圆环挂在父亲肩上，我继承祖先留传的宅地、金片和财产，希望我的子孙继续住下去，新宅内增加许多财富。”年迈的父亲以光荣的高音唱和：“啊！我的斧头最锐利，我天天到山上代木盖房子，我开垦水田不敢懒惰，还养很多猪、很多羊，我分配给大家。”戴着贝壳链的母亲迫不及待地唱：“我早上很早起床，直到天黑都勤劳工作，照顾我们的水芋田，我的男人手拿咬人狗把害虫赶走，我会背起水藤篓把水芋一粒粒地采收，收成的水芋分配给大家，大家都赞美我，我并不值得赞美，实在很不好意思啦！”于是执礼的老者伸展双臂唱出赶恶灵歌，却在最后，模仿恶灵的口气唱着：“虽然你造了这个房子，可以住到很老，但终有一天你会离开这个房子！”

古谣赶不走恶灵，终有一天族人都会离开部落搬入水泥建筑，并且打造最安全的防盗锁。台湾来的同胞要选购民俗文物必须趁早，烟熏的陈年水椰壶悬在工作屋，五十元新台币，老妇人双手奉给你，带回台北标价一千五。既然闽南民家的猪槽可以养莲花，庙宇的雕菱窗挂在大厦里当版画，丁字裤也够宽，铺在茶几上喝老人茶。文明成功地估价了原始，而原始不断地贩卖自己，所以公路边告示牌只会对游客恫吓，请勿购买八角礼帽或驱赶恶灵的雕纹刀、水藤兜与藤甲、陶壶与八字冶金饰。但远洋商船来过，国宝级蝴蝶兰与金凤蝶大量减少。妇女颈项所戴的，一根线头穿着塑料纽扣，多彩的贝螺项饰圈在手上兜售。啊！芋头之后，熏鱼之后，椰子之后，tobaco！ tobaco！

“歌谣会不会再度缭绕住宅？黄昏时坐在凉台上看海，八点整会不会被连续剧取代？当大同瓷器比雕纹木盘晶亮，外销成衣比烟尘染布耐穿，有谁愿意告诉我希·亚罗索维的小石头？”拾荒妇问。

礁岩错落成一泓清潭，海蛇与鳗鱼在潭底栖息，阳光游走于潭面，像一名执镜顽童探测鱼群发光的秘密。三两个大眼睛的小孩快乐地裸泳，争着在石头上写下姓名，水渍转眼被阳光没收，留下一则古老的雅美神话，说有一个叫希·亚罗索维的年轻人上山砍柴，拾获两粒会打架的小石头。黄昏时，族人捕鱼归来，围坐在希·亚罗索维的凉台上分食椰肉观赏石头摔跤。奇石的消息不知怎的流传到海外，一艘外岛船带来金片、玛瑙买走小石头，就这样，希·亚罗索维每到黄昏就对着海洋痛哭，因为兰屿再也找不到会打架的小石头。黑皮肤的海洋儿童快乐地诉说祖先的故事，潜入潭底拾来一枚大贝壳，友善地放入拾荒老妪的竹篓，又怯怯地伸出一根指头，十块钱或是一包 tobaco？啊！飞鱼会不会再次向族人托梦，说恶灵已经悄悄回来？

3 港都夜曲

切仔面，一碟海带一盘猪头肉，头家娘，红露酒掺保力达P，不醉不是我的兄弟。“啊！今夜又是风雨微微，异乡的都市；路灯青青照着水滴，引我的悲意。青春男儿，不知自己，欲往哪里去？”

靛青色的夜掩不住港口渔灯，灯火闪烁在浪子的瞳仁，要回到家乡女人挂起梳妆镜的窗台，抑是漂泊于异乡海域，在扣押的狱中吟唱浪子的无奈？攀居世界前几名货柜营运量,这城市逐渐练就傲人的钢铁性格，人们宣称此处乃海岛的一双铁腕，忠实地把货色运给经济强国，又定时提供第一手舶来货。这里的男人孔武有力，善于炼油、拆船，任凭太阳在肌肉上抹辣，尽责地养家糊口。旗津外海每天都咽下一枚猩红日头，却也改善不了入夜之后咸腥的浮风。歇航的水手不屑鮀鱼羹，偏爱泡沫生啤酒，向往灯火阑珊的街头，七级风侵袭海绵床垫掀起巨浪曲线，并且在封盘以前，以起锚之日签注“大家乐”，除了赌注有什么能控诉生命的轮盘？明天，女人挂起梳妆镜，为谁拭洗身上的鱼腥？

所以，清道夫分别出门了，港都无雨，电线杆上张贴绑架儿童照片撕票后必须刮洗糨糊渍，保留百万悬赏枪击要犯或重金寻找心爱的博美犬，某妇人哀哀欲绝。这个因长期失眠布满血丝的高烧都城，从不缺乏扩音喇叭一大早沿街呼喊台湾人觉醒，宣称政治乃刻不容缓的拆船重工业。所以，污臭的爱河已经整治，游艇上演奏了一场小提琴之夜。然而政治堪舆师是否能侦测这新兴之城总共埋伏几枚地雷？在深奥的明牌签诗与核电厂举办的钓鱼比赛之间，谁是最后的赢家？假使万人大壁画终于使钢铁沙漠出现文化绿洲，谁能传递薪火？如果每个人都必须说流利的台湾话，站在桥墩对爱河发表一场血缘演说，鲤鱼与吴郭鱼会不会自动分开，从此泾清渭浊？

艳阳已高挂中天，二港防波堤宛如一把利刃，以两公里的刃身刺向海洋心脏，海浪双向冲堤，仿佛是身亡时刻最汹涌的血液。疲倦的拾荒妇在此独坐，竹篓里塞满集会宣传单，及一沓即将张贴的最新儿童绑架案——此乃稳赚不赔的拆船轻工业。堤岸尽头，一座废弃的守望塔。门扉髹着鲜红漆，在咸腥的海风中浮荡，半空中仿佛有裸妇血崩，而迟迟听不到婴啼。

灰鸥聚集于塔顶，喧嚣地讨论彼此的渔获量，交换政治正确情报及走私行情。黄昏来了，一轮红日以宿醉姿势，降于煤渣漂浮的海面，仿佛随口呕吐槟榔汁；港都的渔火窜起，夜色深沉，朱门塔终于在终极之堤消失。此刻，清道夫纷纷出门了，街头上，路灯青青照着水滴，青春男儿，不知自己欲往哪里去。

4 台北摇滚

“如此这般地走着，在天空和地面之间，你是一个城市英雄；如此这般地活着，在未来和过去之间，你是一个城市英雄。”无所谓地阅读股票大幅涨停，无所谓地分期贷款一间公寓三十多坪，无所谓地娶妻生子不坚决反对外遇，无所谓地讨论年终奖金或艾滋病，内阁是否改组无所谓，只要示威游行不阻塞忠孝、仁爱、信义、和平，无所谓地准时回家吃晚饭，新闻报导里选举造势像一场免费电影，气象预测明天会下无所谓的暴雨，连续剧有爱有恨非常无所谓，其实明天带不带伞出门再决定，要不要去大陆投资无所谓，每年三月要报综合所得税，如此这般地走着，走累之后死在哪里无所谓。

台北，这个艳光四射的都市，如一名一夜之间致富的贵妇，成为世界各主要城市忠实的消费者。懂得选购巴黎最新流行服饰，关心多变的天气是否影响用来制造皮鞋的意大利牛只，每天下午三点钟细细地啜饮英国皇家红茶，讨论美国干旱何时解除或蕾莎如何驯服了戈尔巴乔夫？台北脸上看不见历史的汗斑，所以尽情选用外来文化化妆，如果多明戈的首席歌剧能够治愈困扰多年的饱嗝，台风击溃基隆河堤洪水淹了办公大楼，表示台北正流行解构；所以，四线林荫大道上长出高丽菜，数百只母鸡啄破进口轿车的轮胎，证明农民也懂得后现代！

解严之后，人人皆有发烧的本能，要求权力重新架构并且在利益的鼎镬里分一杯羹，如果台北是一部庞大机器，谁能描述它要生产的是什么东西？当环球性的选美在掌声中圆满闭幕而一场火爆冲突卸下台湾地区立法机构的匾额，谁能分析到底应该欢喜还是忧虑？最高明的丈量师能否计算多少平方公里的土地已成为殖民地？谁来凝结上一代的血泪与这一代的汗水，告诉下一代除了外汇存底还留下更值得骄傲的东西？谁能预测完整的中国流的是长江还是淡水河？如果畅销作品等同于麦当劳汉堡能迅速解饿，谁前往焚化炉为夭折的灵魂默哀？要经历多少黎明与黑夜的鞭笞，台北才能悠然醒来，在历史巨册二十世纪那一页，朗诵一首伟大城市才写得出的史诗。

但是灯火与声色交织的夜已经悄悄降临。狂飙少年占领道路以证明存在，而胭脂女孩正沉醉于镭射舞台。穿过喧嚣夜市，拾荒妇终于来到玻璃帷幕大厦的顶楼，却惊见时间已酒醉在避雷针上，以疲软的手势招呼这名无处投宿的流浪妇，并赞赏她竹篓最适合丢掷空啤酒罐。

霓虹仍旧制造机械繁华，芒光在她头上洒成白霜。世纪末的夜逐渐深沉，明日是否有太阳自海平面东升？时间之神摇摇头，说：把存在交给烟头去燃烧，福音书就是酒精成分的液体面包。至于未来，去凯达格兰大道打听吧，我这儿不是选民服务处，无须唠叨。

5 夏之独白

我多情的母亲沉海自尽，寻找人间赤子前来捞尸的拾荒妇迟迟未归。我是被弃的游魂，在父与母决裂之后找不到诞生的洞口。我背诵母亲的恋歌，美丽之岛是我们钟爱的岛。我祈求太平洋的波涛拍击美丽之岛的额，父亲啊！赐我面目赐我英勇的名姓！而春季将尽，我虽缠绕于母亲身侧犹无法阻挡噬肉的咸波，鲸吞之中我眼见春天已腐朽，盟誓过的恩情化为乌有。

我要偕着母亲的灵魂越过海洋而去，母亲啊！切勿频频回头。我已吩咐，闪电不必追赶，天空的雷无须等待，因为，春与夏永远不会回来！

渔父

简媜

父亲，你想过我吗？

“虽然只做了十三年的父女就恩断缘尽，他难道从来不想？”我常自问。然而，“想念”是两个人之间相互的安慰与体贴，可以从对方的眉眸、音声、词意去看出听出感觉出，总是面对面的一桩人情。若是一阴一阳，且远隔了十一年，在空气中，听不到父亲唤女儿的声音；在路途上，碰不到父亲返家的身影，最主要的，一个看不到父亲在衰老，一个看不见女儿在成长，之间没有对话了，怎么去“想”法？若各自有所思，也仅是隔岸历数人事而已。若看到女儿在人间路上星夜独行，他也只能看，近不了身；女儿若在暴风雨的时候想到父亲独卧于墓地，无树无檐遮身，怎不疼？但疼也只能疼，连撑伞这样的小事，也无福去做了。还是不要想，生者不能安静，死者不能安息。

好吧！父亲，我不问你死后想不想我，我只问生我之前，你想过我吗？

好像，你对母亲说过：“生个团仔来看看吧！”况且，你们是新婚，你必十分想念我——哦！不，应该说你必十分想看看用你的骨血你的筋肉塑成的小生命长得是否像你？大概你觉得“做父亲”这件事很令人异想天开吧！所以，当你下工的时候，很星夜了，屋顶上竹丛夜风安慰着虫唧，后院里井水的流咽冲淡蛙鼓，鸡埘已寂，鸭也闭目，你紧紧地掩住房里的木门，窗棂半闭，为了不让天地好奇，把五烛光灯泡的红丝线一拉，天地都躺下，在母亲的阴界与你的阳世之际酝酿着我，啊！你那时必定想我，是故一往无悔。

当母亲怀我，在井边搓洗裳，洗到你的长裤时，有时可以从口袋里掏出一包酸梅或腌李，这是你们之间不欲人知的体贴，还不是为了我！父亲，你一个大剌剌的庄稼男人，突然也会心细起来，我可以想象你是何等期待我！因为你是单传，你梦中的我必定是个壮硕如牛的男丁。

可是，父亲，我们第一次谋面了，我是个女儿。

日日哭

母亲的月子还没有坐完，你们还没有为我命名，我便开始“日日哭”——每天黄昏的时候，村舍的炊烟开始冒起，好像约定一般，我便凄声地哭起来，哭得肝肠寸断似的，让母亲慌了手脚，让阿嬷心疼，从床前抱到厅堂，从厅堂摇到院落，哭声一波一波传给左邻右舍听。

啊！父亲，如果说婴儿看得懂苍天珍藏着的那一本万民宿命的家谱，我必定是在悔恨的心情下向你们哭诉，请你们原谅我、释放我、还原我回身为那夜星空下的一缕游魂吧！而父亲，只有你能了解我们第一次谋面后所遗留的尴尬：我愈哭，你愈焦躁，你虽裸抱我，亲身挽留我，我仍旧抽搐地哭泣。终于，你恼怒了，用两只指头夹紧我的鼻子，不让我呼吸，母亲发疯般掰开你的手，你毕竟也手软心软了。父亲，如果说婴儿具有宿慧，我必定是十分喜欢夭折的，为的是不愿与你成就父女的名分，而你终究没有成全我，到底是什么样的灵犀让你留我，恐怕你也遗忘了。而从那一次——我们第一次的争执之后，我的确不再哭了，竟然乖乖地听命长大。父亲，我在聆听自己骨骼里宿命的声音。

前寻

我畏惧你却又希望亲近你。那时，我已经可以自由地跑于田埂之上、土堤之下、春河之中。我非常欢喜嗅春草拈断后，茎脉散出来的拙香，那种气味让我觉得是在与大地温存。我又特别喜爱寻找野地里小小的蛇莓，翻阅田埂上每一片草叶的腋下，找艳红色的小果子，将它捏碎，让酒红色的汁液滴在指甲上，慢慢浸成一圈淡淡的红线。我像个爬行的婴儿在大地母亲的身上戏耍，我偶尔趴下来听风过后稻叶窸窸窣窣的碎语，当它是大地之母的鼾声。这样从午后玩到黄昏，渐渐忘记我是人间父母的孩儿。而黄昏将尽，竹舍内开始传出唤我的女声——阿嬷的、阿姆的、隔壁家阿婆的，一声高过一声，我蹲在竹丛下听得十分有趣，透过竹干缝看她们焦虑的裸足在奔走，不打算理，不是恶意，只是有一点不能确信她们所唤的名字是不是指我。若是，又不可思议为什么她们可以自定义姓名给我，一唤我，我便得出现？我唤蛇莓多次，蛇莓怎么不应声而来呢？这时候，小路上响起这村舍里唯一的机车声，我知道父亲你从市场卖完鱼回来了，开始有点怕，抄小路从后院回家，赶快换下脏衣服，塞到墙角去，站在门坎边听屋外的对话：

“老大呢？”你问，你知道每天我一听到车声，总会站在晒谷场上等你。阿嬷正在收干衣服，长竹竿往空中一矗，衣衫纷纷扑落在她的臂弯里，“到不知晓回来，叫半天，也没看到囝仔影。”我从窗棂看出去，还有一件衣服臂黏在竹竿的末端，阿嬷仰头称手抖着竹竿，衣服不下来。是该出去现身了。

“阿爸。”扶着木门，我怯怯地叫你。

阿嬷的眼睛远射过来，问：“藏去哪里？”

“我在眠床上困。”说给父亲你听。你也没正眼看我，只顾着解下机车后座的大竹篓，一色一色地把鱼啊香蕉啊包心菜啊雨衣雨裤啊提出来，竹篓的边缝有一些鱼鳞在暮色中闪亮着，好像鱼的魂醒来了。地上的鱼安静地裹在山芋叶里，海洋的色泽未褪尽，气味新鲜。

“老大，提去井边洗。”你踩熄一支烟，喷出最后一口，烟袅袅而升，如柱，我便认为你的烟柱擎着天空。

我知道你原谅我的谎言了，提着一座海洋与一山果园去井边洗，心情如鱼跃。

我习惯你叫我“老大”，但是不知为何这样称呼我。也许，我是你的第一个孩子；也许，你稍稍在自我补偿心中对男丁的想望；也许，你想征服一个对手却又预感在未来终将甘拜下风。你虽为我命名，我却无法从名字中体会你的原始心意；只有在酒醉的夜，你醉歪在沙发上，用沙哑而挑战的声音叫我：“老——大，帮——我脱鞋——”非常江湖的口气。我迟疑着，不敢靠近你那酒臭的身躯，你愤怒：“听到没？”我也在心底燃着怒火，勉强靠近你，抬脚，脱下鞋，剥下袜子，再换脚。你的脚趾头在日光灯下软白软白的，有点冲臭，把你的双脚扶搭在椅臂上，提着鞋袜放在门廊上去，便冲出门溜去稻田小路上坐着。我很愤怒，朝墨黑的虚空丢石头，石头落在水塘上：“得拢（了）！”月亮都破了。

只有这一刻，我才体会到你对我的原始情感：畏惧、征服性的，以及命定的悲感。

然而，我们又互相在等待、发现、寻找对方的身影。

夏天的河水像初生育后的母乳，非常丰沛。河的声音喧哗，河岸的野姜花大把大把地香开来，影响了野蕨的繁殖欲望，蕨的嫩婴很茂盛，一茎一茎绿贼贼的，采不完的。不上学的午后，我偷偷用铁钉在铝盆沿打一个小孔，系上塑料绳，另一头绑在自己的腰上，拿着谷筛，溜去河里摸蛤蜊。“扑通！”下水，水的压力很舒服，我不禁“啊啊啊”地呼气。河沙在脚趾缝搔痒、流动，用脚指一掘，就踩到蛤蜊，摸起来丢在铝盆，“咚！咚！咚！”蛤蜊们在盆里水中伸舌头吐沙，十分顽皮，我一粒一粒地按它们的头，叫它们安静些。有时，筛到玻璃珠、螺丝钉、纽扣，视为珍宝，尤其纽扣。我可以辨认是哪一家婶子洗脱的扣子，当然不还她，拿来缝布娃娃的眼睛。啊！我没有家，没有亲人，没有同伴，但拥有一条奔河，及所有的蛤蜊、野蕨、流沙。这时候，远方竹林处传来你的摩托车声，绝对是你的，那韵律我已熟悉。我想，我必须躲起来，不能让你发现我在玩水。但是这一段河一览无遗，姜叶也不够密，我只得游到路洞中去藏，等待你的车轮辗过。我有种紧张的兴奋，想吓你，当你的车甫过时，大声喊你：“阿——爸啊！”然后躲起来，让你只闻其声不见其人，偷看你害怕的样子：你也许会沿着河搜索，以为我溺毙了，刚刚是回魂来叫你，你也许会哭，啊！我想看你为我哭的样子……来了，车声很近了，“轰轰轰……”，车轮辗过洞的路表，河波震得我麻麻的，我猛然从水中窜出，要叫，刹那间心生怀疑，车行已远……那两个字含在嘴里像含着两粒大鱼丸，喘不过气，我长长地叹一口气，把那两字吐到河水流走。叫你“阿爸”好像很不妥帖，不能直指人心，我又该称呼你什么，才是天经地义的呢？一身子的水在牵牵挂挂，滴到河里像水的婴啼，我带着水潜回河中，不想回家去帮你提鱼提肉，连对“父亲”的感觉也模糊了。夏河如母者的乳泉，我在载浮载沉。然而，为何是你先播种我，而非我来哺育你？

或者，为何不能是互不相识的两个行人，忽然一日错肩过，觉得面熟而已？我总觉得你藏着一匹无法裁衣的情感织锦，让我找得好苦。

迟归的夜，你的车声是天籁中唯一的单音。我一向与阿嬷同床，知道她不等到你归来则不能睡，有时听到她在半睡之中自叹自艾的鼻息，也开始心寒，怕你出事。你的车声响在无数的蛙鸣虫唧之中，我才松了心，与世无争。你推开未拴的木门进入大厅，跨过门坎转到阿嬷的房里请安，你们的话中话我都听进耳里，你以告解的态度说男人嗜酒有时是人在江湖不得不，有时是为了心情烦闷。阿嬷不免责备你，家里酿的酒也香，你要喝几坛就喝，也免得妻小白白担了一段心肠。这时，阿姆烧好了洗澡水，也热了饭汤，并请你亲自去操刀做生鱼片。一切就绪，你来请阿嬷起身去喝一点姜丝鱼汤，掀起蚊帐，你问：

“老大呢？”

“早就困去啰。”

你探进来半个身子，拨我的肩头，叫：

“老大的——老大的——起来吃！”

我假装熟睡，一动也不动（心想：“再叫呀！”）。

“老大的——”

“困去了，叫伊做啥？”阿嬷说。

“伊爱吃。”

做父亲的摇着熟睡中女儿的肩头，手劲既有力又温和，仿佛带着一丁点权威性的期待，及一丁点怕犯错的小心。我想我就顺遂你的意思醒过来吧！于是，我当着那些蛙们、虫群、竹丛、星子、月牙……的面，在心里很仁慈地对着父亲你说：“起来吧！”“做啥？阿爸。”我装着一脸惺忪问你。

“吃。”说完，你很威严地走出房门，好像仁至义尽一般。

但是，父亲，你寻觅过我，实不相瞒。

手温，那是我今生所握过，最冰冷的手。

“青青校树，萋萋庭草”的骊歌唱过之后，也就是长辫子吊带裙该换掉的时候。那一日，正是夏秋之间田里割稻的日子，每个人都一头斗笠、一手镰刀下田去了。田土干裂如龟壳，踩在脚底自然升起一股土亲的感情。稻穗低垂，每一颗谷粒都坚实饱满，闪白闪白的稻芒如弓弦上的箭，随时要射入村妇的薄衫内，好搔得一坨红痒。空气里，尽是成熟的香，太阳在裸奔。

父亲，你刈稻的身躯起伏着，如一头奔跑中的豹。你的镰刀声擦过我的耳际，你的阔步踩响了我左侧的裂土，你全速前进，企图超越我，然后会在平行的时候停下来，说：“换！”然后我就必须成为你左侧的败将，目送你豹一般往前刈去，一路势如破竹。但是，父亲，我决心赢你。我把一望无际的稻浪想象成战地草原，要与你一决雌雄。我使尽全力速进，刈声脆响，挺立的稻秆应声而倒，不留遗言。我听见你追赶的镰声，逼在我的足踝旁、眉睫间、汗路中、心鼓上，我喘息着，焦渴着，使刀的劲有点软了，我听到你以一刈双棵的掌式逼来，刈声如狼的长，速度加快，我不由得愤怒起来，撑开指掌，也用同样的方式险进，以拼命的心情。父亲，去胜过自己的生父似乎是一件很重要的事情，你能了解吗？

当我抵达田埂边界，挺腰，一背的湿衫，汗水淋漓，我握紧镰刀走去，父亲，我终于胜过你，但是不敢回头看你。

日落了，一畦田的谷子都已打落，马达声停止，阿嬷站在竹林丛边喊每个人回家晚饭。田里只剩下父亲你和我，你正忙着出谷，我随手束起几株稻草，铺好，坐下歇脚，抠抠掌肉上的茧，当我摘下斗笠扇风时，你似乎很惊讶，停下来：

“老大，你什么时候去剪掉长头毛？”

“真久啰。”我摸摸那汗湿透的短发，有点不好意思，仿佛被你窥伺了什么。

“做啥剪掉？”

“读中学啊！你不知道？”

“哦。”

你沉默地出好谷子，挑起一箩筐的谷子走上田埂回家，不招呼我，沉重的背影隐入竹林里。

我躺下，藏在青秆稻草里的蚱蜢纷纷跳出来，远处的田有人在烧干稻草，一群虎狼似的野火奔窜着、奔窜着，把天空都染红了半边。我这边的天，月亮出来了，然而是白夜。

父亲，我了解你的感受，昔日你褓抱中那个好哭的红婴，今日已摇身一变了。这怎能怪我呢？我们之间总要有一个衰老，一个成长的啊！

但是，一变必有一劫。田里的对话之后，我们便很少再见面了。据说你在南方澳，渔船回来了，渔获量就是你的心事；据说你在新竹，我在菜园里摘四季豆的时候，问：

“阿嬷，阿爸去哪？”

“新竹的啊！”

“做什么？”

“小卷。讲是卖小卷。”

“你有记不对没？你上次讲在基隆。”

“不是基隆就是新竹，你阿爸的事我哪会知？”

基隆的雨季大概比宜兰长吧！雨港的檐下，大概充斥着海鱼的血腥、批鱼商的铜板味，及出海人那一身洗也洗不掉的盐馊臭。交易之后，穿着雨衣雨鞋的鱼贩们，抱起一筐筐的鲜鱼走回他们自己的市场，开始在尖刀、鱼俎、冰块、山芋叶、湿咸草，及秤锤之间争论每一寸鱼的肉价，父亲，你是他们中的一员，你激动的时候就猛往地上吐槟榔汁，并操伊老母……雨天，我就这样想象。想到心情坏透了，就戴上斗笠，也不披蓑衣，从后院鸡舍的地方爬上屋顶，小心不踩破红瓦片，坐在最高的屋墩上，极目眺望，望穿汪洋一般的水田、望尽灰青色的山影，雨中的白鹭鸶低飞，飞成上下两排错乱的消息，我非常失望，嗫嚅着：“阿爸！”“阿爸！”天地都不敢回答。

再见到你，是一个寤寐的夜，我都已经睡着了，正在梦中。突然，一记巨响——重物跌落的声音，改编了梦中的情节，我惊醒过来，灯泡的光刺着我的睡眠，我还是看到你了，父亲。

你全身爬进床上衣柜的底部，双拳捶打着木板床，两脚用力地蹭着木板墙壁，壁的那一面是摆设神龛的位置，供桌、烛台、香炉，及牌位都摇摇作响，阿嬷束手无策，不知该救神还是救人？你又挣扎着要出来，庞大的身躯卡在柜底，你大声地呼啸着、咆哮着、痛骂一些人名……我快速地爬下床，我知道紧接着你会大吐，把酒腥、肉馊、菜酸臭，连同你的坛底心事一起吐在木板床上，流入草席里。

父亲，我夺门而去，夜露吮吸着我的光臂及裸足，我习惯在夜中行走，月在水田追随我，我抓起一把沙石，一一扔入水田，把月砸破，不想让任何存在窥见我心底的悲伤。整个村子都入睡了，沉浸在他们箪食瓢饮的梦中。只有田里水的闹声，冲破土堤，夜奔到另一畦田；只有草丛间不倦的萤火虫，忙于巡逻打更。父亲，夜色是这么宁谧，我的心却似崩溃的田土，泪如流萤。第一次，我在心底下定决心：

“要这样的阿爸做什么？要这样的阿爸做什么？”

父亲，我竟动念弃绝你。

七月是鬼月，村子里的人开始小心起来，言谈间、步履间，都端庄持重，生怕失言惹恼了田野中的孤魂，更怕行止之际骚扰到野鬼们的安静——在七月，他们是自由的、不缚不绑、不必桎梏，人要礼让他们三分。小孩子都被叮咛着：江底水边不可去哦，有水鬼会拖人的脚；天若是黑，竹林脚千万不要去哦，小鬼们在抽竹心吃，有听见没？第二天早晨去竹丛下看，果然落了一地的竹箨，及吸断的竹心渣。鬼来了，鬼来了。

七月十四日，早晨，我在河边洗衣，清早的水色里白云翠叶未溶，水的曲线曼妙地独舞着，光在嬉闹，如耀眼的宝珠浮于水面，我在洗衣石上搓揉你的长裤，阿爸，一扭，就是一摊的鱼腥水滴入河里。鱼的鳞片一遇水便软化，纷纷飘零于水的线条里。阿爸，你的车声响起，近了，与我擦背而过，我蹲踞着，也不回头看你了，反正，你是不会停下来与我说话的。我把长裤用力一抛，“叭”入河，用指头钩住皮带环，两只裤管直直地在水里飘浮，水势是一往无悔的，阿爸，我有一两秒的时间迟疑着，若我轻轻一放指，长裤就流走了。但我害怕，感觉到一种逝水如斯的战栗，仿佛生与死就在弹指之间。我快速地把长裤收回来，扭干每一滴水，将它紧紧地塞进水桶里。好险！捡回来了，阿爸！

但是阿爸，你的确是一去不返了。

那日，夜深极了，阿爸你还未回来，厅堂壁上的老钟响了十一下，我尚未阖眼。远处传来一声声狗的长嗥，阴森森的月暝夜，我想象总有一点声音来通风报信吧！当我浑浑噩噩地从寤寐之中醒来时，有人用拳头在敲木门："咚""咚""咚"……

一个警察，数个远村带路的男人，说是撞车了，你横躺在路边，命在旦夕，阿爸。

阿嬷与阿姆随去后，我踅至沙发上呆住，老钟"滴答""滴答"，夜是绝望的黑，虫声仍旧唧唧，如苍天与地母的鼻鼾。我环膝而坐，头重如石磨，所有的想象都是无意义的暴动，人生到此，只有痴痴呆呆地等待、等待，老钟"滴答、滴答、滴答、滴答……"时间的咒语。

隐隐约约有哭声，从远远的路头传来，女人们的。你被抬进家门，半个血肉模糊的人，还没有死，用鼻息呻吟着、呻吟着。我们从未如此尴尬地面对面，以至于我不敢相认，只有你身上穿着的白衬衫我认得，那是我昨天才洗过晾过叠过的。阿姆为你褪下破的血衫，为你拭血，那血汩汩地流。所有的人都面容忧戚，但我已听不见任何哭声，耳壳内只回荡着老钟的摆声及你忽长忽短的呻吟——天就要亮了。像不像一个不愿回家的稚童摇着他的拨浪鼓在哭？我端着一脸盆的污血水到后院井边去，才呼吸到将破的夜的香，但是这香也醒不了谁了。上方的井水一线如泻，注乱下方池里的碎月，我端起脸盆，一泼，血水酹着这将芜的家园，"天啊！"我说，脸盆坠落，咕咚咚几滚，覆地，是上天赐下来的一个杯珓吗？我跪在石板上搓洗染血的毛巾，血腥一波一波刺着我的鼻，这浓浊、强烈、新鲜的男人的血，自己阿爸的。搓着搓着，手软了，坐在湿漉漉的青石上，面对着井壁痛哭，壁上的青苔、土屑、蜗牛唾糊了一脸，若有一命抵一命的交易，我此刻便换去，阿爸。

天快亮的时候，他们再度将你送去镇上就医，所有的人走后，你呻吟一夜的屋子空了，也虚了，只留下地上的斑斑碧血。那日是七月十五日，普度。

我在井边淘洗着米，把你的口粮也算进去的。昨夜的血水沉淀在池底，水色绛黑，我把脏的水都放掉，池壁也刷洗过，好像刷掉一场噩梦，好像什么事也没发生过，把上井的清水释放出来，我要淘米，待会儿家人都要吃我煮的饭，做田的人活着就应该继续活着，阿爸。

河那边的小路上，一个老人的身影转过来，步子迟缓而伛偻，那是七十岁的大伯公，昨晚，他一起跟去医院的。我放下米锅，越过竹篱笆过鸭塘边的破渔网奔于险狭的田埂上，田草如刀，鞭着脚踝，鞭得我颠沛流离，水田漠漠无垠，也不来扶，步上小路的那一刻，我很粗暴地问：

“阿爸怎么样？”

“啊……啊……啊……”他有严重的口吃，说不出话来。

“怎么样？”

“啊……啊……伊……伊……”

就在我愤怨地想扑向他时，他说：

“死了……死了……”

他蹒跚地走去，摇摇头，一路嗫嚅着：“没……没救了……”我低头，只看见水田中的天，田草高长茂盛，在晨风中摇曳，摇不乱水中天的清朗明晰，我却在野地里哀痛，天！那是唯一的一次，我主动地从伏跪的祭仪中站起来，走近你，俯身贪恋你，拉起你垂下的左掌，将它阖在我温热的两掌之中摩挲着、抚摸着你掌肉上的厚茧、跟你互勾指头，这是我们父女之间最亲热的一次，不许与外人说（那晚你醉酒，我说不要你了，并不是真的），拍拍你的手背，放好放直，又回去伏跪。当我两掌贴地的时候，惊觉到地腹的热。

后寻

死，就像一次远游，父亲，我在找你。

从学校晚读回来时，往往是星月交辉了。骑车在碎石子路上，经过你偶去闲坐的那户竹围，不免停车，将车子依在竹林下，弯进去，灯火守护着厅厅房房，正是人家晚膳的时刻。晒谷场上的狗向我吠着，我在他们的门外伫立，来做什么呢？其实自己也不清楚，就只是一种心愿罢了，来看看父亲你是否在他们家闲坐而已。那家妇人开了门，原本要延请我入室，似乎她也记得我正在服丧，头发上别住的粗麻重孝，令她迟疑而不安，她双手合起矮木门，只现出半身问我："啥么事？"我尴尬而不敢有愠，说："好久没看到你，我阿爸过身，多谢你帮忙。"我转身要走了，她叫住我，说："是没弃嫌才跟你讲，去别人家，戴的孝要取下来，坏吉利。"父亲，东逝水了，我是岸土上奔跑追索的盲目女儿，众生人间是不会收留你的了。

天伦既不可求，就用人伦弥补，逆水行舟何妨。父亲，你死去已逾八年。

"你真像我的阿爸！"我对那人说。有时，故意偏着头眯着眼觑他。

"看什么？"他问。

"如果你是我阿爸，你也认不得我了。"

“哦？”

“你死的时候三十九岁，我十三岁；现在我二十一岁了，你还是三十九岁。”

“反正碰不到面。”

痴傻的人才会在情愫里掺太多血脉连心的渴望，父亲逆水行舟终会覆船，人去后，我还在水中自溺，迟迟不肯上岸，岸上的烟火炎凉是不会褓抱我的了，我注定自己终需浴火劫而残喘、罹情障而不愈、独行于荆棘之路而印血，父亲，谁叫我对着天地洒泪，自断与你的三千丈脐带？我执迷不悟地走上偏峰断崖，无非是求一次粉身碎骨的救赎。

捡骨

第十一年，按着家乡的旧俗，是该为你捡遗骨了。

“寅时，自东方起手，吉”，看好时辰，我先用鲜花水果祭拜，分别唤醒东方的“皇天”、西面的“后土”，及沉睡着的你，阿爸。墓地的初晨，看惯了生生死死的行伍，也就由着相思林兀自款摇，落相思的雨点；由着风低低的吼，翻阅那地上的冥纸、草履、布幡。雀在云天，巡逻或者监视，这些永恒梦国的侍卫们，时时清查着，谁是新居者，谁是寂寞身后的人？马缨丹是广阔的梦土上，最热情的安慰，每一朵花都是胭脂带笑的；野蔓藤就是情牵了，挽着“故闺女徐木兰之墓”及“龙溪显祖考妣苏公妈一派之佳城”这二老一少，不辞风雨日暮；紫牵牛似托钵的僧，一路掌着琉璃紫碗化缘，一路诵《大悲咒》，冀望把梦土化成来世的福田。

“武罕显考圭漳简公之墓”，你的四周长着带刺的含羞草，一朵朵粉红色花是你十一年来字不成句的遗言，阿爸。三炷清香的虚烟袅袅而升，翳入你灵魂的鼻息之中，多像小时候，我推开房门，摇摇你的脚丫，说："喂，起来啰，阿爸！"你果真从睡中起身，看我一眼。

"时辰到了。"挖墓的工人说。

按礼俗，掘墓必须由子嗣破土。我接过十字镐，走到东土处，使力一掘，禁锢了十一年的天日又要出现了，父亲，我不免痴想起死回生，希望只是一场长梦而已。

三个工人合力扒开沙石，棺的富贵花色已隐隐若现，我的心阵痛着，不知道十余年的风肆雨虐、蝼蚁啃嚼，你的身躯骨肉可安然化去，不痛不痒？所谓捡骨，其实是重叙生者与死者之间那一桩肝肠寸断的心事，在阳光之下重逢，彼此安慰、低诉、梦回、见最后一面、共享一顿牲礼酒食，如在。我害怕着，怕你无面目地来赴会，你死的时候伤痕累累。

拔起棺钉，上棺盖翻开，我睁开眼，借着清晨的天光，俯身看你：一个西装笔挺、玄帽端正、革履完好、身姿壮硕的三十九岁男子寂静地躺着，如睡。我们又见面了，父亲。

啊！天，他原谅我了，他原谅我了，他知道我那夜对苍天的哭诉，是孺子深深爱恋人父的无心。

父亲，喜悦令我感到心痛，我真想流泪，宽恕多年来对自己的自戕与恣虐，因为你用更温柔敦厚的身势褓抱了我，视我如稚子。如果说，你不愿腐朽是为了等待这一天来与人世真正告别、为至亲解去十一年前那场噩梦所留下的绳索，那么，有谁比我更应该迎上前来，与你心心相印、与你舐犊共宴？父亲，我伏跪着，你躺着，这一生一死的重逢，虽不能执手，却也相看泪眼了，在咸泪流过处，竟有点顽石初悟的地坼天裂之感，我们都应该知足了。此后，你自应看穿人身原是髑髅，剔肉还天剔骨还地，恢复自己成为一介逍遥赤子；我也应该举足，从天伦的窗格破出，落地去为人世的母者，将未燃的柴薪都化成炊烟，去供养如许苍生。啊！我们做了十三年的父女，至今已缘尽情灭，却又在断灭处，拈花一笑，父亲，我深深地赏看你，心却疼惜起来，你躺卧的这模样，如稚子的酣眠，如人夫的腼腆、如人父的庄严。或许女子赏看至亲的男子都含有这三种情愫罢！父亲，滔滔不尽的尘世且不管了，我们的三世已过。

“阖上吧！不能捡。”工人们说。

我按着葬礼，牵裳跪着，工人铲起沙石置于我的裙内，当他们合上棺，我用力一拨，沙石坠于棺木上，算是我第二次亲手葬你，父。远游去吧！你二十四岁的女儿送行至此。

所有的人都走后，墓地又安静起来，突然，想陪你抽一支烟，就插在燃过的香炷上。烟升如春蚕吐丝，虽散却不断，像极人世的念念相续。墓碑上刻着你的姓名，我用指头慢慢描了一遍，沙屑黏在指肉上，你的五官七窍我都认领清楚，如果还能乘愿再来，当要身体发肤相受。不知该如何称呼你了？父亲，你是我遗世而独立的恋人。

导读

简媜，原名简敏媜，一九六一年生于宜兰县。台湾大学中文系毕业，曾任《联合文学》主编、大雁书店创办人、远流出版公司大众读物部副总编辑等职。曾获《中国时报》文学奖散文首奖、吴鲁芹散文奖、梁实秋散文奖、九歌年度散文奖。著有散文集《水问》《只缘身在此山中》《月娘照眠床》《下午茶》《梦游书》《胭脂盆地》《女儿红》《红婴仔》《天涯海角》《好一座浮岛》。

《渔父》收入《只缘身在此山中》。从篇名来看，简媜的《渔父》令人联想起屈原的《渔父》。二者名同实异，简媜袭用屈原篇名，系指"以捕鱼为生的父亲"。屈原笔下行吟泽畔、形容枯槁的渔父，囿于大环境，志不得伸，是以郁郁寡欢；简媜的父亲累于生计，屡屡醉酒，寥落寡欢，未尝不可视为另一个行吟泽畔、形容枯槁的"渔父"。只是这个传统而压抑的男人，没有沧浪之水濯其缨足，却在简媜十三岁时，车祸而亡故。《渔父》的追寻以父亲始，而以恋人终。其次，《渔父》亦可说是以忏悔始，以宽恕终。在这层意义上，此文可视为忏悔录。作者一直以为父亲的意外亡故，跟那次动念弃绝有关，十一年后捡骨，尸骨未化，女儿以为那是宽恕，并以此为真正的告别。《渔父》透过"追寻"和"追问"，重新诠释 / 转换彼此的关系。

《天涯海角》收入《天涯海角》。这篇散文以丰富的象征和隐喻书写美丽之岛，以"春与夏永远不会回来"作为这个岛屿的悲观预言。拨开重重象征和隐喻，《天涯海角》写的是美丽之岛的沉沦和堕落，没有正义、公理和美好的乱世 / 末世。简媜吊念岛的沦亡，以沉重的笔和沉痛的心。

——钟怡雯

荷花生日

张曼娟

六月二十四日，等待了一个春天的荷，
冉冉地浮升，刹那间，破水而出。

江南一带以六月二十四为生日。隐遁湿泥中等待了一个春天的荷，冉冉地浮升，刹那间，破水而出。

圆叶，初生的被称作荷钱，悄悄透露了荷的身世与来历，原是富贵的水生花。

而我真正见到荷钱，是在杭州西湖的三潭印月，岛上的荷池，灿灿发亮。走得更近才发现，荷叶上被人投掷了大大小小数不清的硬币，俨然成了一座许愿池。

不远处的年轻母亲把钱币放进孩子掌心，小孩踮起脚尖奋力抛出一道弧，荷叶被击中，旋转着，托住钱币，也慈悲地托住一对母子的梦想。微风变幻着光影，伫立池边的每张面容都因钱币的反射而明洁。荷叶上铺满的钱币，则令我困惑：究竟是中国人的愿望太多？或总是不能如意？

一池荷叶衣无尽。

人们殷殷祈求的，不过是衣食充足罢了。然而在许多时代，这想法却成为奢望。所以中国人常处在一种匮乏的状态，或是物质，或是精神。

大学时教授《文选》的老师，正直、耿介，却也有着匮乏，一种深入五脏六腑，时时发作却无法药治的病症，曰思乡。七十几岁的老先生，把一篇篇看似平常的古文，解析得有声有色，对学生的要求相对的也很严格。有一回老先生在课堂上发现部分同学没带课本，只将课文影印替代，询问理由，同学回答："太重了。"老师勃然大怒，说自己住那么远，都不觉得重；住在学校宿舍的同学却嫌书太重。老先生拂袖而去，愤怒之中还掺着伤痛。

老先生离去以后，全班哗然，不知所措。我在座位上合起书，才注意到这书确是重的，像这样的书，我每天总要带两三本来上课，而在通学往返四个多小时的路程中，因为觉得理所当然，竟忽略了它的重量。以后，再没有老师在课堂上像这样纠正我们的行为；便是我自己成了老师，也不曾如此。现代的师生关系，讲究的是沟通与谅解——若沟而不通，只得谅解了。但，我还是怀念老先生对自己和学生的严格，那站在讲台上，发丝花白的，是一种令人景仰的仪型，每一句话都能理直气壮，不仅是经师；更是人师。

后来，老师还是回到班上给我们讲课，每次我都直盯着看，目不转睛，恐怕稍不留意，就会错失什么重要的字句。

学期即将结束，天气燠热难耐，老先生想必察觉了我们眼睫的倦懒，于是放下书本，说起故乡与岁月。老师也曾有过娇痴的青青年少，夏季里伙着同学们，袖一瓶好酒，央求教诗词的老师到太湖上课，师生们租条船，泛进荷田深处，荷叶粗高挺，既可遮阳又能避雨，一片碧绿盈眼。

荷叶深处听得见一唱一和的采荷女歌声清扬。老师用荷叶盛酒，穿透荷茎，直流入咽喉，荷叶盅擎在手中，谢意尽在玉液浆里流泻，何须讲授？

听故事的我们，距离太湖好远好远，嗅不着荷香，却在初夏的温风里，嗅着一股不知名的香气，清冽而放肆。应该来自教室旁的山坡，相思树和一丛丛竹子，遮蔽天空，使我们有一片阴凉幽静的所在。

此时，当我讲述这个故事，讲台下的学生睁着年轻的眼眸，出神、向往。而教室旁的山坡已被夷平，成为新建大楼的工地，整日里沙土蔽天，机械声隆隆响着。

原本就不宽敞的校园，因工程车进进出出，更显得局促。学生与我商量转学考的事，态度十分坚决，因为他不喜欢这个校园。这地方也曾美丽，但他没赶上；这地方完工后可能有很好的远景，但他等不及。

青春如此仓促呵。

我遂不再言语。感情若不曾历经岁月的培养成就，便不能深厚；唯有深厚的情感，才禁得起等待。甚至等待本身也值得记忆。

最初，我完全迷眩于荷花的姿容，却在静待花开的过程中，发现宽阔如裙的荷叶，也有着无法取代的圆满动人。

一直觉得这花是从天堂移植来的。每一朵荷，都是一个自足的世界，为东方人所钟爱。中国人注意到娇媚的花色，较少春气；花瓣层叠繁复的，多不结果实；荷花却能兼具色、形、香，还在莲蓬中结成洁白的莲子，清脆甘甜。荷花又象征百年好合的吉祥；藕断丝连则有着欲舍而不能的深情相思；菩萨座下是一朵荷花，优雅、自在，有什么花比荷花更适切？

到泰国去旅游时，正是生命中一次浅浅的低潮，又逢冬季，台北植物园的荷花池，如一面擦拭过的明镜，照见自己苍白的容颜。

阳光却等在泰国，荷花也等在那儿。商店、饭店、街道，随处都可以见到，亭亭的一株又一株。入乡问俗，我向寺庙旁一个黝黑大眼小男孩买了一株白荷花，进入金碧辉煌的建筑物去朝拜。白荷内部仍是花苞，外缘已绽放的部分被整齐地折叠成花托，托着那烛火一般莹亮的鲜妍润美。

庄严地擎着这株白荷，行走在喧嚷嘈杂的人群中，心情奇异的平静舒和了。

生命与美，便是我今生的皈依。

小时候看神话电影，最爱哪吒三太子，爱他虽是孩童，却已打抱不平，一腔热情。爱他在杀死龙王太子，闯下弥天大祸时，以匕首自戕，昂然地说："以血还父，以骨还母。"不肯连累双亲。魂飞魄散，他的师父用莲藕拼出他的形体，用荷叶替他裁衣，最后，用一朵盛开的荷花变成他的容颜，这样清丽地再世为人。

许多年后，在四川大足宝顶山石窟的佛雕中，看见诞生于荷花的童子，他们娇巧可爱，安详恬静，据说因生于荷花，故而一尘不染，没有凡俗的痛苦嗔怨。我仰望许久，带着忻慕的情绪。

住宿在重庆，饭店的艺品贩卖部有泥塑彩绘的荷花童子，可放在掌心赏玩，我挑选了几个特别精巧的，仔细包裹在箱子里，一路颠沛折腾，好不容易回到家来。小心翼翼取出来，却见到耳朵、鼻子、小小脸颊，满是斑驳的伤痕。先是懊丧、疼惜，然而，把他们安放在架上时，突然忍不住地微笑，即使是生于荷花的童子，既入红尘，也免不了要有磨难和伤挫的。

架上还放置着朋友烧制的陶艺品，一片枯干的荷叶做成形，下有莲藕，上有花瓣已然落尽的莲蓬。它应该叫作"听雨"，初见时尚未上釉，我急急为它命名。朋友上了和陶土接近的颜色，烧成以后，送来给我。

留得残荷听雨声。

荷残便该是秋天了，然而，聆听枯叶被雨滴敲打时的回声，却仍充满着澎湃的生命力。

有些酷暑长夜，燃烧似的热浪，令人辗转难眠，我便起身，将“听雨”搁在窗台上，想象着一场清凉的雨。

生于季节的荷，终将归返季节，深深隐遁在水乡，带着前世的缱绻回忆，静静等待下一次，生日。

此 城 不 倾

——九五年秋日香港

张 曼 娟

1

小时候，听人说“香江”，我以为那是一条江。

后来听人说“香港”，又以为是一个港。

成年以后初游东方之珠，才知它流丽似江，繁嚣若港。

还背负着民族的屈辱，历史的沧桑，不能自主的命运。

这也是座城，曾以它的颠覆，成全了白流苏，也成全了张爱玲。

历史上倾国倾城的女子，大抵如是，只是她们自己并不知道。

我走过湾仔旧区的书报摊，仍可以看见以张爱玲为封面的杂志，陈列贩卖。她的黑白相片，夹杂在那些鲜艳夺目的影视明星与光怪陆离的寻奇搜异之间，格外显出一种旧时代的迷离感伤。

苍凉么？张爱玲已说到绝，说到尽，又以生命去实践。

我遂噤声，随着人群搭上已有九十几年高龄的电车，是张爱玲乘坐过的木椅；行走过的轨道吗？

一九九五年，秋天。

在香港停留的日子，搭乘叮叮作响的电车，晃晃悠悠，往上环去。

太阳光暖洋洋照在身上，穿着短袖，仍有些微汗意。

2

租赁了湾仔一幢二十一层高楼的小公寓，为的是小客厅有一面大窗户，很充足的日照。我发现自己在黄昏时分，便不由自主坐上宽阔的窗台，看着远处近处，盘旋飞翔的老鹰。

我没见过其他繁华的大城市，有这么多老鹰。它们的姿态很优雅，然而，天色愈来愈昏暗，我为它们担忧，到底要在何处憩息呢？其实根本无须操心，这里是它们的家，我才是过客。

我的住处比邻公园，愈外围地势愈高，高楼愈崇峻，从窗口探出头，“中环广场”这幢最高的建筑物，宝剑一般锋利光亮的屋顶尖端，指刺夜空。

刚到香港时，入夜总要下一阵大雨，我从梦中醒来，疾疾奔走，赶着去关每一扇窗，再跌回梦里。

第二天醒来，阳光依然灿亮，几乎要怀疑，那雨究竟下在夜里；抑是在梦里？

秋意渐浓，不再夜雨。

吃过晚餐回来，未及开灯，先被窗外远远近近，接着被攀升的层层灯华震慑。

朋友的电话来了，问我是否平安到家。是的。我有些心不在焉。

“发生了什么事吗？”朋友问。

我说没事。

这是一个秘密，而且神奇。说出来了，恐怕就消失不见，所以不能说。

原来，我住在这城市的灯火之谷。

3

逛菜市，一直是我乐此不疲的嗜好。

更何况，我所居住的街底，便是绵延数条街道巷弄，港岛规模最大的“街市”。香港人管菜市场叫作街市。

那街市陈列贩卖着各式各样的飞禽走兽，游水海鲜。一笼笼的鹧鸪、鹌鹑、乳鸽、汤鸽，什么龙山鸡、惠安鸡，大小形状皆不相同。有白色毛羽的鸡，羽毛尖端在阳光下灿然闪亮，气宇轩昂，我替它命名“金丝鸡”，并封它为街市之冠。不料过两天又来了两只“吉林老山鸡”，璀璨的花色与翎毛，根本是鸟禽图鉴上才看得到的，金丝鸡立时被比了下去。

秋天一到，街市悬起一张又一张红幡，“苏州大闸蟹”“正宗鄱阳湖大闸蟹”，经风一吹，呼啦啦，气势好不壮阔。那些青色的蟹倒是规矩乖巧的，被草绳牢牢捆缚，一排排堆栈在玻璃冰柜，一派知命认命，毫无异议的样子。

香港的家庭主妇，喜欢下午再去街市采买一次，烹调晚餐才新鲜。因此，黄昏街市是人潮聚集的高峰。

水果摊上，我看见一个妇人在插着“一斤 10 元”的牌子下，挑了一袋水晶梨。于是，我也挑了两只梨，年约四十几岁的老板娘听见我的口音，铁面无私地说：“二十元。”

“不是，不是一斤十元吗？”我大为惊骇。

而那块牌子，“一斤10元”的牌子，不知何时已自动蒸发，使我怀疑，其实是自己的幻觉。

天黑以前，摊子上一盘盘活跳硕大的虾子，引起我的注意。

“一盘十五元？”我问老板。

有了前车之鉴，恐怕老板一翻脸，一只虾子十五元。

“是啊。”老板误判我为大陆妹，十分得意，自豪的口气：

“我们香港是这样的啦，不像你们内地呀……”

提着活虾回家，倒入水槽才发现，所谓活虾，只有上面三五只，底下的不但全死了，还是一些虾儿子，虾孙子，我看着，终于忍不住笑起来。

非常中国人的地方啊。一点机巧、一点狡狯，一点欺生与自大。

非常充沛的生命力。

4

有朋自远方来，我充任向导。

参观过街市，乘坐了电车，又到中环交易广场巴士总站，等候双层巴士，往浅水湾、赤柱行去。

因为有经验，所以知道巴士的最佳座位在上层最前排，车子离开市区，入山以后，愈发惊险刺激。狭窄的山道，一边是岩壁，另一边是断崖，车身急速转弯时，仿佛要撞上岩壁；再一个急转弯，好像被抛入断崖，海上的拍岸浪花似乎就在身下，一种极度危险的濒死感受，只一眨眼，又回到绿意盎然的山道，白花花的秋阳，懒懒的映照。

赤柱的滨海市集，餐厅和咖啡馆，充满异国情调。

浅水湾的金黄色沙滩，据说是从国外运来的细沙，格外珍贵。秋天的海岸已打烊，仍有三三两两的游客漫步，走着走着，也许可以看见一轮明月。

看着看着，忽然惊觉，这不是白流苏在浅水湾酒店看过的那个月亮?

这是张爱玲逝世以后，香港第二次的月圆了。因为闰八月的缘故。

5

我喜欢坐电车，因为廉价，因为有年岁，因为它穿梭在最陈旧破败的地区，也经过世界一流的顶尖建筑物。

新与旧，贫和富，丝毫不显矛盾冲突地交融在一起。九七来临之前，机场兴建，填海工程，更多的高楼大厦，片刻也不停歇。

电车，会一直保留下来吧？我看着车上男女老少、各式各样、挤得满满的乘客。这不仅是实惠有效率的运输工具，还保留了香港人已不多见的、从容不迫、悠闲的生活情调。

住着住着，也熟了。穿越街市，便来到皇后大道，吃一客简易午餐，到中环天星码头搭船渡海，往尖沙咀去。逛逛填海填出来的繁华尖东，到九龙公园歇腿赏鸟，看着暮色里被灯光燃亮的弥敦道。

这样的一座城市，被海洋温柔拥抱，不会轻易倾覆的，纵使有变动。

回到湾仔，准备过马路返家，忽然看见泊在路旁的电车，挂着往“筲箕湾”的牌子，是比较寥落的地区，我不曾去过，那么，去看一看吧。

才一动念，已跳上车，拣了个靠窗的座位，黑夜里，愈走愈冷清，天后、炮台山、北角、鱼涌，愈走愈荒僻，太古、西湾河……反方向电车擦身而过，乘客木然的脸孔镶在日光灯的车窗里，像未及转世的幽灵。

我忽然觉得夜风冷飕飕的，拉紧长袖外套，拢了拢被吹乱的发丝。

季节已暗中偷换，九五年将近尾声。

导读

张曼娟，一九六一年生，河北丰润人，东吴大学中文研究所硕士、博士。曾获“教育部”文艺创作奖、中兴文艺奖章等。张曼娟文风细腻娟秀，如歌似吟，韵律天成，重要作品有《海水正蓝》《缘起不灭》《温柔双城记》等。

《此城不倾——九五年秋日香港》一文，是作家与一座城市的多重遭遇。在作家张爱玲辞世那年，作者在香港小居，在这个流丽繁嚣的城市里，她与张爱玲，以及张爱玲作品中的人物相遇。她看见历史的香港，旧时代的风华仍在；她看见现代香港夜里的灯华，那是许多生命故事的聚合；她看见菜市场里的香港，“非常中国的地方”，机巧、狡狯又充满生命力。张爱玲笔下的香港“倾城”了，而在张曼娟笔下，现实的香港不倾，日常生活中，人们仍然用力地活着。

《此城不倾——九五年秋日香港》描写一座城市的历史与现实，描写作者与城市的遭遇，从小说文本到现实生活文本，勾勒出活络的香港。《荷花生日》则描写作者与荷花生命文本的遭遇。从满池荷叶中推挤着的许愿钱币，顺着回忆的线图，思及老教授的处世风骨，老教授的严谨，以及他思念太湖荷田时的温柔神色。张曼娟歌咏的是荷花，实则是生命与美的本质。荷花荷叶之美，美在它本身的姿态，也美在荷与人的各种相遇。老教授的思乡、菩萨的慈容、哪吒的诞生、作家内心的平静，都是缘自荷花，甚至人间艺术之美，也是荷的仿作。

张曼娟以娟秀之笔，刻画城市的生命故事，绘写荷花的美丽姿颜，在她笔下，各种生命共构成一则秀美繁复的生命文本。

——杨翠

冷 香 飞 上 饭 桌

——蔗荽的人文考察

蔡 珠 儿

蔗荽的基调是一段清清冷冷的甜香，幽幽然施施然飘来，有种空渺的远近感，不像葱蒜之类迎面直捣黄龙，死掐着鼻孔不放。蔗荽的气味幽微而秀美，虽然捕捉不到，但却飘忽左右，徘徊盘桓如魅影，不知道为什么有一种凄美的意味。

冷香幽幽飘来

一般人就喊它香菜，以致常和九层塔混为一谈，别名又叫香荽、胡菜、胡荽，我们惯常写成的“芫荽”其实错了一个字，应该是“蔗”不是“芫”，李时珍在《本草纲目》中特别解释，“蔗”形容植物“茎菜布散”的样子，“荽”则因其“茎柔叶细，而根多须，绥绥然也”。寥寥数句，精确捕捉了蔗荽的神韵姿态。

在西方，蔗荽除了 coriander 的本名之外，俗名又唤作“中国香菜”

（Chinese parsley）或“中国生菜”（Chinese lettuce），俨然成为中国口味的特殊标志，因而欧美的中菜食谱封面、超市“东方口味”的促销广告上，总少不了一抹青翠欲滴的蔗荽，借以昭告中国美食的气味。至于中国人（广义而言，指受中华饮食口味影响者）自己，更想当然耳认定这是民族本色。

中国香菜是外国货

其实蔗荽是不折不扣的洋玩意，古早古早的几千年前，这种身染异香的野草，随意生发在地中海沿岸的南欧及中东一带，就被埃及、希腊、罗马等民族采用，一直到两千多年前汉武帝时代的张骞打通西域，才将蔗荽引入中土，在中国人的饭桌上大放异彩，也从而产生迥异于欧洲的“蔗荽文化”。

蔗荽是人类社会最古老的植物之一，在文明史上留下雪泥鸿爪。建立于铜器时代晚期的希腊宫殿，遗址废墟里残存了不少蔗荽籽，意味着早在五六千年前，它即已被驯化为农产品。成书于公元前一千五百年的埃及《埃伯斯伯比书》（Ebers Papyrus），是目前所知最古老的医学文献，收集了巫医及民间处方七百种，其中蔗荽也赫然在列，埃及人用它来做药方、香水以及化妆品。《圣经》也提到蔗荽，《出埃及记》及《民数记》形容天降神粮吗哪“样子像蔗荽籽，颜色是白的，滋味如同掺蜜的薄饼”。（《出埃及记·十六章》）看来应该风味不恶。

除了吗哪还有什么

忍不住要岔开话题说说吗哪。这个中英文音义俱美的字眼，向来是珍味美食的代称，最能勾发舌尖的愉悦想象，尤其这天神炮制、莹白如珍珠的小粒，总是在漫天鹌鹑与迷离夜色的掩护下，乘着剔透冰凉的露水飞落人间，意境隽美令人神往，但如果每天吃吗哪过活呢？看看《民数记》的描述：以色列人离开埃及寻找迦南的途中，虽有天赐神肴果腹维生，但日子一久不免烦腻，于是一把眼泪一把鼻涕向摩西诉苦：

> ……以色列人又哭号说，谁给我们肉吃呢？我们记得在埃及的时候，不花钱就吃鱼，也记得有黄瓜、西瓜、韭菜、葱、蒜。现在我们的心血枯竭了，除这吗哪以外，在我们眼前并没有别的东西。（《民数记 · 十一章》）[①]

毕竟凡夫俗子只配以人间烟炊糊口下肚，这段记载鲜活淋漓地勾勒出人类的食性，构成口腹饱足的要件并不是单一的无上美味，而是富于选择变化的物类。人是无可救药的杂食动物啊。

这也是为什么蒝荽以及其他调味植物，很早就在人类生活史上发端肇微的原因。除了前述的《埃伯斯伯比书》《圣经》之外，蒝荽也出现在古印度的梵文经、希腊“医学之父”希波克拉底（Hippocrates）的文集，以及源自波斯的《天方夜谭》故事中。而在上古时代，促使蒝荽由地中海岸逐次衍植传播到欧洲各地、中亚、小亚细亚、非洲等地的民族，

---

① 出自《民数记·十一章》。

主要是阿拉伯及罗马人。

自西徂东的芳香

位居欧亚辐辏点的阿拉伯，占了台湾常说的“三角窗”的地利之便，自古就是沟通东西方的最佳中介，阿拉伯人机敏灵光贩有运无，个个都是优秀的商业兼文化掮客，蔗萎便由此向东流传，对印度、中国的食物产生重大影响。在另一方面，以共和国与帝国威赫一时的罗马人，在欧洲东征西讨北伐南进之余，顺便也引渡了生活的器物文明，把蔗萎及其他香料传入北欧、东欧，以及现在的奥地利、德国、英国等地。等到十六世纪航海文明时代，西班牙等欧洲人又把蔗萎带到美洲，改变了墨西哥、秘鲁等国的口味。

经历数千年的分布流传，淀积了锅底和舌头的丰富感受，蔗萎的气味版图早已覆盖全世界，甚至跨越年代与地域。诸多民族都有一套如数家珍的蔗萎拿手菜，除了中国之外，中东、北非、中南美、南洋等地都以用蔗萎知名。

而考诸古今中外对蔗萎的食用法，可以概略分为“萎籽”及“蔗萎叶”两大系统。

化身无数的蔗萎籽

北欧人做腌渍食物、德国人灌香肠、瑞士人烤面包和苹果派、保加利亚人烘蛋糕、英国人做泡菜及调制琴酒（Gin）……蔗萎籽都是不可或缺的香料，其用法可能近乎中国人使用花椒或茴香，但蔗萎籽甜咸皆宜，可以广泛用于烘制糕饼甜食，灵活程度更大，在缺乏零嘴的从前，欧洲人还把它裹上糖霜做成糖珠子，嘉年华时从游行花车上四处抛撒，惹得孩童疯狂抢拾，后来糖珠子演变为五彩碎纸，是西方节庆婚俗的必备之物，而这五彩纸的英文 Confetti 即来自蔗荽的 Coriander。欧洲虽然是蔗荽的发源地，但综观其调味运用的方法，纵使甜咸具备，基本上还是万变不离其宗的“蔗荽籽文化”，极少动用蔗荽的枝叶。

除了欧洲之外，印度也是“籽文化”的另一大系，著名的咖喱即含有大量的蔗荽籽粉末。一般人误以为咖喱只是一种现成的黄色调味香料，其实咖喱千变万化，北印度、南印度、孟加拉、东南亚等地，都有本土的配方特色，香辣浓淡各自不同，种类多达上千种，掺和使用的辛香植物则多达十几二十几样，其中有几样是构成咖喱的基本配方：小豆蔻、欧莳萝、胡椒、姜黄、干辣椒，以及蔗荽籽。虽然印度菜也流行用蔗荽叶缀饰或切碎后炖煮，但数量有限，其意义与普遍性都无法与咖喱相比。

蔗荽籽的味道比茎菜来得温和，所以形成的感觉也较为蕴藉含蓄，隐而不显，令人难以察觉。相形之下，“蔗荽叶文化”就热闹多了，直截了当的香味，翠绿醒目的颜色，爽脆中带涩的口感，向感官提出主动的挑战。

绿叶盛餐

中东菜、北非菜，以及牙买加、古巴等地的加勒比海菜，都常用切碎的蔗荽茎叶凉拌蔬果或鱼鲜，整株的则做汤或炖肉。秘鲁和墨西哥人自从在五百多年前认识蔗荽之后，便对它一往情深每饭不忘，数不清的蘸酱作料都少不了它，尤其是有辣椒的菜，例如我酷爱的一道墨西哥家常小点 Guacamole（中文或可译作酪梨酱），把熟酪梨打成泥，挤入青柠檬汁、加入剁碎的洋葱、西红柿、辣椒、蓆荽叶等，搅拌均匀即成悦目的绿色浓酱，以玉米脆片或薄饼蘸食，清香酸辣柔滑适口，真是迷人，据说秘鲁某地有一个部落，男女老少都酷嗜蓆荽，久而久之众人体肤竟发出蓆荽的香气，不知道现在还能找到这“蓆荽族”吗？

至于台湾比较熟悉的南洋风味，诸如印度尼西亚、马来西亚、泰国、越南等地的烹调，以辛香浓郁、开脾醒胃见长，对蓆荽的倚重尤多，除了籽与叶之外，连根都不放过，例如泰国有一种红咖喱酱，用来煮牛羊肉既辣又香，这酱是由红葱头、大蒜、橘皮、香茅等十余种材料制作而成，其中既有磨碎的蓆荽籽，也用到切碎的蓆荽根，等到菜做好端上桌，少不得又要在上面撒一把蓆荽菜；真是把它用得淋漓尽致！

罗马人的香菜谱

蓆荽的籽与叶这两大系统，现在看来似乎泾渭分明，但我怀疑早期并非如此，远古时代的希腊人、罗马人、波斯人等欧亚民族，可能也像现在的东方人一样喜欢蓆荽叶。

从零星残存的食谱史料，可以窥测当年口味的一斑，其中有一本最古老的《论烹饪》（De Re Coquinaria，英文译为 On Cookery），相传是公元一世纪时罗马美食家阿比鸠斯（Apicius）所写的食谱，是研究上古饮食的重要文献。从此书看来，古罗马帝国的烹调颇为接近现代意大利的南方菜，但使用的素材更健康，包括丰富多样的蔬菜、取自地中海的虾蟹海鲜，以及野禽和内脏杂碎等，常用的调味料有酒、醋、胡椒、茴香、麝香草等；切碎的蓆荽鲜叶则大量用于各式菜肴，例如“红酒蓆荽炖蘑菇”“大葱芫荽煮甜菜”“白酒烧比目鱼”，以及“渔港海鲜汤”等等。香菜抓住丈夫的心可惜这些做法在后代已然式微，由于某些我们无法考查的原因，中世纪之后的欧洲人逐渐冷落了新鲜芫荽，转而取用芫荽籽，并因疏离陌生而认为这种香菜很有“异国风味”。倒是黎巴嫩、伊朗等旧日波斯古国，还多少留存了昔日食风，除了芫荽叶用得较多，吃饭时也会摆上一盆“什锦香菜”，满置薄荷、莳萝、洋香菜、虾夷葱、芫荽等各式芬芳绿叶，既可佐餐又能清口。波斯人还有个迷信，说是妇女吃完饭后，如果把这些香菜配着面包和奶酪一起吃下，就能永远抓住丈夫的心。现在听来有趣，当年却不知埋藏了多少黑面纱后的无助心情。

胡荽进了中国胃

说芫荽，当然不能不谈中国。两千多年前的西汉，历尽千辛万苦的张骞，终于走出一条贯穿欧亚的丝路，把芫荽和胡麻、西瓜、大蒜、葡萄等西域蔬果引入中原，所以芫荽古名“胡荽”，由于北朝的胡人皇帝石勒避名讳，（胡、石、勒等都不许用）改称香荽、芫荽，原名罗勒的九层塔也改叫兰香或香菜。石勒不过是历史上一闪而逝的名字，这两种家常菜蔬竟跟他有关，你大概做梦都想不到吧？幸好玫瑰叫什么都一样香，芫荽也不因改朝换代而走了味道。

刚传入时，一般人不知道如何下手入口，道家还把它列为“荤菜”，说它辛臭刺鼻，多吃会“昏神伐性”，但时间一久慢慢吃出味道，尤其东汉末年开始流行“胡食”，风味特殊的胡蒜（即大蒜）、胡芹、胡荽等外国调味料，纷纷用于厨下，深深影响了中国菜的烹调风味。例如当时有一道风行的“胡羹”，以羊肉煮汁，用葱头、安石榴汁、芫荽等调味，香浓诱人。我们至今仍喜欢在羹汤上撒蔗荽，说不定就是一千七百多年前“胡羹”的流风遗韵呢！

借来的味道

中国菜用蔗荽，一来取其清香以烘衬菜肴的气味，二来借它沁人的翠色以平添生动食相，虽说兼顾了调味功能与菜色美感，但我总觉得其心法只在一个“借”字，并不是认真要吃它。

我见过因为买不到蔗荽而急得跳脚的印度朋友，也在墨西哥市场看到大捆大把买蔗荽的女人，却从来没有见过中国人因为缺了蔗荽而怅然若失；反正只是借用帮衬，可有可无，和它的关系有种若即若离的疏远客气，上了桌也多半用于缀饰，不像其他民族剁而啖之，炖而煮之，对它恋执情深，非得餐餐在齿舌间厮磨缠绵不可。西方人以为蔗荽是中国菜的专擅特长，说起来只能算是一项美丽的误认（misrecognition）。

是壮阳还是补阴

东西方对蔗荽的吃法容或有异，但对它的药效却一致赏识推崇。希腊的医学先驱希波克拉底，很早就指出它有开胃、解毒、助消化的功能，所以西方民间惯以蔗荽籽煎汁来治疗腹泻或肠绞痛。印度人则认为它能纾解肠胃积滞、便秘、失眠等毛病，还有帮助女人分娩的效用。中国的《本草纲目》更洋洋洒洒胪列了数十种功效，除了消化健肠之外，蔗荽还能退烧、止头痛、补筋脉、催奶水、治肠风、发痘疹、去黑斑、敷治虫蛇咬伤、解除肉类中毒……最神奇的是，连中蛊都能医！

中世纪的欧洲人甚至相信，蓎荽有催情及壮阳的功能，是炮制春药的原料之一。这点当然大谬，因为蓎荽除了能催乳、助产之外，根据现代人的研究，还能激发女性荷尔蒙促进排卵，明明是“壮阴”大补丸，怎么会是壮阳药呢？另一个出自中国的轶事则令人发噱，《南唐书》不知从哪里摭拾来的传闻，说是播种蓎荽的时候，如果嘴里念念有词满口脏话，将来发出的蓎荽就会长得肥美茂盛，当时的读书人因而把说脏话叫作“撒蓎荽”。可惜这个用法现已亡佚，否则我们就会听到人家说：“你少在那里撒蓎荽，有本事给我过来！”

为香菜除臭

最后，我要为蓎荽抱屈鸣冤，这么清逸优雅的香气，却还是蒙受了若干不白“臭”名。它的学名 Coriandrumsativum，源自于古希腊文 Koris，原意是臭虫，大概是命名人把床板缝的臭虫抠死后，认为那气味很像蓎荽。与莎士比亚同时代的英国著名植物学家杰拉德（John Gerard）则形容它“是一种很臭的草”。中国道家更把它和韭、蒜、薤等并列为“五荤”，说是辛熏之物有损性灵，修行炼气者必须戒食。

我想，这些人的嗅觉都缺了一窍，所以无法跨入蓎荽的堂奥，进入那清冷、幽渺，秀美但又忽远忽近，似实还虚的世界。

导读

蔡珠儿，一九六一年生，南投县埔里镇人，毕业于台大中文系、英国伯明翰大学文化研究系硕士。曾任《中国时报》记者、研究员、资深记者等职，一九九七年移居香港，专事写作，自封为专业的家庭主妇，全职的自然及社会观察员，对地方风土、市井俗文化十分感兴趣。重要作品有《花丛腹语》《南方绛雪》《云吞城市》《红焖厨娘》《饕餮书》等。

蔡珠儿擅长透过日常生活的描绘，呈现文化的多重面貌，她的书写总是任性翱翔，优游于敞阔的时空线图中，带领读者循走繁复多元的文化之旅。《冷香飞上饭桌——蔗荽的人文考察》即是其中秀逸之作。

《冷香飞上饭桌——蔗荽的人文考察》，一开始即以一阵幽微秀美的香气，带领读者走进蔗荽的饮食地图。原生地中海沿岸的蔗荽，走访过许多文明，芳香流散在不同的地域，也创发了不同的“蔗荽文化”，或者做药品、香水、化妆品，或者上了饭桌，进入凡夫的舌底，写成一道道精致细腻、风味独具的蔗荽食谱。在蔡珠儿笔下，一样蔗荽多样情。本文文字清畅自在，如歌吟一般，游走在漫长的历史时间与敞阔的文化空间之中，一路散落的香气，幽远清雅，层次分明。蔡珠儿掌握了食材与饮食之间的化学变化，写出深具多元历史感与空间感的“蔗荽文化”，彰显出饮食文化是自然与人文交会后的美丽火花。

——杨翠

第二章　当他们经过我的时候

生活中最好的安慰，就是想起一个值得怀念的人。

巴尔扎克在家吗

庄裕安

1

如果照“米其林”的说法，我们根本甭去“巴尔扎克之家”了。米其林是一本旅游指南，相当于唱片评介的“企鹅”，它们都以最高三颗星来给等第。巴尔扎克小屋真可怜，连半颗星都得不到，它不是向观光客开放的，除了像我这种书呆子，谁去看那幢发霉的旧房子？

出了市立现代美术馆，沿着塞纳－马恩省河右岸往西行，就是巴尔扎克住的帕西区。原本我们在巴黎游走，全靠昼伏夜也不出的地铁，这样便不必一天到晚跟铁塔打照面，但现在还是得穿过这个大魔怪的阴影。难怪小说家莫泊桑说，巴黎唯一看不到铁塔的地方，是坐在铁塔餐厅的窗边。

沿着纽约路、肯尼迪路走，原来巴黎也有台北一般的罗斯福路。纽约路上一点也不纽约，因为风大，房子都绷着脸。绷着脸的房子更像老绅士，有些看起来恐怕从巴尔扎克还在散步以来，就不曾翻修过。我们路过一家拉赫玛尼诺夫音乐学院，就走过去摸摸招牌，踩踩院子里的泥土，好像真跟作曲家亲密接触过。但不像歌剧院旁边，那间戴亚义烈夫的房子，说不定这只是个流亡的俄国音乐教授开的，作曲家根本不曾光临过，只是爱乐人自作多情。

我们在路上走走停停，想多看一些好看的法国人。海明威住巴黎的时候，在圣迈可的一家咖啡店，看到一个女孩子，“脸颊清新有如新铸的铜钱，头发黝黑好似乌鸦的翅膀”，海明威恐怕喝醉了，有什么标致的女孩会像铜板和乌鸦？波德莱尔也有一首《致一位过路的女士》，说她灵巧高贵，露出雕像般小腿。而这位穿着丧服，哀思庄严的不知名女子，竟让他有触电、痉挛般的致命快乐。巴黎女人，果真有这种销魂魅力？但在沿着塞纳 - 马恩省河的路上，只有那个送面包的工人，报之以微笑，一个依莎贝尔·于佩尔[①]也看不到。

地图上三根指头宽的长度，我们走了快半个钟头。要不是太崇拜大文豪，这中间我们随时可能开小差，去看一间以高棉吴哥窟文化为号召的吉美博物馆、莫奈遗族曾捐出《日出·印象》的马蒙丹 - 莫奈美术馆、不醉不归的葡萄酒博物馆，还有阿玛桥左岸入口的巴黎下水道。你不要怀疑下水道有什么好看的，据说“雨果迷”看完圣母院的钟楼，接着就是《悲惨世界》里男主角沿此逃走的下水道，还收门票，并设有导游呢！

2

完整的“巴尔扎克之旅”，应该从杜尔游起。巴尔扎克出生于杜尔

---

① 著名法国女演员。

市意大利军街沙杜南地段二十五号，一七九九年五月二十日上午十一时，据说这份户口注册资料还保存在市政府文档。我们去杜尔，并不为访巴尔扎克诞生地，而是在此夜宿，白天去罗瓦河谷的城堡区、葡萄酒厂和制鹅肝酱农场。巴尔扎克在此度过不愉快的童年，甚至还说过这样的话：我从来不曾有母亲。巴尔扎克的父母相差三十二岁，人们无法理解这位坏脾气又多禁忌的年轻母亲，为何会拒绝孩子们的示爱。巴尔扎克八岁在班多姆市中心，临小罗瓦尔河的欧瑞多教会学校就读，在住校期间养成“吞食神学、历史、哲学、科学书籍果腹”的习惯。

巴尔扎克十四岁从欧瑞多学校毕业后，才算第一次住到父母家中，寄读之前，一直住在奶妈家。十五岁那年举家迁往巴黎，他又进了寄宿学校，两年后入巴黎大学法学系。巴黎莱斯底居耶尔街九号的房子已拆除了，那是十九岁的巴尔扎克不顾家里激烈反对，弃法学投文学，一个值得纪念的凄凉顶楼。所有有志写作的青年，不妨一读茨威格的《巴尔扎克传》，看被家里切断经济来源的创作者，为了省下寒冬燃料钱，好几天不敢下床，成天担心灯油开支，因为三点钟天就黑了。他常站在咖啡店和餐馆的玻璃窗外，照照自己饥饿的窘相，什么好吃的东西都与他无缘。但他写得很勤快，法兰西文坛要在十年后才发现这个天才。

土尔农街二号是巴尔扎克二十八到三十一岁住的地方，作家被投资印刷厂的事搞得灰头土脸。巴尔扎克一辈子都没有经商运，他那股创作时的乐观和幻想力，总让他在投资时倾家荡产。大赔一场以后，他又过起苦行僧一般的生活。据说他在三十一二岁两年的产量，文学史上无人能比，每天至少要写十六页稿纸，巴黎没有一种期刊或报纸，不曾出现过巴尔扎克的名字，两年内有一百四十五篇作品付印：《烹调生理学》《圣西门的门徒与圣西门主义者》《引起斗殴的方法》《一瓶香槟酒的道德》。

3

如果你也是小说迷，并且熟读过巴尔扎克的传记，或许你会赞许我的选择，放弃罗浮宫与凡尔赛宫的重游，到雷那亚尔街四十七号巴尔扎克纪念馆。四十一岁到四十八岁时巴尔扎克住在此处，后来搬到现已改名为巴尔扎克街的幸福街，大文豪并没有更幸福，健康情况每况愈下，三年后逝于新居。

堆满珍贵瓷器、名画、烛台、壁毯，幸福街的保庄楼，只能象征作家回光返照，当个千万富豪的临终心愿，伴同一笔庞大债务交给夫人继承。巴尔扎克当初是以结束一场大灾难的心情，搬进现今已改为雷那亚尔的巴市街，他投资开采的萨丁尼亚银矿，又让他尝到幻灭的滋味。现在他再次开始，一年写五部小说以偿还六位数债务的日子，除此之外，他还想完成整部《人间喜剧》。

雷那亚尔街的房子虽不宽敞，但对写作的人来说却足够舒适了。这栋房子是建在斜坡上的，从雷那亚尔街的大门看过去，整个屋顶都低于街平面，而且只露出一层楼。实际上，这栋房子有三层楼，从后院看是两层，外加一层地下室。巴尔扎克住在最上面一层，但需要从大门进去，要往下走一层，再穿过一个花园院子才能上去。

巴尔扎克为了躲避债主，以化名向有钱的猪肉商，租了整个楼层。房子共有五个房间，加起来约莫五十坪[①]大。巴尔扎克住得还算舒适，餐厅、卧房、起居室、厨房、会客室一应俱全，巴尔扎克唯一烦恼的是，

① 一坪约合 3.3 平方米。

底层房客的小孩太吵，会妨碍他写作的灵感。巴尔扎克搬走后，文献上记载，这栋房子曾住有十五个大小房客，幸亏他溜得快。

偶尔来串门子的纳尔瓦先生曾回忆说，站在巴尔扎克家门外，除了绿色的大门和门铃之外，什么也看不到，因为整个房子藏在围墙下面两三米，每次门一打开，他总闻到花园里一股小青苹果的味道。现在，花园里依旧草木扶疏，还多了一座大文豪的胸像。我们跟纳尔瓦先生不同的是，要付八十块台币的门票。

展览区只开放上面的两层，据说地下室有个值得一去的秘密通道。两层楼各有一间辟为票务室和纪念品贩卖部，其余八间用来摆设油画、雕像、手稿，以及当时剧院海报、节目单和报纸。我们最熟悉的是罗丹为巴尔扎克塑的大理石像，和他将右手平抚左胸口的照片。

除此之外，林林总总的父母亲、各个年代的恋人、显赫知交的油画像挂满墙壁。我们遇到两位老太太看展览品大声爆笑，也许是报上辛辣诙谐的讽刺短文逗乐她们，但我们只能看似懂非懂的夸张漫画。

4

有两件小东西，还拍成明信片卖给观光客，咖啡壶和手稿，参观者应该晓得有趣的典故。

据有心人统计，巴尔扎克一生喝了五万杯咖啡，如果以三十年写作生命粗略计算，每天至少五杯。咖啡是这架耐磨写作机器的黑色机油，比吃饭睡觉都重要，他爱极咖啡却痛恨纸烟。

巴尔扎克写过一首咖啡赞美诗，说咖啡一进入他胃里，有如一队振奋的轻骑兵，一字排开疾驰过稿纸。巴尔扎克不要助手或仆役帮他冲咖啡，他有一套“拜物式”的特殊配方。除了布尔崩、马尔丁尼克和摩沙三种豆子，其余他都不喝，他要到三家不同的店铺购买，花老半天时间穿过巴黎市区。

在巴尔扎克之家的这个咖啡壶，洗得雪亮，一点也不像来自一百五十年前的古董。它的造型像咱们煎中药的壶子，象牙白镶赭红色的边，满满一壶少说四五百毫升。有一个跟壶身等高的壶托架子，同样的色泽和质地。当然，这样一个相貌平平、家居造型的咖啡壶，是没什么稀奇，搭配巴尔扎克把咖啡当水般牛饮的传奇才震撼。以及，他在二十几年里，靠它完成一百多部作品，制造出两千个有血有肉的小说人物。

有一个奇妙的比方说，巴尔扎克的手稿，第一次写得像扑克牌的“A”，只有中间一点点字迹，四周是大量留白，最后交给印刷厂却是个“K”，整张纸满满的涂鸦。帮巴尔扎克排版，能够多得两三倍钟点费，工人却莫不视为畏途，没有人可以忍受超过一个小时的工作量。

巴尔扎克除了在原稿上更改，还在铅字稿上订正，有时离谱到几乎是整篇重写。一篇小说，重改十来次，一点也不算稀奇。出版商晓得他的毛病，要他自己担负改稿后的排版费用，使巴尔扎克写作利润大幅降低，但他一点也不在乎，甚至变本加厉乐此不疲。

一八四一年十月二日，巴尔扎克搬进帕西区新居一整年后，他和出版商签约，要出版作品全集《人间喜剧》，书名灵感源自但丁的《神曲》（神圣喜剧）。这时他出版了的书就有一百四十三部，竟然有五十多部是只剩存目，作者自己身边都没有原书保留。他写了十六页的长序，花了比写一本书多的力气。现今展览室里，还有一部合集，收录全世界各国译本的序言，傅雷的妙笔亦以中文简体字占一个篇幅。

巴尔扎克写《人间喜剧》时，每一页稿子要花上三个钟头，来回三次校读书稿。每个月他分给这套书两百个小时的工作量，当然，他还在写作新的小说。在印制成明信片的某张抽样打字稿上，原稿只占纸面的三分之一空间，稀稀疏疏十四行字，总共八个句子。这八个句子，没有一个不做删改，而且删与留的单字比例，约是三比一。除了把铅字一行行画掉以外，手写的稿子也涂画得很厉害，有的用粗体线盖去，有的画叉号，有的整团像失去弹性秩序的弹簧圈。你简直无法想象，这一绺绺“劫后余生”“形单势薄”的幸存文字，会是旷世不朽的杰作。

5

参观巴尔扎克的房子，只读他的传记还不够，你还得知道一八四〇年到一八四七年巴黎文艺圈子发生什么事。比方说，雨果在铩羽四次后终于当选法兰西院士、司汤达死了、梅里美出版了《卡门》、柏辽兹首演了他的《浮士德的天谴》，甚至罗西尼红遍巴黎。我在一张漫画上，轻易认出这个意大利胖子。虽然不懂法文，但我隐隐约约可以从一方方剪报上猜测到那是恩恩怨怨的文评与剧评。

这真是栋奇妙的房子，令你感动得无以名状，又被压迫得万分羞惭。你摸着空无一物的大桌子，却一直惦记，坐在这张桌前的主人，每三天要重新装满一瓶墨水，以及写坏一个笔头。

这里住的，到底是驾驭了文字，还是反被文字操纵的作家呢？这个人曾经说过，他每天只留给“这个世界”一个小时，一辈子亲密来往的朋友不超过十个。除了买咖啡，他几乎懒得上街，只因为他太疲乏了。在他不写的时候，他就盘算下个写作计划；在他不写也不盘算的时候，他改稿。他的脑子像着了火，他不写不盘算也不改稿的时候，唯一的嗜好，就是躺在浴盆一整个钟头，但这还浇不熄他的脑子。

这就是巴尔扎克，当我从屋子走到花园时，还不敢靠近他在树丛中的胸像，我真怕那石像是热的，烫得我大叫出声。下午两点，不知是否因为误了午餐，我饿得头晕，不要告诉我，雅各布路十四号是瓦格纳写《漂泊的荷兰人》的地方，十八号是梅里美写《卡门》的地方，司汤达也住过同一条街上的五十二号房子。我希望下一个碰到的，不是文学鬼或音乐鬼，出了雷那亚尔街四十七号，先给我一家糕饼店，和一个会笑的伊莎贝尔·于佩尔。

野兽派丈母娘

庄裕安

我的丈母娘是个不折不扣的野兽派，举凡妙菜和作画。

比如说，礼拜天早上十点钟，灵机一动，来吃饭，我们就得乖乖去报到。丈母娘请家常客，再天经地义也不过了。麻烦的是前一天晚上，她还抱怨五十肩。我们担心的是她要上菜市场，提沉重的菜篮，怕她体力吃不消。但她往往像个垂帘的太后，由不得你置喙。

虽然我没陪她上过市场，但我能想象她买菜的样子，一定不亚于一只尊贵的孟加拉虎。她一定有最灵敏的嗅觉，最挑剔的脾胃，而且对我们，她的女儿和女婿，充满慈悲。我们其实不像她所想象的那么可怜，吃三个月前的远洋雪藏鳕鱼鲑鱼、等而下之的冷冻水饺、冷冻青豆、冷冻胡萝卜。我们乐于逛“万客隆”，四个礼拜的生鲜一口气买成，对开罐器、微波炉、冷冻库，充满敬意与谢意。可是这一对贪图便利的小崽子，在她眼中看来，是营养不良又毫无品味的。她上菜市场，面对猩红嫩白的排骨海鲜，一定充满“叼”的快意，才四月天就浑身大汗。

我没见过丈母娘在菜市场的虎虎生风，但见过她在厨房耍刀弄铁。

她习惯将冰毛巾系在额前或颈间，看来真像日本料理店吆三喝四的大厨。但不同于指挥的领班，谁也不要来当帮手，以免碍着她的腕肘肩臂。她炒菜的时候，一定希望厨房有半个操场那么大。有时候索性关了穿堂的门，以便一个人在里头大显身手。如果杜甫再世，说不定也会赠她那首“观公孙大娘弟子舞剑器行”的名句，如羿射九日落，矫如群帝骖龙翔；来如雷霆收震怒，罢如江海凝青光。总之，她的热力不亚于指挥一整个交响乐团。

野兽派丈母娘对食物的信念是，价格不必多昂贵，但从筛选原料到烹调上桌，一定要新鲜。

她永远希望，在你按门铃之际，热炒的食物才下锅，食物在锅铲与口舌之间，最好不要超过三十秒。那些刚洗过的菠菜，真的像一只只会飞的鹦鹉，从水槽飞到餐桌，还维持红喙绿羽的生鲜活脱。她炒米粉，翻动锅铲的样子，仿佛是另外有一对借来的肩膀，不是年过五十痛于风湿的那双。

她上桌进食，通常是酒过三巡，但她飞红酡颊，仿佛已偷喝过半瓶绍兴。她坐下来的第一个声息，往往是叹一口大气，唉，人是会老的，说一些蒙田或培根说过的陈腔隽语。只有积劳的农夫，抱着秋天金黄色的麦穗，才会出现的疲倦夹杂喜悦。她动碗筷时，饭菜已经不再冒热气，我们虽然狼吞虎咽过了，但一定要陪她四处逛逛，清一清盘底。她吃饭的心情，也许像个善于算计的水果商人，把最光鲜滑脆的一批高价卖出，剩下的卧底瑕疵，再留给自己。

她最喜欢配食的，也许不是鳊鱼白菜或蒜三层，极可能最开胃的是我们的笑声和赞语。她难道是个再世的僧侣？好运气祝福给别人，自己只要粗茶淡饭就满意。

你不要以为我们尊贵的孟加拉虎，在杯盘狼藉之后，已显衰颓之意，其实大戏这才要上场。等到战场从饭厅转移到客厅，这回她不切水果了。下厨收拾顶好是儿女的活儿，她急着为我开画展。她打出画布的样子，又恢复逛菜市场的威风凛凛，好像歌剧的第二幕掀开红帘，恩恩怨怨要在这一回合算计了断。

吃人嘴软，这回我给的评语，绝不像平日我写给报章杂志书籍或唱片的口吻。现在，我当然不是什么道貌岸然的画评家，我像是某个巴洛克混声合唱团的男中音，除了“哈利路亚”“赞美吾主”的歌词以外，什么也别多唱。但我的丈母娘绝对不像上帝那么好巴结。你要说她好，一定要明确说她好在哪里。所以我开始急得流汗，不只汗滴额眉，一定要湿透背心，才表现我报答诚意。

我丰富的修辞语汇，可能就是在这个节骨眼练就的。我的丈母娘上山下海，扛画架、颜料和水壶的辛劳，我一定也要陪她付点代价，绝不是塞给她一排止痛胶囊就了结的。这回我要陪她的饭后消遣是演戏，我背手睇画的派头，像苏富比拍卖场派来的高级专员。我可不能一味赞美，否则那将带来一阵勃怒。丈母娘的耳根的确有点软，但你不许一开始就放软话。而你也绝不可劈头就砍，那样的灾殃会加倍严重。因为丈母娘的画，经常是毫无瑕疵的，倘若有，那也必须由她自己口中说出，轮不到你的。

于是你最好顺水推舟，把三分眼力放在画，七分精神投注人。你得正眼看画，余光扫她，偷瞄她是开颜或皱眉。当她皱眉时，你要捉住她画布上的角落，到底是不满意云霞、花丛或溪流。倘若你逮到她所不满意的地方是花丛，你就可以表白，是要添一点绿还是添一点红。其实结论往往是不必增删，因为画作总有很高的完成度，无须再琢磨。但如果你说得如此干脆，又如何能表达你满腹的诚意？你必须用满腔满嘴的介系词和副词，愈多愈好，多到你自己都快搅不清楚你自己的修辞，因为下一句总是在辩驳和修正上一句。你说出的话，最能迎合批改作文的老师快意，他可以红笔从头到尾一删，只留下你作结论的那一句。其实你一点也不三心二意，笃定那画面无须再添颜料，但你永远得迂回，陪丈母娘打开心结，从山脚绕到山顶，最后才陪她大声对群山欢呼，这是一张旷世不朽的名作。

亲爱的朋友，希望你们不要憎恨我的狗嘴巴结模样，我是世纪伟大的弄臣，并且在进行我的整体治疗计划。在强迫吞服一粒普拿疼之后，我开始运用我的腹语催眠术，治疗丈母娘的“后更年期征候群”。我的丈母娘其实是好福气的，不是说她有这样的女婿，当然算我锦上添花也行，她的福气在于年届花甲还能热心创作。她的画往往是飙来的，有时她坐在很漂亮的庭园，一两个小时还不一定能下笔。后来竟来个管理员请她出去，原来是处私宅，在铁门一扣的刹那，说也奇怪，灵感来了，就从铁栏杆缝中偷窥，把好风景全搬进画布。

如果画出一张旷世的名作必须赔上一只耳朵，像我们的梵·高大师，我丈母娘有可能点头答应。丈母娘最向往的大去方式，也许是自觉画了一幅十分满意的作品，在最后一笔还没抹上之前，心脏病发。这一点浪漫，我们娘婿还算沆瀣一气；我是一个坏的医生，鼓励她去淋雨、挤车、跋涉，只图画出几幅得意的作品。就像明明周末去郊外写生，礼拜天闹头疼，还任由她去菜市场，办一顿丰盛的筵席。对她而言，这其中布满生命的奥秘与狂喜。

我之所以戏称丈母娘“野兽派”，因为她最服膺的画家是马蒂斯。丈母娘画两头牛，像两团长着角的乌云，你委实弄不清楚，为着这样抽象的东西，她一定要跋山涉水去实景写生。丈母娘有时候盯着写生的景物，一直看到实体的轮廓快消逝了，她才将它们移入画布。她的画经常呈现狂喜的出神状态，所以每每笔成，就很难再修改，有几次不信，落得进退两难。如果她是演奏家，那一定是“音乐会型”的，观众愈多，逼得她愈紧张愈好，她绝不是穷蘑菇的“录音室型”。丈母娘最拿手的大概是火鹤花，那天堂鸟像在天堂跳舞，但不是优雅幸福的，而是汗水淋漓销魂虚脱，像斯特拉文斯基粗犷原始的芭蕾《火鸟》。她的画不是惹人怜爱的写实风，甚至她对照相写实的作品有所憎恶，她的世界总有一股浮动，那股浮动，喏，像足了厨房弥漫的油烟蒸汽。原来她烹饪，一如作画，是那样强调色泽和即兴，只有“热”这个字能概括她的风格。

丈母娘要是不画，那就可惨了，她可能忙着在家里量血压。她打电话来的时候，你会以为是一只猫要来看病挂号。什么时候开始时移势迁的，她说话的口吻，又变成一个女儿。我想，我的药柜上，没有任何一种药，是可以克她的。她恹懒的样子，我太了解了，就像我一整个礼拜远离稿纸，别问我怎么办，我是你的双胞胎。

女婿看丈母娘，愈看愈有趣，她是不折不扣的野兽派，恹恹波斯猫，炯炯孟加拉虎。

导读

庄裕安，一九五九年生，中国医药学院医学系学士，现为内儿科执业医师。曾获吴鲁芹散文奖。他的作品涵盖散文、乐评与书评，横跨了文学、音乐、电影等多重领域，著有《跟春天接吻的一些方法》《我和我倒立的村子》《乔伊斯偷走我的除夕》《巴赫温泉》《爵士乐》《云想衣裳，我想CD》《水仙的咳嗽》《旅途中的音乐》《巴尔扎克在家吗》《旅行过巴厘岛的德国香肠》《寄居在莫扎特的壁炉》《一只叫浮士德的鱼》等。

庄裕安擅长写作幽默、风趣、轻松的小品文，多以音乐、文学或是生活为题材，故在向来以抒情美文为主的台湾散文之中，特别显得独树一帜，并被论者称之为是“百科全书式”的散文。庄裕安读书面相当广，故下笔也往往是旁征博引，信手拈来，却丝毫不会令人觉得累赘，或是卖弄。他便曾经自嘲是患了“阅读强迫症”，形容自己的文章则是：“宇宙之大，蚊蝇之微，无不可写。”而“对幽默的考证真是得心应手、水到渠成，若以音乐为譬，我写的体裁偏向安可小曲目，而非巨型、宏观的交响曲。”以《巴尔扎克在家吗》和《野兽派丈母娘》这两篇散文为例，前者写的是法国大文豪的生平，而后者写的是自家的丈母娘，但不论是征引文坛的掌故，或是描述生活的琐事，均无一不生动有趣，并且将许多日常生活中的奇遇、经验或是事物，做出了充满创意的联结，故读来格外妙趣横生。

——郝誉翔

小 王 子

周 芬 伶

他们说，弟弟被关起来了。

我已经将近一年没见到弟弟。最后一次见到他，他穿着崭新的名牌衬衫，手上戴着金表，吊儿郎当地说："小心，我到你那里敲你一笔哦！"他总是爱开玩笑。

可是，弟弟一直没有来，然后，我就听说，他唆使三个人去抢地下钱庄，还用刀子割了会计小姐一刀。然后又说，弟弟被通缉，躲在高雄的小公寓里。还说，他被捕了，关进燕巢看守所。这些事情我都不相信。

在我心目中的弟弟全然不是这样的。小时候，他常从我背后扑上来，勒住我的脖子说："纳命来！"我总是一面笑着一面打他，说他好有力气，好调皮。他不是当真的，你看他那张天真无邪的脸孔，清亮有神的眼睛，略厚而敏感的嘴唇，挺直的鼻梁，长得活像詹姆斯·狄恩，他怎么会伤害任何人？

母亲连生五个女孩才生弟弟，他在一大群女孩儿中长大，练就一张最甜的嘴，一颗最软的心，我没见过这么会撒娇的男孩。只要他说，姊，这个我要：这个东西就变成他的，没有人拒绝得了他。他又顶会挑东西，所有吃的、穿的、用的，全是要那最好的。小时候他让人算命，相士说他生来是来讨债的，别人花钱仅止于皮肉，他要花到骨头里。弟弟还很得意地问："姊姊，怎么样才算花到骨头里？"虽然如此，没有人能阻止姊姊去疼弟弟，我们都用女人特有的柔软心肠去宠他——弟弟犯错了，那么就流泪吧！用泪水感化他；弟弟吃不了苦头，那么就什么苦头也不让他吃。

我们喜欢把他打扮得整整齐齐，带他到街上亮相，许多人走过来，摸他的头，拧他的脸颊，他一点也不怕生，眨着大眼睛直笑。很多人说，他长大后会迷倒许多女孩子。

果然，才念到中学，就有许多女孩子写信给他，在这些女孩子中，他只喜欢凤子。凤子是个极标致的女孩，高的身材，皮肤又白又细，一双凤眼笑起来弯弯的，只是嘴角有些歪撇，看来楚楚可怜的样子。有人说凤子一脸薄命相，不是端正的女孩。我才不相信，美丽的女孩总是遭嫉的。

弟弟喜欢凤子，凤子也喜欢弟弟。为了凤子，弟弟从好班降到普通班；为了凤子，弟弟钱愈花愈凶。那一阵子，他桌上贴满凤子的照片，常逃课溜去约会。他说他们是龙凤配，天生一对，可不是，弟弟属龙。

可是，高中还没毕业，凤子居然嫁人了。听说是她的母亲为了还债，逼她嫁给一个老头子。

婚都结了，凤子还一直来找弟弟，弟弟不见她，也不准我们提起她，后来凤子割腕自杀，弟弟也没去看她。

从那时起，弟弟常常不回家，学校说他旷课超过时数，外面传说他参加不良帮派，还说他在赌场里当保镖。有一次，母亲在他的房里，搜出一支扁钻，还有一把好长的刀。母亲一边发抖，一边流泪，把刀用布包好，丢到郊外去。接着，弟弟被劝退学。

我找到弟弟，劝他，不，是哀求他。我说，姊姊相信你的本性是善良的，只要及时回头，一切还来得及。你知道吗？姊在大学里教书，那里的学生跟你的年龄差不多，我常常在想，里面如果有一个是你该有多好？你应该像那些年轻人，夹本书，哼支歌，一大票人争论着去看那里的电影，开多大的舞会，还有夜游、烤肉、赏花，家事与国事天下事，理想与抱负……

二十岁，应该是没有血腥没有罪恶没有忧愁的年龄，弟弟，我等着这一天。

弟弟说，姊姊，你又在做梦了。你没有看到我胸前，还有大腿上刺的这些花，我是洗不干净了。你们都不要再管我，你叫妈妈不要再哭好不好？我最怕眼泪，凤子嫁人的时候，我没掉过一滴眼泪；别人用拳头打歪我的鼻梁，我也没哼一声。不要叫我去上学，我讨厌老师讨厌学校，他们都要我学姊姊们，做个好学生。我不要做好学生，我要成功，有一天我会漂漂亮亮地站在大家面前，那时，没有人会再瞧不起我。你等着，有一天！姊姊，你看到没有，我的头发白了，我的心里也不好受，我要成功。每个人眼中只有钱，我要很多很多的钱……

我制止他继续说下去。我说：那么你去学画，你不知道你画得有多好，以前你画的图，贴在家里，还有人愿意花钱买它呢！弟弟不说话，只是睁着无神的大眼睛，空空洞洞地看着我，他的眼神看了叫人发抖。我看到他的头发居然夹着许多白白的——

然后，更多的谣言都来了，挡都挡不住——弟弟骗钱。弟弟被暗杀。弟弟断了两个手指。弟弟开赌场……我从没看过他打人、听过他说一句脏话，他在家是个乖孩子，在我们面前是最会撒娇的弟弟，他怎么可能去抢人伤人，我不相信。

谣言愈来愈可怕。后来就听说弟弟指使三个人抢地下钱庄，钱到手后，警方抓人，一个被捕，弟弟和其余两人跑了。被捕的那个人把所有的罪过全部推到弟弟头上。我们都在找弟弟，警方也在找弟弟。

有一天下午，我接到凤子的电话，她说弟弟想要跟我说话，我想骂他，但我的声音和手一直发抖，我只是说："你害怕吗？"他说："害怕。"我说："不要怕，姊会替你想办法。你有没有？"弟弟没答话。我再说："我知道你没有对不对，那就出来自首……"说到这里电话就挂断了。

那一阵子，我常做噩梦，有一次梦见弟弟的头发全白了，变成一个很老很老的人；又有一次，我梦见我是法官，弟弟手铐脚镣地被押进法庭，结果，我判他死刑。

祖父出殡那一天，凤子来了。好几年没见，她还是一样标致。穿着一身黑，一进门就往祖父的灵前下跪。母亲去扶她，她附在母亲的耳边说，弟弟也来了，躲在外面。我就知道，弟弟是多情的人，不会忘记祖父最疼他。凤子说，弟弟整个人都变形了。脸孔又黑又干，夜里常看他惊醒，人坐得直直地发怔，好吓人。我往门外看，找寻弟弟的身影，依稀在远远的骑楼边有人影闪动，我知道，那一定是弟弟。

接下来，弟弟自杀，弟弟被捕，开庭又开庭，侦讯又侦讯，初审判十二年，弟弟戴上手铐弟弟坐牢。但是，我一次也没去看他，我不相信弟弟会犯罪。母亲去看他回来说，弟弟胖了一点，理了个大光头，看到人只会傻笑，母亲却哭得说不出话来。

然后，他就来信了，说他在里面读日文，说姊姊不要为我伤心，就当我出国留学去了。寄书的时候，记得不要寄新的，要旧的，一次限三本，不要忘记。在这里嘴好馋，叫妈给我带肉干来好不好？可惜我那一大堆名牌衣服没人穿了。姊姊，祝你新婚快乐，可惜我不能参加你的婚礼……

我否认这一切——我的弟弟是小王子，他有着清澈可爱的眼睛，以及天真单纯的心灵，他逗人喜欢，没有人会拒绝他。他有一朵骄傲的玫瑰，只有四枚刺，可是，他太年轻，不知道怎么去爱它。我的弟弟是小王子，他暂时不会回来了。

汝 身

周 芬 伶

她经历了水晶日、水仙日、火莲日、苦楝日终于完成了女身。

水晶日

从小她触觉就特别灵敏。生长在亚热带的孩子，终年承受高温蒸熏和火辣阳光暴晒，使她的身体像海蚌一样柔软敏感，受到沙粒杂质刺激便紧张蠕动，只为形成珍珠般的鉴照；而热带植物和狂风暴雨所引发的疯狂狰狞想象，使她的触觉超越了视觉和听觉，触摸于她如呼吸，是联结世界的美好方法。

孩子们喜爱跟水有关的一切事物：贝壳、帆船、捕鱼网、钓竿和水手帽。他们脱光上身在河流中以自己发明的姿势泳动，水中沉浮着如甘蔗皮般的黑皮肤和如甘蔗肉般的白皮肤。有时他们游过浮有布袋莲的溪流，一面拔扯花朵与茎叶，一面探测河水的深度；有时他们在海滨戏水，疯狂地追逐卷远卷近的海潮。孩子的肉身令人想起有清凉的风、竞放的幸运草和风筝飞翔的草原。肉身即是玩具或是游戏的主体，他们需要不时推拉塞挤，时而匍匐在树丛里，时而攀爬到树上，在这冒险的过程里，流血和流泪是经常发生的细节，但要不了五分钟，他们的身体又像初生的小兽，急着要奔跑追逐。

当然他们也知道自己身体的脆弱，只要掉一颗牙就能使他们恐惧得不敢起床，而真正的病痛来到时，又不时嚷着："我要出去，我要出去。"当他们听到同龄的小孩病死或溺死时，脸色苍白，噩梦不断，仿佛替那个同伴死了一回，尖锐地感受到肉体的痛苦和死亡的恐惧，可是藏在衣服底下有呼吸有血流的肉体，渴望着被保护，但又渴望着冒险。

她永远记得小学时穿着的那件紧束腰腹与大腿的黑色灯笼短裤，平时被隐匿在短裙下，上体育课时就得暴露在众目睽睽之下，大多数的女孩习以为常，但她却感到如赤身露体般的耻辱，她总是蜷缩在偏僻的一角，打躲避球时常常在操场上大哭起来。

大多数的时刻，她觉得身体是愉悦自由的，整个夏天她穿着圆领无袖的白色棉布衣裙，是内衣也是外出服，因为不断搓洗，变成牙白色而特别柔软，像被一团云彩温柔地包围。她喜欢骑自行车，小小的短裙飞扬起来，露出黑色的灯笼裤，松紧带在她的腰间与大腿勒出殷红色的勒痕，骑车时感到些微疼痛，可是那并不妨碍她的愉悦与自由。

当车飘飘前行时，她觉得世界很实在又很缥缈，风中有种缠绵的温度，她全身的肌肤就像白色的草原，没有边际，没有阻隔，只有茸草的清香和明净的天空，而世界就像水晶一样透明而澄澈。

水仙日

她是经由湘湘才明了女人身体的种种细节和美妙。对她而言，湘湘是一切美的标准和极致，所有人与她相比，都会因太高太矮太胖太瘦太丑而缺乏说服力，她身高一六二，体重四十六公斤，有什么比这更好的比例？她的鹅蛋脸在别人身上是平庸，在她身上即是俊俏。她的杏眼桃腮和饱满稍阔的嘴唇都是独一无二，但是这些也只能形容她百分之一千分之一的美，她有一种精神的美和模糊不定的神秘感，只有她能感觉。

喜欢画画的她，怎么画也是跟湘湘一模一样的脸孔，但画笔也只能表达一二，那未能表达的部分恒然使她迷惑心醉。她甚至看不到湘湘的缺点，其实她的皮肤有点粗黑，小腿有个圆疤，但那都不妨碍她整体的美感。

她被自己热情的注视深深迷惑，为什么视线总是随着她的身体移转，到底是什么神奇的吸引力发生在她们之间——应该说是发生在她身上，一个人孤独地啜饮着美的迷狂与痛苦。

她同时感到自己身体的变化，浑圆的手臂和大腿，身上凹凹凸凸的曲线，胸前并浮着一股浓浓的乳香，她故意漠视这些，仿佛那是陌生人的身体。宁愿被盲目的激情引导到神秘的国度，那里繁花似锦，芳菲如醉，浓密的树林里充满鸟叫虫鸣，她就像那只迷乱的蝴蝶，不知来自何方，不断往花丛扑去，或者蝴蝶只是想成为花朵的一部分，因此才有如花瓣般的身姿和色彩；或者，蝴蝶是花朵的影子，更阴暗更震动，它是天使与邪魔的混合物，是花朵沉默的灵魂。

她常渴望自己有双翅膀，凡人的身体多么平庸丑陋，除了湘湘，她看到少女的苍白与自卑，中年人发着油臭的双手和肚子，老年人的腐朽之气，这些都令她无法忍受，想逃遁到无人的世界。

她的世界是如此狭小容不下任何丑陋的事物，只有湘湘，令她觉得值得存活。可惜湘湘无法了解她的热情，也无法响应她的渴求。或许这样的渴求本无人可以了解，连她也不了解，因而陷入深深的痛苦中。

多年之后，她才了解她是在湘湘的身上寻找自己的影子，或者说是女人的影子，湘湘就是女人与神的化身。而那段青春的岁月，为了逃避自己已然女人的肉身，借湘湘遗忘自己，借湘湘形塑女人的影像，当湘湘逐渐远去时，她觉得替湘湘活着，并知道肉体没有界限，纵使生离死别也不能造成界限，肉体的交换融合跟细胞繁殖分裂一样复杂，一个人身包容了许多人的肉体，那使灵魂感到拥挤与沉重的感觉，只是因为另一个人身隐形地加入。

火莲日

而当一个真正的人身加入另一个人身，那又不是拥挤与沉重所能说明的。

起初像得恶疾，不断呕吐又晕眩无力，食欲不振，唾液酸苦，没有一个地方对劲，有时觉得大概是快死了，说不出的难过与忧伤。

佛教的观念认为肉体的死亡，会经历身体的分解和意识的分解，这个过程如火焚身。孕育生命的过程，母体也会经历一次大分解大焚身，这分解以胎儿脱离母体时最痛苦，生的痛苦与死的痛苦是类似的，但死亡的痛苦已渐渐被了解，生育的痛苦仍是不解之密，因为女人不敢说，不能忍受这种痛苦的女人将被视为耻辱。

她是在生产时，才在床上听到上一代的女人诉说生产的痛苦，每个人的痛苦程度差异很大，那些神经纤细、内向敏感的人往往是难产的不幸者，而那些神经强旺，劳动足够的妇女，有的只觉得“一阵酸麻，不知不觉就生出来了”。

不论什么样的痛苦都被隐匿，以至于未婚的女孩对这种痛楚一无所知，她到生产时，才知道“女人是被蒙骗长大的”，那不知来自何方的被肢解被撑胀的痛楚，亦无止无尽地延续，就像千军万马在她身上践踏而过，而产房只能以地狱来形容，到处是鬼哭神嚎，等待床位的孕妇被弃置在走廊上，高高擎起的双腿和巨腹，令人想到刀俎上的鸡鸭，床位与床位之间，只有一条布帘相隔，这里的哭嚎连接那里的哭嚎，近处的痛苦连接远处的痛苦，陪伴的亲人有人抚着佛珠，有人陪着哭嚎。

“不要碰我！”一个孕妇痛苦地呢喃。

肉体分解的痛苦，任何的触摸只能增加产妇的痛苦，嘈杂与哭泣让意识更加混乱，一如临终之人。

她在经历一天一夜的挣扎后被宣布难产，事实上她早已进入半昏死的状态，意识进入黑暗地带。在剖腹生产手术中，她仿佛听到基督严厉的宣判：“你因教唆亚当偷尝禁果，此后被逐出乐园，世世代代的女人将因怀孕而遭受无人能解之痛。”

在强力的麻醉下，她进入时空的另一个次元，那里的颜色非人间所有，像陷进一大块爱玉冻中，另有无数把刀将爱玉切割成不同形状的块状物，世界是由块与块衔接而成。数不清的裂痕与吐纳，冰冷的时间与空间冻结成一块分不开的巨大冰岩，无止无尽地切割又切割。她想那是意识的图形与分解的过程，比肉体的分解更细致更光怪陆离。以至于当产妇看到初生婴儿不觉嘤嘤哭泣，那其中有大半是为自己为生命而哭。

我们的身体会带来这么大的痛苦，令人无法想象。人身与人身的融合和分解，生产是具体的展现，而其中的神秘仍无法诉说。少女含纳优美的灵魂与人身，孕妇分裂新美的婴儿，相对之下，爱情与性爱的经验那么抽象而微弱，女人因此感到深深的孤独。

苦楝日

女人身体的老去意味着性魅力的消失。那草原的清香、牛乳的芳香和母体的幽香离她渐渐远去。只有在某个怔忡的时刻，那从她身体含纳而入的人身和分裂而出的人身，仍不断在呼唤她的名字。而她已记不清他们的名字，不记得也不重要，她已决心一一释放他们，让自己得到彻底的自由。

老去的女人不再需要逃避男人的注视，不再需要层层包裹自己的身体，她记得小时候，许多老去的女人就在家门口水沟边，赤裸着上身清洗她们的身体，皮肤就像被车轮辗过的糟泥巴，显现强而有力的刻纹和斑点，下垂如袋的乳房，每个老去的女人都是一个样子，回到某种平等、自由和爱。

不用再忍受生育与月经的痛苦，不再嫉妒其他的女人，也不用再与世界争斗，因为岁月让一切下垂与下降，而你只有用自己的智慧上升。老女人的智慧是顽童般的俏皮与狡黠，她擅长回避直接的质询与争斗，以困惑无辜的表情抵挡所有的是非，她的眼光与舌头变得更为尖利，因为要随时面对年轻人的轻侮。只有在很少的时刻她露出慈祥的表情，许多人以为那是老年人的宽容，事实上，那是被释放之后与生命和解的态度。

她从此可以放心地在旷野中行走，在男人堆里横眉冷视。没有人会再抢夺她的美色与肉体，因为她早已一一将它们释放。

她的祖母就是这样，七十几岁了，无论到哪里去都要动用自己的双腿，热衷各种旅游计划，她对吃更讲究，采集各种养生的药草，研制健康食品。她更喜欢园艺和养动物，女人天生与植物花草接近，年轻时爱花草只为爱美，年老时爱花草，为享栽种与植物生长的喜乐，草木的死死生生那样的自然容易，令老去的女人内心感到安慰，原来死去也可以这么自然美丽。

她的祖母的死去就像一棵树木的倒塌，有一天她摔倒在地上，就再也没有爬起来过。她注视祖母业已平静的肉体，脸上露出婴儿般的笑靥，她仿佛看到祖母走进深密的丛林中，在草原的那一端隐没，那里有一颗星星亮了又暗了，她回到生命的初始而非归入生命的终结。

近来她渐渐感到身体有了秋意，肌肤呈现树木的纹理，散发苦楝的果实气味，生命那么甜蜜又那么忧伤，她迎风而立，脸上展露神秘的笑容。

导读

周芬伶，一九五五年生于屏东，台湾屏东县人。政治大学中文系学士、东海大学中文所硕士。曾获中山文艺奖、《联合报》文学奖、吴鲁芹散文奖等，跨足多种艺术创作形式，作品收入中学、高中课本及多种选集。著有散文集《绝美》《花房之歌》《阁楼上的女子》《热夜》《恋物人语》《汝色》《母系银河》，小说《世界是蔷薇的》《妹妹向左转》等；文学论述《艳异——张爱玲与中国文学》，口述历史《愤怒的白鸽》。

《小王子》收入《花房之歌》，《汝身》收入《世界是蔷薇的》。《小王子》是周芬伶早期的作品，彼时她似典型的中文系女子，无论题材、风格或对待世界的方式都颇婉约典雅，姊姊总是相信弟弟永远是单纯天真的小王子，拒绝面对残酷现实。周芬伶对美的沉溺和执着使她故意，也愿意相信世间总有不变的事物。《小王子》里姊姊疼惜弟弟的方式，十分传统，十分“第二性”——这是西蒙·波伏娃用以形容女性在父权社会的地位和角色。《恋物人语》是周芬伶转型期的作品，风格的转变要等到同时出版的散文集《汝色》和小说集《世界是蔷薇的》，论者一般以为是现实迫使她转变，却忽略了从早期就一直存在于她作品中的骚动特质，以及对散文风格有决定性影响的“人格特质”——神经质、热烈、燃烧式的勇气和热情——现实经验只是缺口 / 契机。《汝身》对自身和女性的反省，原是一直被压抑在周芬伶早期作品里的。当她面对现实，属于周芬伶的残缺美感和狂热才情，始真正得到释放和开发。

——钟怡雯

我的天可汗

钟文音

我踮着脚尖在比我人高的木头柜台上一笔一画地写着“肆仟圆整”，并一笔一画在户头栏内写上母亲名字的那年，我刚读小一。我认字快，学习得也有模有样，家里唯一的一本课外书《白蛇传》，快被没上幼儿园的我翻烂了。

我一直记得那个午后，倒非是那午后的初夏蝉鸣有多栗耸，也不是那尘埃满天的小路有着一路尾随的苍蝇，也非是我手上的芒果口味枝仔冰有多冰激诱口……而是我帮母亲写的单子，被柜台的人退了回来，那很违背我的自尊。我被更正，“肆”写错了。

回程母亲问，学校没教？我甩甩头。那你头一拜（次）写成啥字？母亲向来事事要清楚。

我写成了“赐”，我用右手在左手掌上比画着。母亲反正只是问而已，并没有看懂我在鬼画符着什么，她在意的是威权的使用，那是她仅有的。于是又问，是啥意思？“赐，就是送，送给别人。”我答。

母亲叨叨数落了我一晌：好不容易赚到的钱怎么可以赐给别人。好运都被你送掉了。然而母亲还是很高兴她终于找了个帮手，好替她到银行领钱存钱时写单据。记得那天是端午过后不久，竹叶蒲草和麝香包在老厝的屋宇梁柱游移着，一家牛肉面店批了好些空心菜，母亲卖得了好价钱，当天下市收了款回家，看到上完早课伏在阴暗光线下翻书的我，忙唤我帮她这个忙。

这个忙一直帮到我上大学离了家止。

到银行写单据的旅程，路程不算长，母亲却要我得空陪她走一遭，那是没有行李的旅程，行李只是手上母亲紧抓的钱，要银行帮她看牢的钱，免得被丈夫喝酒赌博赔掉的钱。

长大后，我说，就先拿些单子在家事先填好不就好了。母亲却执意不肯。

离家后，听说母亲只好拜托邻居写了。于是那段没有行李的旅程，就连陪她的人也没有了，而手上紧抓的钱却还是薄薄的，连掌中可一握的厚度都不及。

如今的自助式机器，母亲更是隔阂。从没看过她用机器。

当然，好多年来，她也只能看七点那个时段的闽南语歌仔戏节目。国语新闻她一律不懂，报纸对她是天书。

而所谓的城市，母亲都说是进城。她常和邻里说她去了哪又见了谁，其实那是我的旅程，她把口述者的话散播了出去，而事实上她好久好久不曾进城了。

进城，听起来像是要上朝觐见似的。

长久的耳濡目染下，我的心中有了道城门，久而久之我的现实里也有道城门。

这个城门没有看守人，只有人子往来的足迹上长着骨溜溜的眼睛，那是我的眼睛。我帮母亲逛城逛大街，我是她的腿，我是她和城内社会的桥梁，是她的眼睛和耳朵；是她的信差、报马仔，是故事的再造者，是新闻主播。

而母亲是天可汗，当朝的天可汗，一家之主，绝对的威权，分配空间与食物的主人。她要我报告的事，或她突如其来要我奏疏的事，我最好都要知道，所以我在觐见可汗时，不论她问不问我话，我的心中都是会先有腹稿，腹稿常常和口述相反，因为由听口述者来决定她要听的段落。

播报事件的时间通常是母亲农闲时，我下课后。相会于厨房，梳洗和端菜的空档，葱爆和火焰的缝隙。或是前往邮局银行的路途，那段没有行李的旅程。

城里城外的氛围，我所看见与看不见的全凭我的心情来描述。我的天可汗的脾气再暴烈，出了城却一无是处，她只能靠她的臣子。城市的那个天可汗威力高过于她，他只消断了她的语言她的文字，她就成了一个现代城市里的废帝，帝国只是青冢。

有时我想起母亲，我的天可汗，总要怔忡一阵。我上大学后曾经送天可汗去上小学，她却比我更会逃学。削得曲线优美的铅笔端然地躺在小甜甜铅笔盒，但是全成了断头美人；检查汉语生字本，只歪歪扭扭地写了一行数字，从一到十。从事农田的手龟裂不堪，拿惯锄头镰刀的她，铅笔对她太瘦小了。

盲，盲于一切文明，所以天可汗又退守到她自己构筑的城堡里。

我，则是不得不日复一日地出出入入于城里城外。

只是常常，童年的城里如今却成了城外，过去的城外却常成了现今的城内。城内城外的界线，其实是看不见的，界线就像是海港收市的鱼腥味，只见血迹与气味，不见尸首与尸身。

城市的骨肉被记忆侵蚀一如鱼肉被人体胃酸分泌于无形。

繁衍与衰落

少女之躯的城里是饱满的，天空洗蓝，房子幽白；城市是电影院和百货公司楼顶云霄飞车的代名词，是累积的票根与谣言浮动之地；商店里恒常有着漂亮的卡片和衣饰。只是口袋里常常没有钱。

红颜已老的城里是贫血的，情欲枯竭，名利沉浮；靡黄的浊色布在黯淡的水晶体表面，爬满蛇斑竭纹的枯手攀在陈腐的城墙上。大哥大手机整日在四周响个不停，系着领带的上班族是敲打的一代，在计算机前敲下草率的欲望。

少女之躯的城外，阳光明丽，以草为枕，露宿郊野，夜合日分；河床饱满，赤足言笑，沾湿衣襟不足惜；无限的可能从静默中升起向外放射，人们对城外的自然本体有着接受神谕般的敬畏。

红颜已老的城外，阳光灰暗，房子鳞次栉比傍山而立，互相拥挤直至崩毁；忧郁的心对着累结的劫难，而大自然的河床已渐干涸，湿地被水泥霸占，候鸟不再来。空虚充塞在皮肤皱折的暗影，苍衰布满枯萎的重重花瓣；人们记不起彼此的容颜，再也想不起初次相逢的喜悦与氛围。人们得了失忆症，记忆不留一丝被足以唤起的痕迹。

心灵有她自己衡量景物的尺度，而静观景物的时间有一定的上限；一旦越过时间的限度，所描述的景物将失真，被记忆改写。

消失的城与城

我常在和天可汗对话时，才想起一些遥远的事。好比十八岁前，往城外的城外的路程，手中的两份吃食或是便当。城外的城外，就是乡里之外的田，大片的田，母亲耕耘的田，可以让她换钱存到银行的田。

租赁而来的田，她换过许多耕种的菜籽，起先是稻秧，然后是空心菜，后来连莲藕都种了。

夏天里开出粉嫩之荷，花期之后采收。藕是茎，埋于深泥，掘藕如掘宝。小心翼翼地掘之，以防藕断坏了身价。

莲藕需用柠檬酸洗白，一节节的白是可汗眼中的银两。

蹲于田埂就食的同时必须眼观云层流动的姿态，以在暴雨来袭前跑到木寮躲避。

当我再也不用陪天可汗到城镇里存钱的时候，城里和城外的界线已逐渐模糊，城内的人口和集中的财富把城外农村的点点滴滴尽数吸吮而去。

吸吮的声音日日在古厝的梁木上发出震耳的撼动，我倚墙听去，听到许多人在搬家或是拆卸着矮旧的房子。

模糊的城界

信差的动机，常有着目的，可能把逗点的位置故意放错了，也可能故意换了一个形容词，并改变句词的前后，或是引言的使用，以及事件的模糊省略。

可汗才是内存储存的筛选决定者。

时间，无法被取代，然而提炼出来的事件却像是正逐渐风化的古迹。

不论时光演变的速度，我对她的描述深刻与否，可汗对城内的记忆却老是停留在某一年夏天的日与夜，不同日期发生的日与夜，我们进城去准备参加一场婚宴。二十多年前，城内的况味也还是那种准备从蛮荒后期跨入文明的年代，一场西北雨常常弹落在涩涩郁郁的土地上，白天我陪她去定做一件衣服。在旁边看着她挑布，成捆成卷的布匹有一种类似雨后报纸油墨蒸出的味道，簇新的染料味。成捆成卷的布匹，比我这个臣子还高，臣子努力地讨好她的皇帝，帮她打点主意选择色泽。

长大后，我常在午后的雷阵雨中，躲进城内各个角落的百货公司，也常突如其来地进入某一家百货公司的周年庆，周年庆常见的是促销着某一个品牌的口红。于是每个迎面而来的脸都有相同颜色的嘴唇。

我在那样的虚张声势里总是会把记忆带回那个陪可汗进城的夜晚，城内的喜宴开拔，几道菜色后，可汗张了手瞥了瞥示意送餐的侍者把剩下的打包回府续摊，却见城内早已不时兴这套了。回程，可汗说，还是在自己村子办桌有意思。

有意思的东西将因为面目的过于雷同而日渐消失。

被俘虏的臣子与信差

高中以前，城里住着一个重要的人，是大舅舅。他住在一所没有内外分界的城市空间，监狱。

可汗说被俘虏的臣子，我要尽责地替忙碌的她去探他。舅舅是个被废的臣子，丧失原乡者没有所谓的城与城，只有墙与墙；城市帝国没有他的一席坐榻，只有被围堵起来的空虚腐朽。俘虏，大舅舅确实是城里的俘虏。俘虏爱读书，从监狱寄出的一本《泰戈尔诗集》，让那本破烂的《白蛇传》有了取代的对象，舅舅是被关在雷峰塔的人，我当时这么想。

我带着圣旨去看舅舅的头几年，可能过早吸入了太多的腐朽空气，以至于对那个城，常有着超现实的想象。究竟那个城确实是存在我的记忆，还是我的记忆擅自书写了那个城？现下我能肯定的只是大舅舅确实被关了十四年，后来才赦免减刑了他。

过桥，朝东方走，大片阴影尾随，转换公交车，升腾的热力，徘徊的步履，让人屡屡忘了城市的长相。巨大的城门高墙，我是其中张望的一个小黑点，长长的等待后，传来生锈的铁环被敲开的声响，守门人开门，放我进去探班。

隔着玻璃，我见到被俘虏的臣子坚毅的脸上线条不复，刮擦的伤痕在手臂上，眼光略微涣散地越过了我，逡巡着门开的向光处。

许久，我才知道要拿起桌上的电话和他通话。我说，母亲无圣旨要传，她要我带了肉松给你。被俘虏的臣子听了牵动嘴唇微笑了一下。

那个笑容，那个因为听到肉松而微笑的笑容，是我回程对这个围城的所有记忆的总结。

复制与质变

天可汗渐渐老朽，现下连城内和城外的城外都要一并口述了。

那天我向天可汗报告说，城内的新都心将要盖起一栋一百层高的大楼，那是二十一世纪的新世代帝国。城内的婴孩被菲佣推出来和另一个被菲佣推出来的婴孩对望，爱没有栖身处，冷漠却搁浅在幼嫩的脸上。

城外的海水水质恶化，儿时可汗教我辨识的红茄冬和红树林等树种，我即使有子嗣也无法续说的故事，某些物种将成为新世纪的传奇之一。

克隆羊，多莉诞生了。克隆就是另一个分身，另一个自己。

克隆就是从原有的拷贝出一个一模一样的。

“现在的农民真好，以前我饲养的鸡牛羊，要是能够一只变两只该多好。”天可汗无限缅怀地沉浸在她的古早苦难王国里。可汗如此言说，我却不意想到了苍色狼和惨白色的鹿所诞生的草莽帝国，受天光而有了帝国的想象充溢我心。

风霜与进贡

天可汗早已不用再去城里的银行，守寡多年，帝后威仪涂满风霜，所见满城皆是荒凉如墓，她现在只能接受我的进贡。

那天我第一次看见天可汗的落寞，她的脸上从来都是被淬炼出来的威严的，却见她闪过落寞神色。

天可汗说，怕她见不到下一轮的繁华盛世了。旋即她用手抚摸她挚爱的臣子说，你这一代若是见得到我也感到高兴。

我知道不消几年，可汗渐老，对于她所谓的城内城外分际将失去意义。她将像所有“我想要回家”寻人启事里的老人一般，走过家国幻灭后的失忆与苍衰，她的人将像启事那缺乏想象的述说语句来被记忆：女，约六十岁，身高一米五六，体重六十公斤，圆脸，操台湾闽南语，文盲，说话一开口就停不下来，只知有个唯一的女儿叫“阿妹”。

所幸，我这个叫阿妹的臣子，并未背弃失势的可汗。使可汗晚年免于忧心烈烈，免于几饥几载的凄凉。

在城内仰息，在城外埋骨，这是我可预见的未来。无须行李的旅程，嘴巴一张一阖的口水和笔墨濡沫于帝国的版图上，彼此凝神神交，靠着眼光的泪液和唾液渲染了心中帝国的那张黄黄的地图。在幽黄的岁月光影里，我依然记起的是在通往银行的旅程，那是我这个臣子进城的第一步，对数字认知的初始；吸入钱味的头一回，知悉天可汗到了城市完全无用武之地，是被城市文字运作遗弃的废帝。那一年我才知道，我和她密不可分，她是我的供养者，我是她的眼睛与耳朵，建构其城市的陈述者。

导读

钟文音，一九六六年生，云林县人，淡江大学大众传播系毕业，曾任职《联合报》艺文组，曾任《自由时报》旅游版记者。曾获《联合文学》新人奖、台北文学奖等多项奖项。著有散文集《昨日重现——对象和影像的家族史》、小说集《女岛纪行》《在河左岸》等。

钟文音的文字精致细腻，感性饱满，理性深密，风格独具。成长记忆与母女关系是钟文音的书写母题。在钟文音笔下，个性强悍、固执、暴烈的母亲犹如“天可汗”，是家中权威的执掌者；然而，离开家中城堡，身处熙攘城市，母亲却如此瘦小而无助，必须仰赖女儿做她的眼和耳。《我的天可汗》即是女儿对母亲的温柔体贴，拨开母亲强悍的外表，贴近她内心的脆弱与孤独。

《我的天可汗》中，钟文音以冷静的笔调，诉说母亲与自己的记忆关联，字里行间却流动着温情暖意。一个自幼被母亲管辖掌控、甚至几度想要转身离去的女儿，眼见母亲逐渐老去，如同“被城市文字运作的废帝”，而自己却反而得以自由进出城里城外，深觉感伤与不舍。文中，钟文音在不同时空，以不同视点，审视自己与母亲的关系。幼时那暴烈威权的母亲天可汗，如今红颜已老，而当年一度走离母亲的女儿，则回眸凝望、靠向母亲，倾听母亲孤独的灵魂之音，体知母亲寂寞艰苦的一生，她选择继续做母亲的眼和耳，带回城里城外的故事，说给母亲听。

《我的天可汗》不曾以华词丽文歌咏母爱，不曾以煽情的文字刻画母亲的苦难，却展现了女儿的温柔与体己，因为，钟文音说：“那一年我才知道，我和她密不可分。”

——杨翠

第三章 有生有活遍地花

若无闲事挂心头，便是人间好时节。

南方嘉蔬

方梓

小时候一直不能体会父亲告诉我这个故事的意义，以为，只是说说，一个单纯的告知，一则知识。从故事中，我也没体会到任何的启示，毕竟当时年纪太小，只觉得父亲博闻，不单是个农夫而已。

年长之后，我知道这个故事出自《封神榜》，一段血腥的野史、小说。

我揣想当时父亲是要我们重视自己的姓氏。父亲一直认为“林”姓，难有重要人物；历代的皇帝，没有姓林的，勉强称得上“领袖”的大概只有林森，民国初临时政府主席，也不过是“荣誉职”，重量不足，分量更是不够，甚至我还怀疑有多少人知道他？虽然有个烧了鸦片烟的林则徐，可惜挡了洋人财路，官运因此黯淡。现今每年六月三日总会抬出他来作为禁烟的代表人物，却也像个图腾，一年就露这么一次脸。

父亲对林姓在历代中的出仕、商贾如数家珍，因为实在也没几个，而且很勉强称得上是个人物。

对于不显赫的姓氏，父亲反而津津乐道地向我们述说有关林姓的由来。

故事中，纣王的叔父比干，被挖了心，一路奔逃求救，却因为卖空心菜妇人的一句："人无心都可活，菜为什么非得有心？"父亲说，比干听了，落马而死，中了妲己的奸计。比干的遗孀逃到森林中产下一子，取名林坚。父亲说，这就是林姓的由来。

在《封神演义》里，我没有找到林坚这号人物，比干的儿子叫微子德，不叫林坚。

诸桥辙次的《大汉和辞典》关于林姓由来的解释："《通志·氏族略》林姓，姬姓……王子干为纣所戮，其子坚逃于长林之山……"王子干就是比干，他的儿子的确是林姓的由来。

不过，比干被挖心在《封神演义》里倒有这么一段：妲己计害比干，说是要吃玲珑心治病，被挖了心的比干有姜子牙的符咒镇住，暂时保住性命。"且说比干走马如飞，只闻得风声之响，约走五七里之遥，只听得路旁有一妇，手提筐篮，叫卖无心菜。"生死关头，比干还有心追问妇人"人若无心如何？"妇人曰："人若无心即死。"不问便罢，比干一听大叫一声，摔落马，"一腔热血溅尘埃"，这一句看得教人惊心动魄。如果照父亲的说法，是妲己幻化为卖菜妇人，而书上并未明示或暗示，不知是卖菜妇人的有心还是无心，即使神算如姜子牙，也难算准会冒出个卖无心菜的妇人挑起比干的好奇心。

对于稗官野史的欣赏是年长后的事，小时候听故事留下印象的却是空心菜，那个菜园里随时看得到，餐桌上几乎餐餐有的菜，竟然是故事中的关键，从此，我再也不敢小觑空心菜。

《封神演义》中并未提到空心菜，卖菜妇人篮中的无心菜是否就是空心菜，恐怕也很难证实，很有可能只是作者为了强调情节所创造出来"虚幻"蔬菜；父亲的"封神榜"是来自布袋戏、说书，经过剧作者改编、添加、删减，或是父亲个人的喜好皆有之，无心菜可能便是这样成了空心菜，父亲也笃信卖菜妇人叫卖的一定是空心菜。读《封神演义》，能体会作者的“无心菜”是有心编造出来，是一种玄虚。然而，玄虚到了后世竟然有其菜，这大概是作者陆西星始料不及。

空心菜原名蕹菜。关于蕹菜，一般资料记载得十分简单，“叶似菠菜，茎细长，中空，花白色。”《植物名实图考》里，蕹菜属于南方草木。《嘉祐本草始著录》：“解治葛毒……南方种为蔬，北地则野生。麦田中徒供豚豕耳。心空中，岭南夏秋间疑有蛭藏于内，多不敢食，种法如番薯，掐蔓插之即活……在岭南则为嘉蔬。”

在诸多文献中，除了现今介绍有关台湾的蔬菜有空心菜之名外，其余都没有“空心菜”这个别名，并且，南北的口味差距颇大，南方是嘉蔬，北方竟是供豚豕食用。

空心菜如果只是供豚豕食用，大概绝大多数的台湾人都会认为“讨债”，在台湾人的命脉中空心菜有着非常重要的地位。严肃地说，空心菜在台湾经济成长的过程中和番薯一样，有着重要的地位，说是“南方奇蔬”绝不过分。五六十年代，空心菜是贫穷的象征之一，也是穷人家唯一吃得起的菜蔬；琼瑶的小说《几度夕阳红》中，贫困的女主角家中，三餐的主菜便是空心菜，因为它够便宜。

虽然文献上记载空心菜和菠菜相似，然就特质上，空心菜和番薯才是十分接近；在台湾人眼中，空心菜和番薯都是“落茎生根”，也就是“掐蔓插之即活”，容易种植，又不太需要农药及细心的照顾，更贴切的说法是它们很“韧性、贱命”，能在艰苦的环境中快速根衍叶生。

因此，在贫困的年代，番薯和空心菜曾经是台湾人的救命食物。然，随着台湾经济起飞，番薯和空心菜并未因其“贱命”而被淘汰，反而随着经济起飞翻身成为宴客菜肴中时髦的青菜，或许，一则是中壮辈的怀旧心理，一则可能是基于摄取蔬菜的健康考虑。

或许，是饮食习惯的养成，童年餐餐空心菜并未让我腻烦，反而吃出滋味。母亲善于炊煮，即使青菜也炒得翠绿可口，尤其母亲巧于变化，空心菜在母亲手上便有炒、煮汤和汆烫等不同做法，而我最爱加入小鱼干的空心菜汤。

因为茎中空，所以，空心菜要吃其“脆”，不管爆炒虾酱或汆烫、煮汤，都要讲究“脆绿”，煮老了、疲软了，就不脆。空心菜还要趁热吃，放久了会褪色，不好吃也不好看。因此，母亲总是等到我们上桌才下锅炒空心菜；对母亲而言，空心菜也总会勾起当媳妇时的心酸。在不宽裕的大家庭当媳妇，伯母和母亲不管哪一餐总是最后吃饭的人，通常只能冷饭就着凉了的菜汤汁和几根黯色的空心菜梗下饭。因此，母亲说，能吃到热腾腾、翠绿的炒空心菜是幸福的人。

黯色的空心菜梗，对我却是一种想念。

一九八五年随向阳到美国爱荷华参加“国际写作计划”，认识吕嘉行和谭嘉夫妇，谭嘉很会做菜，经常让我们一群人叨扰，吃饱喝足还让我们带些吃的，有时是香蕉蛋糕，有时是小菜，其中印象最深刻的是腌渍的空心菜梗，切成小小段，有点像腌豇豆，只是颜色再黯沉些，看来不起眼，没有“吃相”，嚼起来却像爆炒刚起锅，脆而有嚼劲。空心菜是谭嘉在自家后院种的，到了秋、冬天，气候过冷，空心菜种不起来，腌渍品多少可解馋，以清炒或加豆豉、加辣椒，都十分下饭。可惜，当时没有学起来，回台湾后也从未见过类似的做法，也许台湾太富足了，青蔬水果四季样样不缺，尤其是空心菜天天都买得到，谁会去腌渍？因而，每当嚼食脆而绿的空心菜时，总会怀念谭嘉所腌渍黯色的空心菜梗。

台湾谚语中比喻女人如油麻菜，指农业时代的妇女，完全不能掌控自己的命运和未来，也暗示早期台湾女人的命贱，不受重视。然而在母亲辈的身上，我却有一种感觉，台湾的女人一如空心菜，不管怎样的环境，她们都能活出自己的风格，卑贱也好、时髦也罢，主角或者配角，都韧性十足；台湾，从贫穷走到富裕，表面看来她们也许不是光环所在，却是光环背后的光源。蕹菜，台湾闽南语念“应菜”，我还是喜欢叫它空心菜；空心是以虚体去担受时代的悲苦，或者，去承纳丰盈的世界。从商末比干的无心菜至现今的空心菜，翠绿的身姿亘古如一，虚实，不过人间相。

导读

方梓，本名林丽贞，一九五七年生于花莲吉安，文化大学大众传播系毕业、东华大学创作与英美文学研究所硕士。曾任消基会《消费者报导》杂志总编辑、《自由时报》自由副刊副主编。方梓敏于观察，思想细腻，文字清畅自然，活泼灵动，温润有味。重要作品有《第四个房间》《人生金言》《永远的挑战》《采采卷耳》等。

《南方嘉蔬》从父亲口中的故事传述，书写空心菜的历史身影，以及它与台湾这块土地的历史、作者个人生命经验之间的连带关系，小题大做，深入浅出，纵横时空之间。在方梓笔下，空心菜的历史典故，或只是一则虚构文本，然而，出自父亲口中，却与家族的历史血脉紧密扣连，而使空心菜在餐桌上的翠绿身影与爽脆口感，多了些庄重。

而在母亲的生命史页里，空心菜又是另类姿颜。空心菜的茎梗里，蕴藏着母亲的艰苦人生与坚强韧性。在母亲的世代，空心菜表征贫穷，却又内蕴丰饶的生命力，它济养了无数台湾人，与番薯相同，都是台湾经济起飞的幕后功臣。

对作者而言，空心菜又有另一番记忆与怀念，那是海外台湾友人餐桌上的盛情，也是他们对台湾的思念。身处异乡，以后院一畦空心菜，夏日翠绿爽脆、冬日腌渍菜梗的双重风味，一口一口思念着母土台湾。

一样空心菜多样情。在方梓笔下，空心菜从田埂里、餐桌上，转出丰饶的历史掌故、土地意象与生命故事，她以自然灵动的文字，掌握了空心菜独特的生命意象；阴性的——一如穷人、女性、台湾。然而却也正因这种阴性特质，天生含蓄着一股从暗处引颈向阳的驱动力。

“以虚体去担受时代的悲苦”，正是空心菜以及围着桌前空心菜的台湾庶民的生命姿态。

——杨翠

垂钓睡眠

钟怡雯

一定是谁下的咒语，拐跑了我从未出走的睡眠。闹钟的声音被静夜显微数十倍，清清脆脆地鞭挞着我的听觉。凌晨三点十分了，六点半得起床，我开始着急，精神反而更亢奋，五彩缤纷的意念不停地在脑海走马灯。我不耐烦地把枕头掐了又掐。陪伴我快五年的枕头，以往都很尽责地把我送抵梦乡，今晚它似乎不太对劲，柔软度不够？凹陷的弧度异常？它把那个叫睡眠的家伙藏起来还是赶走了？

我要起性子狠狠地挤压它。枕头依旧柔软而丰满，任搓任捶，雍容大度地容忍我的鲁莽和欺凌。此时无数野游的睡眠都该已带着疲惫的身子各就其位，独有我的不知落脚何处。它大概迷路了，或者误入别人的梦土，在那里生根发芽而不知归途。静夜的狗吠在巷子里远远近近的此起彼落，那声音隐藏着焦躁不安，夹杂几许兴奋，像遇见猫儿蓬毛挑衅，我突发奇想，它们遇见我那翘家的坏小孩了吧！

我便这样迷迷糊糊地半睡半醒，间中偶尔闪现浅薄的梦境，像一湖涟漪被一阵轻风吹开，慢慢地扩散开来。然而风过水无痕，睡意只让我浅尝即止，就像舔了一下糖果，还没尝出滋味就无端消失。然后，天亮了。闹钟催命似的鬼嚎。

我从此开始与失眠打起交道，一如以往与睡眠为伍。莫名所以地就突然失去了它，好像突然丢掉了重要零件的机器。事先没有任何预兆，它又不是病，不痛不痒，严重了可以吃药打针；既不是伤口，抹点软膏耐心等一等，总有新皮长出完好如初的时候。它不知为何而来，从何处降。压力、病变、环境太亮太吵、杂念太多，在医学资料上，这些列举为失眠的诸多可能性都被我否定了。然而不知缘起，就不知如何灭缘。可惜不清楚睡眠爱吃什么，否则就像钓鱼那样用饵诱它上钩，再把它哄回意识的牢笼关起来。失眠让我错觉身体的重心改变，头部加重，而脚下踩的却是海绵。感觉也变得迟钝，常常以血肉之躯去顶撞家具玻璃，以及一切有形之物。不过两三天的时间，我的身体变成了小麦町——大大小小的瘀伤深情而脆弱，一碰就呼痛，一如我极度敏感的神经。那些伤痛是出走的睡眠留给我的纪念，同时提醒我它的重要性。它用这种磨人脾性损人体肤的方式给我“颜色”好看，好像情人乐此不疲的伤害。然而情人分手有因，而我则莫名的被遗弃了。

每当夜色翻转进入最黑最浓的核心，灯光逐窗灭去，声音也愈来愈单纯、只剩婴啼和狗吠的时候，我总能感受到萎缩的精神在夜色中发酵，情绪也逐渐高昂，于是感官便更敏锐起来。

远处细微的猫叫，在听觉里放大成高分贝的厮杀；机车的引擎特别容易发动不安的情绪；甚至迁怒风动的窗帘，它惊吓了刚要莅临的胆小睡意。一只该死的蚊子，发出丝毫没有美感和品位的鼓翅声，引爆我积累的敌意，于是干脆起床追杀它。蚊子被我的掌心夹成了肉饼，榨出无辜的鲜血。我对着那美丽的血色发呆，习惯性地又去瞄一瞄闹钟。失眠的人对时间总是特别在意，哎！三点半了！时间行走的声音让我反应过度，对分分秒秒无情的流失尤其小心眼。我想阅读，然而书本也充满睡意，每一粒文字都是蠕动的睡虫，开启我哈欠和泪腺的闸门。难怪我掀开被子，脚跟着地的刹那，恍惚听见一个似曾相识的声音在冷笑："认输了吧！"原来失眠并不意味着拥有多余的时间，它要人安静而专心地陪伴它，一如陪伴专横的情人。我趿上拖鞋，故意拖出吧嗒吧嗒的响声，不是打地板的耳光，而是拍打暗夜的心脏。心有不甘地旋亮桌灯，温暖的灯光下两只猫儿在桌底下的篮子里相拥酣眠。多幸福啊！能够这样拥抱对方也拥抱睡眠。我不由十分羡慕此刻正安眠的众生、脚下的猫儿，以及那个一碰枕头就能接通梦境的"以前的我"。眼皮挂了十斤五花肉般快提不起来了，四天以来它们阖眼的时间不超过十二个小时，工作量确实太重了。黄色的桌灯令春夜分外安静而温暖。这样的夜晚适宜窝在床上，和众生同在睡海里载浮载沉。

或许粗心的我弄丢了开启睡门的钥匙吧！又或者我突然失去了泅泳于深邃睡海的能力；还是我的梦呓干犯众怒，被逐出梦乡。总而言之，睡眠成了生活的主题，无时无刻都纠缠着我，因为失去它，日子像塌陷的蛋糕疲弱无力。此刻我是猎犬，而睡眠是兔子，它不知去向，我则四处搜寻它的气味和踪迹，于是不免草木皆兵，声色俱疑。众人皆睡我独醒本就是痛苦，更何况睡意都已悉数凝聚在前额，它沉重得让我的脖子无法负荷。当然那睡意极可能是假象，尽管如此，我仍乖乖躺回床上。模糊中感到钝重的意识不断压在身上，甜美的春夜吻遍我每一寸肌肤，然而我不肯定那是不是"睡觉"，因为心里明白身心处在昏迷状态，但同时又听到隐隐的穿巷风声游走，不知是心动还是风动，或是二者皆非，只是被睡眠制造的假象蒙骗了。那浓稠的睡意蒸发成丝丝缕缕从身上的孔窍游离，融入众多沉睡者煮成的无边浓汤里。

就这样意志模糊地过了六天，每天像拖个重壳的蜗牛在爬行。那天对镜梳头时，赫然发现一具近似吸血僵尸的惨白面容，立时恍然大悟，原来别人说我是熊猫只是善意的谎言。此时刚洗过的头发纠结成条，额上垂下的刘海悬一排晶亮的水珠，面目只有“狰狞”二字可形容。

头发嫌长了，短些是否较易入眠？太长太密或许睡意不易渗透，也不易把过多的睡意排放出去，所以这才失眠的吧！

到第七天，我暗忖这命定的数字或会赐我好眠，连上帝都只工作六天，第七天可怜的脑袋也该休息了。我听到每一个细胞都在喊困，便决定用诱饵把兔子引回来。那是四颗粉红色、每颗直径不超过零点五厘米的梦幻之丸，散发着甜美的睡香，只要吃下一粒，即能享有美妙的好梦。

然而我有些犹豫，原是自然本能的睡眠竟然可能廉价购得。小小的一颗化学药物变成高明的锁匠，既然睡眠之钥可以打造，以后是否连梦境也能够一并复制，譬如想要回味初恋酸酸甜甜的滋味，就可以买一瓶青苹果口味的梦幻之水；那瓶红艳如火的液体可以让梦飞到非洲大草原看日落；淡黄色的是月光下的约会；蓝色的呢！是重回少年那段岁月，尝尝早已遗忘的忧郁少年那种浪漫情怀吧！

我对那几颗小小的东西注视良久。连自己的睡眠都要仰仗外力，那我还残存多少自主，这样活着凭的是什么？然而我极想念那只柔顺可爱的兔子，多想再度感受梦的花朵开放在黑夜的沃土。睡眠是个舒服的茧，躲进去可以暂时离开黏身的现实，在梦工厂修复被现实利刃划开的伤口。我疲弱的神经再也无法承受时间行走在暗夜的声音。醒在暗夜如死刑犯坐困牢房，尤其月光令人发狂地恐慌。阳光升起时除了一丝凉淡淡的希望，伴随而来是身心俱累的悲观，仿佛刑期更近了，而我要努力撑起钝重的脑袋，去和无止无尽的日子打仗。

我掀开窗帘，从没看过那么刺眼的阳光，狠狠刺痛我充血的眼睛，便刷一声又把帘子拉上。习惯了苍白的月光和温润微凉的夜露，阳光显得太直接明亮。黑夜来临，我站在阳台眺望灯火灭尽的巷子，仿佛一粒泄气的气球，精神却不正常地亢奋起来，如服食过兴奋剂，甚至可以感觉到充血的眼球发光，像嗜血的兽。

我想起大二时那位仙风道骨的书法老师。上课第一节照例是讲理论，第二节习作。正当同学把浓黑的注意力化作墨汁流淌到纸上，笔尖和宣纸作无声的讨论时，突然听到老师低沉的声音说："唉！我足足失眠两个星期了。"我讶然抬头，还撇坏了一笔。老师厚重镜片后的眼神闪现异光，那是一头极度渴睡的兽。我正好和他四目相接，立刻深深为那燃烧着强烈睡欲的眼神所慑，那是被睡意腌渍浸透、形神都沦陷的空洞，或许是吸收了太多太多的夜气，以致充满阴冷的寒意。然而他上起课来仍是有条有理，风格流变讲得井然有序，而我现在终于明白他不时用力敲打自己的脑部、揉太阳穴，一副巴不得戳出个洞来的狠劲，其实是一种极度无奈的沮丧。他是在叩一扇生理本能的门，那道门的钥匙因为芸芸众生各持一把，丢掉了借来别人的也无济于事，便那么自责的又敲又戳起来。

然则如今我终于能体会他的无奈了。可怕的是我从自己日趋空洞的眼神，看到当年那瞬间的一瞥复又出现。昼伏夜出的朋友对夜色这妖魅迷恋不已，而愿此生永为夜的奴仆。他们该试一试永续不眠的夜色，一如被绑在高加索山上，日日夜夜被鹫鹰啄食内脏的普罗米修斯，承受不断被撕裂且永无结局的痛苦。然而那是偷火种的代价和惩罚，若是为不知名的命运所诅咒，这永无止境的折难就成了不甘的怨怼而非救赎，如此，普罗米修斯的怨魂将会永生永世盘桓。

失眠就是不知缘由的惩罚。那四颗梦幻之丸足以终止它吗？我听上瘾的人说它是吗啡，让人既爱又恨，明知伤身，却又拒绝不了，因为无它不成眠。这样听来委实令人心寒，就像自家的钥匙落入贼子手里，每晚还要他来给自己开门。于是我便一直犹豫，害怕自己软弱的意志一旦首肯，便坠入深渊永劫不复了。

睡眠的欲望化成气味充斥整个房间，和经过一冬未晒的床垫、棉被浓稠地混合，在久闭的室内滞留不去，形成房间特有的气息。我以为是自己因失眠而嗅觉失灵的缘故。一日朋友来访，我关上房门后问："你有没有闻到睡眠的味道？"他露出不可思议、似被惊吓的眼神，我才意识到自己言重了。

就像我没有想到会失眠一样，睡眠突然倦鸟知返。事先也没有任何预示，我回避镜子许久了，一如忘了究竟有多少日子是与夜为伴，以免吓着自己，也害怕一直叨念这一点也不稀罕的文明病，终将为人唾弃，何况失眠不能称为"病"吧！如此身旁的人会厌恶我一如睡眠突然离去。而朋友一旦离开就像逝去的时间永不回头，他们不是身体的一部分，亦非血浓于水的亲密关系，更不会像丢失的狗儿会认路回家。

那天清晨，自深沉香醇的梦海泅回现实，急忙把那四颗粉红色的梦幻之丸埋入昙花的泥土里。也许，它们会变成香喷喷的钓饵，有朝一日再度诱回迷路的睡眠；也可能长出嫩芽，抽叶绽放黑色的夜之花，像昙花一样，以它短暂的美丽温暖暗夜的心脏。

导读

钟怡雯，一九六九年生，台湾师范大学文学博士，现任元智大学中文系副教授。曾获时报文学奖、《联合报》文学奖、九歌年度散文奖、吴鲁芹散文奖、梁实秋文学奖、华航旅行文学奖、《星洲日报》散文奖、新加坡金狮奖散文奖、《台湾新闻报》新诗首奖等。著有散文集《河宴》《垂钓睡眠》《听说》《我和我豢养的宇宙》等。

钟怡雯出身中文系，是一位典型的学者作家，也是台湾文坛继简媜之后，最受到瞩目的女散文家。诗人余光中曾赞誉她是“缪思钟爱的才女”，写作散文“巧于命题，工于运笔”，对心灵与潜意识暧昧难明之处，都勇于出实入虚，颠而倒之，向深处去探索。而诗人焦桐则以“想象之狐，拟猫之笔”，形容《垂钓睡眠》超越现实的逻辑，表现出诡奇的语境，以及独特的惊悚之美，叙述变化多端，如狐又如鬼。故《垂钓睡眠》造语奇丽，刻镂细腻的感官经验，如唐代的李贺、李商隐；而小题大做，铺陈华美，又有如汉赋，都可见出钟怡雯遣词和布局的精湛功力。

——郝誉翔

从鬼

陈大为

多年以后才发现，原来我是透过一本又一本的词典，来认识不断膨胀的世界。

乳牙带给我咀嚼和咬词的能力，一张八枚新齿的小嘴，尽咬一些意思不明的生字，满嘴跌跌撞撞的读音。这种曾经有诗人称之为雾的婴语，可真叫妈妈猜破了脑筋。跟其他小孩子一样，我的两颚与舌头很努力将世界在读音里扶正，直到事物坐稳它们在语音里的位置。读音，是我解读世界的第一把钥匙。

刚开了一把锁，却有另一把在后面等着，这世界到底有多大呢？我毫无估算它的想法，反正每天都有新鲜的名词等着我去认识，等着我去把它的名字牙牙地读出。刚上幼儿园，眼前的事物即开始拥有自己的文身，虽然笔画跟树枝同样难看，但我真的听见文字诞生时的欢呼，毕竟是我一笔一笔把它们写出来的。才学了几个生字我便到处涂鸦，常常因为明知故犯而被打；后来学乖了，涂在墙壁的最低海拔，除了路过的蚂蚁、蟑螂，以及妈妈随手挥舞的扫把，其他人类都不可能察觉。

上了小学，生字宛如河床冲积的淤泥，迅速淤积在习字簿里，我很快失去涂鸦的兴趣。课文的篇幅似瓜棚里的南瓜日益肥大，剖开来又是一堆读不懂又记不牢的怪笔画，有些字连读音都很难去联想。我不得不学查字典。这可是一座没有书店的小城，父亲走遍了整片文化沙漠里仅有的几家文具行，好不容易买到一本精美，还附图表的学生字典。捧着这部文字的族谱，我津津有味地查了一个下午，令我感到新奇与迷惑的是“部首”这玩意儿。

部首，重燃我的熊熊字恋。

翻开部首索引，我看见好多汉字的内脏和肢体，譬如打字的手、陈字的耳朵、肥字的肉，当然还有一些完整的字形。老师曾经这么比喻：部首是一群十分厉害的酋长，各别统治着他们的属下，并且下令部属将同样的记号涂在身上，这样大家才不会搞乱。这说法很新鲜，我忍不住翻开鱼部，果然！果然！我吃过、没吃过和想吃的鱼类——鲑、鲤、鲨、鲳、鲸、鳗、鲈——统统在此，它们根据鱼体结构的简繁来排队。接着我读到眼花缭乱的金部，有兵器如钺、有厨具如铲、又有工具如钳、农具如镰，十足一个联营的铁器兼兵工厂。像吃面，我一条一条地吃掉随文的解说，用胃去想象那些看不到的事物，或在远洋深处，或在城堡林立的上古。世界在翻查中急速扩大，字典的厚度告诉我：还有太多还未读到的东西在书页里躺着。

于是我变成读字典的书虫。

班上同学见识过我的识字能耐之后，我得到一个无敌的封号——字典王。替大家解说字义，竟成了字典王无比荣幸的下场。儿童节那天，同学们临时起意决定考考我，先是金木水火土，再来鹿鸟虫鱼鼠，最后是零星的几部。他们赫然发现——我解释得最精彩的是鬼部。巨细靡遗，好比一只野鬼在介绍同类的迷离身世，语气里隐隐有青烟交织。

是的，鬼，就像一个懂得拼命张牙舞爪的生字，一下就被我的好奇从字典挖掘出来。我一向怕鬼，每次问妈妈有关鬼的构造与细节，她老是恐吓我：再问，再问今晚鬼就出来找你。悄然成形的问号，似鱼钩，牢牢钩住我欲言又止的上唇。我只好从电影里归纳鬼的内容——人死后变鬼、透明的灵魂、没有脚、会穿墙、会飘、无孔不入……其实字典到手当天，第三个查勘对象即是鬼部。令我非常失望的是，只解释了一句：人死后的灵魂。我速速浏览了含本字在内的十六只鬼——鬼魁魂魄魅魃魈魋魍魉魏魑魔魕魇魙。鬼族的规模真的很小，除了几只冒牌货，大部分是山里的妖精，对我这个长年住在小城的孩子而言，必须借助《聊斋》故事来驱动脑袋，才能想象出山魈、石魍、树魑的吓人形态。我对鬼的理解根本就是经由文人描述的语汇和惯用的书写逻辑，所组构起来的鬼怪世界。可是我的鬼，岂能局限在字典那简陋的说明里面！为了探究鬼的生态结构，我巧立名目，竖起对生字和新词的求知大旗；此计果然感动了父亲，他又花了半天去物色一部砖块大小的词典。

词典，成为我知识晋级的台阶。

从字典王到词典王，班上同学明显意识到彼此间的知识距离。小学六年级那年，背词典之风因我而大盛；为了宝座，我夜以继日不断啃词典，以击退接踵而来的挑战者。从一个单字到一串相关的词，我的世界愈来愈大，也愈来愈空洞与陌生。总是有一些古怪的名词，在界说不可思议的事物；最令我百思不解的是平时说话的语汇，为何远不及词典里记载的精彩，究竟是我们弄丢了那群冷僻的词，还是它们自闭在生活之外？或者它们根本不存在？我靠词典读回来的世界，有几成是真实的？尤其鬼部的成员，此刻他们是否飘忽在我身边？会不会只舞爪在词典里面？

我的生活被词典的战争钻成一支牛角，很尖很尖。

直到升上中学，这场无聊的竞技才结束。我对数理的思考能力低人一等，不得不把词典收起来，专心去演算百无聊赖的习题。尽管除了词典之外，还有令人欣喜若狂的超大型《辞海》，以及各种大百科，但那不是凡人啃得动的巨册。词典王到此自动夭折，在《辞海》的岸边化成安分的贝壳，回归到大百科的条目里去。

也许是宿命吧，我误打误撞地考上中文系。如果把我对字典和词典的迷恋，比喻成大麻和白粉引发的毒瘾，那《说文解字》便是一公斤高纯度的海洛因。

我被许慎的解字之术，死死迷住。

小篆是汉字的童年，比甲骨金文的婴儿期晚一点点。童年的行动是比较不可理喻的，固执，任性，有些声符实在猜不透，乍看是散步的飞禽，瞧仔细了却是走兽的背影。许慎在进行一场前无古人的大猜谜，他的谜底泄露了大量汉字的小秘密。我翻到鬼部，所有跟鬼相关的字都“从鬼”，由鬼这个大酋长亲自领队。原来鬼的脖子上顶着个似田非田的丑陋大头，跟我童年想象的不一样；看来在造字的时代，鬼已经是惹人讨厌的丑东西，尤其脸部一定有纵横的刀疤，或狰狞的表情。也许可以构成一种巫祝的文化吧，如果有人将历代的幽灵召回来详加考据。那魂呢？魂字被解释成令我眼睛为之一亮的“从鬼，云声”。

云声，难道是云在风中移动的声响？好一句“从鬼，云声”。

我不禁想起每个看过鬼片的夜晚，失眠的耳蜗管常常把声音夸大，削尖，磨利，再拉长！从童年到壮年都一直如此。我的想象，会主动替寂静的房子配乐，木质的橱柜不时传出古怪的梦呓，打算唤醒某些被封印千年的老精灵；我长不大的恐惧，躲在胆囊两侧探头，朝着异声的来源悄悄竖耳。佛呢？我佛在信仰的边陲静静伫立，不视不听不动不语，说是太远，而且又是微不足道的幻想事件。偏偏有风在窗外搬弄着木偶戏，树如莫名的影子是奸角在排练剧情。多风的小城本来就适合鬼怪气氛的萌生，云的移动扭曲了天空单纯的内容，成就了我印象中的鬼魂。在一切从鬼的云声中，我度过无数失眠的夜晚，硬撑到天色微亮才草草入睡。我从故事书和外婆逼真的形容里得知，灵魂有云的质地，白白一团，正好在魄字中得到印证——“从鬼，白声”。中文系的老师皆把白字念成入声，跟怕字的念法差不多，这个读法让我得以进一步推想：魄字的读音里似乎包含了白和怕的音义，所以造字者必定目睹了一只白色的魂，用害怕的笔画将它的形声记录成魄。不管是白色或彩色的魄，我都没见过，尤其搬离外婆那间旧房子后，机会更不多了。

旧房子，每件事物都有厚厚一层情感的蛛网罩着。白蚁在木板墙的夹层中享受它们的天伦，我们在木制的岁月里浑然不觉地作息，直到房子撑不住身子骨，用咳嗽提醒外公它隐瞒多年的病情。白蚁专家才花半小时即鉴定出结果，我们一是搬家，一是成为它的陪葬品。记忆一节节搬运，家具逐件逐件处理；该丢的丢，能留的留，其中最难取舍的是曾祖母遗留下来的一张原木梳妆台。逾百年的木龄加上秀气的结构，宛如晚清遗老过时的叮咛，轻轻顶撞就碎掉它的元神。

我一直视它为旧房子里的老妖精，如同许慎所解的魅字——“从鬼，未声”。他很精确地指出：此乃“它物之精也”。不过魅的本字写得远比楷书更传神——那个古怪的旁，没有读音，只有令人毛骨悚然的含义，竟然是一撮鬼毛！人老长须，物老长毛。难道长毛乃老物成精的表征之一？另一个同义的魅字，看来是在否定一些我们对鬼怪妖精的成见，很多“未知”的东西“未必”就如我们认定的那般恶劣。然而形同昧字的读音，又在暗示谁的愚昧呢？

许慎超凡的想象力，把我推回二十年前的某个深夜。

那个年头常常停电，尤其雷雨前的炎热夜晚，全城超额用电的结果就是全城没电可用。外婆在每个角落点亮蜡烛，行走的人影在墙上变化着形状和尺寸，影子是光替物体随意誊抄的副本，经常走样成陌生的图腾。当晚我睡在较凉快的二楼客厅，梳妆台就摆在楼梯上来的正前方，枕头的五点钟方向，我可以清楚看到上楼的人影。妈曾告诫我深夜莫照镜，以免瞧见不该看到的脏东西。该不会在影射那面古镜吧！只听过修炼千年的蛇妖与狐精，从没想过古镜也会成精的，尽管某些部位长出毛茸茸的霉菌，悬挂两三条蜘蛛的丝巾。

想着想着，突然有一团乌黑的人影浮现镜中，我可没听到上楼的步声。哑口无言的楼梯板子是否吓呆了？我赶紧转过身子，用凉被把头蒙得密密的。耳膜紧绷如鼓，草木皆兵，在冷汗与热汗的拉锯中浅浅睡去。后来证实那是我的误判，原来是晚归的舅舅轻声上楼，以免吵到我们。可是梳妆台已成为我日后噩梦的重要布景。许慎解魅的角度，进一步显微了我的回忆，其实老房子四周长满了大树和灌木，有一股不可言说的阴气。老物长毛则成精，必然是古人辛苦归纳出来的道理。

后来我到大学教书，从千篇一律的作文中，我发现学生惯用和风、雨相关的词汇，来调整夜的内容，独特的部首悄悄统治着特定的主题。从雨、从水、从山，几乎可以砌出一幅山居岁月；从心、从手、从足即是一则动人的故事。我偶尔跟学生提到《说文解字》之术，谈到从鬼之属，十来个单字，组合成数十种耸动的词。最遗憾的是说文找不到魔字，根据造字的法则，一定是“从鬼，麻声”，麻字得读成摩声。鬼令人生畏，魔则使人心脏麻痹，好像有利爪压着颅骨来回摩擦。

“凡是‘从鬼’的字，皆内有文章。”我的结论如磷火，附在他们角膜上发光。

导读

陈大为，一九六九年生，台湾师范大学文学博士。曾获《联合报》新诗奖及散文奖、时报文学奖新诗奖及散文奖等多种奖项。著有诗集《治洪前书》《再鸿门》《尽是魅影的城国》《靠近罗摩衍那》，散文集《流动的身世》《句号后面》等。

陈大为是现代诗人，兼治散文，故他的语言密度高，张力十足，具有特别浓郁的诗意。而他也擅长运用诗的笔法经营散文，透过生动的意象，架构起事物丰富的图景，使得文章更耐于细细地品味和咀嚼。在《从鬼》一文中，陈大为解构中国的文字，将许慎的“解字之术”发挥到淋漓尽致，而从“鬼”部开始，他驱使天马行空的想象力，并且操作灵活、繁复而且多变的比喻，试图勾引出每一个躲藏在文字背后的故事，以及潜藏在他个人脑海深处的童年记忆与经验，可以说是替中国文字的特性，做出了一则最为精彩的诠释。

——郝誉翔

房 间

林 耀 德

1

在这个世界上总有些奇怪的房间。

譬如我常想象，也许在某一栋建筑里，就隐藏着一个永远不曾启用的房间。它被默默地封锁在黑暗中，只因为中途修改的设计图以及施工的失误，没有人发现它的存在；没有窗也没有门，没有房间通向它，它也不通向任何房间，就这么无嗔无喜地夹藏在所有的房间之中；人人都以为那个遗失的房间是某一户的产权,却没有谁核对过整体的建筑空间。

这个永远不曾启用的房间，不曾存在，也就谈不上被人遗忘；但是它却成为一个无意识的窃听者。整栋大厦的每一个房间、每一个房间中的对话，都沿着墙基奔流到它的四壁，静静沉淀，在无尽的黑暗中被悄悄积蓄在那充满回音的腹部。

或许这个秘密的房间就在你房间的隔壁。有一天它终于承受不了那些充满压力的语言，突然就爆炸了，整栋大厦在瞬间崩溃，扬起浪涛般的尘埃，向四面八方的街道滚滚流动，所有的声音随着尘埃的洪流毫不害臊地浮沉在太阳之下。

2

流失的耳语飘出窗口，会不会幻化成蝶呢？

有的房间像是蛹，在外观上看来总是缺乏变化，夜晚时拉上同一种质料和色泽的窗帘，透出同一种品牌和亮度的灯光，但是有一些奇异的经验在帘幕的后面发生。

沉默的蛹做着无止无尽的梦，后一分钟的梦有时接回前一分钟的梦，就如同是被超低温液化的氦气一般，蛹的梦可以穿梭在人类发丝七十分之一的细管里，流转如快速旋动的星座盘。幼虫时期的世界搅拌进蛹梦的制造机，曼妙的变化像晚霞的渐层在它的体内进行，过去的躯壳不断分解，融入重新结构的身体。蛹的梦是一种等待，包含了对回忆的依恋，以及摧毁这种依恋的残酷。

无数的蛹，在这种丧失自我、同时又重建自我的双重逆向过程中，承受不了激进的革命，只好默默死亡，寂灭在逐渐焦黑、空洞的蛹体里，挂在冬季的枝杈间，既回不到幼虫的身世，也长不出美丽的翅膀。它们停顿在朝羽化运转的齿轮间，以非虫非蝶的诡异面貌，怀抱着被时空冻结的惊恐。

有的房间就像是蛹，亮着不变的灯光；但是，总有些改变一切的决定，化成蝶，或者永远蛰伏。

3

在自己的房间中，因为 CD 坏了，只好忍受寂静。

我一语不发地抽出盒中的不锈钢针，我喜欢的四号昆虫针；没有六号针的粗拙，也没有一、二号针的柔弱。

奥地利制的四号昆虫针，金属的硬度和弹性透过那道流贯针身的光纤呈现，冷峻、锐利，足以稳定心情。当针尖准确地扎入松懈的虫身时，可以听见积存在它体内的恐惧在一刹那间被刺穿的声音。

就在那一刹那，它的死亡传导到我的指尖，脆弱而卑微的死亡，在静默的房间中扩充成巨大洪亮的回响。

我拈着针身，转过台灯的罩口，让整只蝴蝶投影在床前的白壁上。颤抖、硕大的蝶翅占据了整面墙壁，仿佛晨曦将至时振翼欲动的姿势。

把它安置在梧桐木刨制的展翅板上是一件精巧的小型工程。将昆虫针垂直插入凹槽，然后以我粗拙的触觉，取出雾色的硫酸纸将两对对称的蝶翅压平在枕木上。这只曙凤蝶的翅翼布满了黑色的网络，尾翅上红底黑圆点的图腾带着邪恶的气质，一种冶艳的嘲讽。

它必须重新等待，在展翅板上等待完全的干燥。

然而我已经准备好它的房间，一个镶上玻璃盖的扁木盒。我找出一张一英寸长、半英寸宽的小纸片，用拙稚的笔迹写下它的标示。

Atrophaneura horishana Matsumura

24.VI.1992

Tarokota

Yao—teLin

（原英寸：1×0.5英寸）

4

那么，房间的标示呢？走在大理石壁板嵌镶的长廊间，每间套房标示的只是铜制的三位数号码，在焕发淡金色的廊灯下，回转着流利的光泽。

一排排房间连在一起，却是一个个孤立的时空单位，令我想到潜水艇中的狭小隔舱。

当靴声橐橐地经过长廊，那些成单成双跳号的门板都用窥视孔上的凹凸镜窥视着我的侧影。

有许多不同的秘密被堆砌在门板后的房间，然而此刻，我却被那些秘密的拥有者悄悄观测，在进入自己房间之前必须容忍的磨难。

观测一个人的私有房间就可以了解他生活的真相；但这又何尝容易，因为那些引起旁人兴致的房客，通常是不被人熟悉的角色，或者深居简出，或者早出晚归，或者脾性古怪不交朋友，或者行踪诡异处事深沉；至于那些常常“开门揖盗”的好客者流，就像是打开所有窗户的公共建筑，反而没有人愿意去查探些新鲜的话题。

这道理，多少可以在那些丑陋而稀有的蝴蝶身上印证；美丽的蝴蝶如果数量庞大，至多也只能论斤卖给工艺品生产者，毫不怜香惜玉地把它们的翅膀黏贴在一幅可悲的、仿冒名画构图的蝶翅画上。丑陋而稀有的蝴蝶，却可能郑重地陈列在桧木框里，让蝶痴们顶礼膜拜。

要了解一个陌生的房客又不犯私闯民宅的罪，最有效的办法是检查他的垃圾。

垃圾是房间的排泄物。人类的排泄物冲进了马桶，房间的排泄物用PE塑料袋包藏丢弃；如果排泄物可以检验出人体功能，那么也可以借着垃圾去揣摩和理解一个房客的房间和他的性格。

只要翻搅垃圾袋，可以发现一个独身者习惯自己动手做饭或者喜欢罐头快餐。一个空药瓶证实了失眠时的焦虑不安，一封揉皱的情书说明了爱情正成为难以治愈的伤痛，一沓诗稿指出了它们的主人忧郁寡欢的原因，几团拗折的纸烟盒提供了房客肺活量的数据。

垃圾是一切隐私的钥匙。

5

更直接的方法是观察房间的窗口。

最近几个月，我一直蛰居在八楼的八〇三号房里，除了阅读一大摞工作所需的图鉴之外，把房间的灯光熄掉，在入夜以后静静窥视隔街大厦窗口的内容，成为枯涩生活中最有趣的娱乐。

当然，我还不至于变态、卑鄙到准备一套专业设备来窥视别人的房间。此外，还有一桩心理性的事实，那就是与其费心购买高倍望远镜、红外线摄影机这些好莱坞警匪片里常见的道具，我宁愿去买一架多功能的新型电传机，更好的考虑则是更换一部计算机。

所以，我的窥视也只能算是业余的，何况能够窥视的窗口清一色是客厅和书房这一类房间，期待中的浴室和卧房不巧是在那栋大厦的另一面。

这段时间里我唯一感兴趣的是七楼C座的客厅落地窗，每天晚上九点到十点，年轻的夫妻在温暖的红色地毯上，穿着单薄的衣衫，不断踩踏着华尔兹舞步，一圈又一圈地绕着六坪大小的场地回旋拥舞。我可以听见他们胸腔满溢出来的、温柔的喘息声，四只赤足沙沙磨蹭地毡的骚响。他们的舞姿令我入神，仿佛各有一对新生的翅翼在他们坚韧的背脊上悄悄地延展。

6

为了考证一只蝴蝶的学名，AKANE 在电话那头兴奋地说："距离一小时车程的两个房间，没想到就像是在隔壁一样。"我当然了解她的意思。两个孤立自闭的房间突然超越时空联结在一起，我感动得差点真的打开门到隔壁去。

这种经验是美妙的。我却联想到反面的挫折——

拨号。

答录机：您好，这是雨果商业设计公司，请拨分机号码或拨 9 由总机转接。

拨分机号码 147。

答录机：对不起，我们没收到正确的分机号码，请重拨一次。

重拨分机号码 147。

答录机：转接中，请稍候。

等待。

答录机：（分机号码确认录音）您好，147，何清美。

等待。

答录机：抱歉，目前分机无人回答，留话请拨 1，找其他分机或总机请拨 0，离开请挂断。

拨号 1。

答录机：（何清美本人留话）我暂时离开座位，麻烦您留话，我会尽快与您联络。（总机小姐留话）请在音响后留话，结束请按 1。（机器声）哔——

我说不下去了。唯一的动作是挂下电话。

7

不论是挂 AKANE 的电话，或者挂下雨果商业设计公司那一长串的录音带质询稿，自己的房间都会回到自己原本的位置。

自己的房间利用电话、计算机和电传插入了繁复的世界体系，化身为一块记录着我的思路的电路板，通向一个新的时空，或者被另一个房间所拒斥。

关闭了那些由电子组构的、无形无影的门扉和窗口，剩下的是一个封闭的自我。粉刷墙壁的时候，像是粉刷自己的情绪，一层白漆干了再漆一层，一层层白色堆栈在白色之上，仍然融成同一种不可抗拒的白色。

曙凤蝶的复眼，可以在那面白墙上看出我无法辨识的色彩吗？

我静默地注视着它被摊平在展翅台上的艳帜，那些细致精巧的网络，饱含着金属光泽的磷粉错乱了我的视觉。

在我自己的房间中，我目睹了曙凤蝶从蛹里挣脱出来的记忆。它背负着四个又皱又黏的囊袋，任凭体内的汁液源源注入，那丑陋的囊袋在沁凉的夜里逐渐竖立成璀璨而孤傲的翅翼。

银色的月光一束束射穿树叶的间隙，映照在那不断挺直的翅翼上，它的复眼环视着色彩无尽的夜。透过它的复眼，我也见证了那如同莫奈油彩的奇异视域。

我拔下它身上的昆虫针，揭开压翅纸，把它带到房间外的小阳台上；对面大厦七楼 C 座的客厅窗口，年轻的夫妻还在环抱着旋舞。我摊开双掌，手中的蝶尸竟然扇动双翅，翩翩飞向泛蓝的夜空，一蓬闪亮的磷粉尾随着它的轨迹悬浮游荡。

在都市的靓容里

林耀德

基隆路上奔驰了整夜的卡车和货柜，破晓前，总拥有一分奇特的安谧和宁静——一种缺乏稳定性和安全感的安谧和宁静。蛰伏在夜幕底下的台北，仿佛是钢铁、水泥、玻璃和瓷砖构成的庞大丛林，那是凭借个人心智和力量无法想象的团体杰作。巨大而错落的建筑物，此刻正如墓场中的碑石，吞噬了无数人口，镇住了无数因缘聚合、无数苦集灭道。

当黎明夺去了路灯薄弱的光辉，宁静被零落的鸡啼惊破；油亮的光幕缓缓升起，衬托起都市黑色参差的棱线。我模糊的影子也长长地拉开来了，都市人的面貌和个性，都像这影子一样的模糊吧？

下一辆货车，赶上了明天。

清道的妇女，散乱的黑发在微曦中射出闪闪银光，随着动作的俯仰，蓬松地游离。几个慢跑的青年，喘着气，带着蒸热的汗味掠过我的身旁，时时摇动着缩小的背影转入红砖道尽头的弯道。

七点半，台大校园里散布着零星的晨起者。就寸土寸金的台北而言，台大的视野无疑极佳。

从宽广的椰林大道步行而入，直达活动中心前的圆环，沿路皆可见到做操和练武的人。随着太阳的上升，鸟声吱喳地喧闹开来，随处麇集的团体亦逐渐增多，他们各自围着不规则的圈子，学拳、习剑、做早课，莫不端正凝神，俨然有参禅的气象。偶尔也有练铁扇子的妇女，把武侠剧的音乐极不合时宜地大声播放，突兀的粤语词曲回荡在学术机构里，对一个散步的过客而言，这些音响正如用手指甲搔弄黑板所发出的怪声，令人毛骨悚然，或许这不过是大都市中一天公害的开端吧。

这个时候如果走进罗斯福路，沿路的膳堂书铺犹自重门深锁，公馆站前的各路车牌已经站满了大中小各号学生；公交车气喘吁吁地喷着黑烟来去，风一带，总散在行人的面前。我忆起了姜成涛先生的歌声："晨风轻轻地吹过／曙光也唤醒了阳明山／市面渐渐地醒来／你早／台北／让我们向你致敬……"绚烂的朝阳正升起，都市的靓容显露出爽朗艳丽的色彩和光泽，一座座矗立的建筑好似正在晨祷，任是谁站在这硕大无言的都市里，都可深刻地感觉到：这一切正是文明的本身在说话。

为了上课，我常常从台北乘车到新庄，过一座桥，从一个都市到另一个都市，加上回程，要换四班公交车。只要投下几个硬币就可以代步的公交车，是民权时代最佳的见证吧，临时工人、法官、小生意人和大学教授都杂坐一车，人潮汹涌的时候，硬挤上车的好汉，不论身份地位，一样地被夹在车门后的踏板间上下不得，这是封建时代绝无的风景。

乘坐公交车，调整自己的目光是门最艰困的艺术。上车后搜寻座位，首先不能太过明显地左顾右盼，以免引起大众侧目——让每一个乘客都发现你汲汲于坐下确是一桩窘迫的事情。步向目标尤应不疾不徐，恰到好处，既不可现出狼狈的模样，又须赶先一步、快人一筹。

某漫画家曾经传授学生，在公交车里应满不在乎地看着对面的乘客，攫取观察人类面部表情的机会。但很明显的，如此大胆地注视对方，往往被认为是一种冒犯的举动，被狠狠地瞪回来。因此，内敛而不失敏捷的眼光，正是好事者在车上所应抱持的理想姿态，否则往往在这种目光的战争中，惹得坐立难安的不快。对于提着公文包或是菜篮子的小市民，公交车的挤最是苦不堪言；偏偏许多小市民，都需要在相近的时间内搭乘有限的车次。在一个酷暑的下午，夹在人堆中，心贴心，背贴背，浊重的呼吸吐在彼此的脸上，酸臭的汗气阵阵蒸起，又不时甩来一束女子油腻的长发，带着刺鼻的味道打在咸湿的面颊上，这种滋味恐怕是所有公交车常客的共同经验吧。而下车的这关尤其险恶，有人不断拉铃、有人大呼下车，一方面又有人拼命在人堆的隙缝中钻营，车未靠站，已是一片大乱，不下战时防空洞里恐慌的气氛。对于别有用心的鸡鸣狗盗，公交车的挤却是妙不可言——职业或玩票的扒手和毛手所表现的猥琐作风，早已成为公共道德和治安的黑死病。

跃下种类不一的公私车辆，不同职别、不同阶层的奋斗者纷纷地涌入各个商业办公大厦，这里一样充斥着战斗般的气氛，时间就是商业的生命——当打卡钟声清脆地在耳畔响起，随着走向办公桌的步履，一日的职业生涯已开始倒数计时。

电梯是高楼巨厦内部交通的枢纽，在繁忙的分秒里，无数的电梯上上下下，载着人货，载着千万种不同的心情，也载着隐匿的罪恶，电梯把这些都载到陌生的空间或是熟悉的高度。在这个表面热闹实质冷漠的世界里，大厦腹中空旷无人的走廊上等待电梯，总令爱幻想的朋友生起阵阵寒意，门启处，谁也不晓得会出来什么东西。或是在空敞的大电梯里，你在亮可鉴人的铜壁上发现：唯一同行的陌生绅士，正把他那双又白又大的手伸向你的后颈……事后，他拍拍手从容地步出电梯，没入大厦里数百间套房里的某一间，或是消失在街角的人潮里……这种念头的幻想成分固然浓厚，但在大厦管理成为治安瓶颈的今日，也绝非空穴来风。

电梯到达目的地前刹那间对乘客重力的干扰，是许多人永远无法适应的。但是大多数的乘客宁愿受到熟悉的重力干扰吧，这代表着你将安然步出电梯的斗室。偶然的机会听到某教授躬述其真实体验——电梯里的小灯正顺着数字前进，忽然间一切静止，陷入黑暗，莫名的惊悸袭上心头，数种令人涩然汗出的猜测飞进入脑海，停电？故障？一个人被关在黑暗的盒子里，疯狂似地敲打和吼叫……如此意外发生的几率或许不高，但在报纸上有关电梯事故的显赫标题震撼下，以及新建华厦愈来愈多的层数，使得乘坐电梯，委实有上天堂或下地狱般的漫长和无奈。有如世袭的天性，电梯里的人们仿佛竖着利刺取暖的刺猬，保持着微妙的空间关系，或双目低垂、屏息凝神，或两眼发直、喃喃报数。在如释重负地走出电梯前，如一群沉默而枯燥的雕像。

不仅是西装革履的白领阶层借由电梯直达办公处所；北上求职的乡村少女也由电梯装载、输送到生疏的环境。她手中剪报上的地址，是能够提供理想和热情来奋斗的场所，抑是敛财骗色和逼良为娼的可怕陷阱呢？隐伏着危机的房间，它的外观和大厦里所有的房间一模一样，而门后，却通往地狱。

平房时代已经远逝，人口急遽地膨胀，使得公寓生活一跃而成为绝大部分居民需面对的事实。一栋栋的国民住宅由政府斥资兴建，在寸土寸金的台北，每户平均二十余坪的面积，一方面顾虑到市民的经济能力，另一方面则一地难觅，只有严格控制坪数以增加户数。（但是住者有其屋的理想，是否也应斟酌传统文化的背景？）二十余坪的生活空间，仅仅适合由父母子女构成的核心家庭，而极难塞下由直系三代组成的折中家庭，忘了加上祖父母的房间，真担心老人的归宿，也会步向西方社会的残酷公式——必须孤独地度过人生萧然的冬天。单身公寓在近年慢慢崛起，独身者蜗居在数坪大的套房里。这里的主人有许多都是三十岁以上的未婚或离婚的职业女性，她们把狭小的空间布置得美轮美奂，毫不吝惜地投入大部分所得，或许她们是寄望回家时，华丽的房饰可以温暖、滋润独身的寂寥岁月吧？独身，会使女人渐渐丧失对职业和生活的理想和热情吗？如果只是为了活着而活着，人生就会成为没有刑期也没有大门的牢狱。

市中心有许多半旧的楼房，底层开设各式各样的店面，楼上则分隔成许多空格，成为简陋价廉的宿舍。此处房客在经济能力上远逊于单身公寓的居民，因为工作或求学上的便利，而暂时委身于鸽笼般的窄小宿舍。一层楼里用木板隔成数十间，摆一张床便几无回身余地，重考生、临时工和小店员同在拥挤、嘈杂、空气氤氲污浊的斗室内默默栖身。这些流动户口，在庞大的都市里，显得渺小而无助地臣服在环境的淫威下；有时更易遭受命运之神无情的摧残。前一阵子，一栋此类楼房惨遭祝融之祸，报纸刊出几具焦黑残骸，可想见当时地狱般的惨状——黑暗中混杂着尖叫和跑步声，浓烟带着炙热的温度沿着狭隘的楼梯和局促的通道疾速滚动……

住宅区的建筑有着令人厌烦的雷同。这种雷同不在其形而在其意。公园对于调整都市人生理和心灵的双重视觉，具备显著之价值。在层层公寓的包围中，寥寥数百坪甚至只有数十坪的人工绿地，正是四周居民无价之公器。沈复先生在《浮生六记》中，记载他儿时把蛤蟆幻想成庞然巨物的本领，这种能力现代都市人也都在无形中培养出。把一棵树看成百棵树，一朵花视为万朵花，都市人把公园当作大自然浓缩成的药片。

道旁的木棉在光秃的枝头端出朵朵艳红的大花，不时因风而落，啪啪撞跌在红砖路上。走在都市的靓容里，感到莫名的哀戚如雾升起，是怀旧的情绪吧？文明前进的旋律和都市成长的流程在我心中穿梭……而我只能坐在红砖道上的白栏椅子，看往来车辆的流体窜逝，夹带啸声；如春秋的战阵冲杀。怀旧的情愫，对都市人的心灵而言是否过分造作？都市人已习惯于面对未知的未来、面对剧烈的变迁，把时间浪费在回忆中沉醉般的感伤，是一种恐怖的奢侈吧！都市面貌的日新月异，把人锻炼得冷漠。十年，仅仅十年就可以改变一个区域中每一个最小的细节。无常的围墙、无常的邻居，都市是一座无常的丛林，水泥墙上回荡的噪音如同野兽的嘶吼，交织的道路向八方铺展，划开大地的皮肤……都市出生的人是没有故乡的，他们从生到死，都像乘坐一列永不停歇的快车，永远地进站、出站，遗忘了起点，也不存在终点。

夕阳，在沉闷、黏湿的穹状尘罩外缓缓下移，光线穿过叆叇的尘罩，折射成无比迷蒙幻美的黄昏，这种在乡野里无法看到的绮丽景象，正是空气污染带来的意外礼物，但也是人类生存危机的强烈启示吧。

华灯初上，赭色已染遍天幕，愈近地面颜色愈深，直触及一列黑色的高低棱线。晚霞似血，像是最哀艳的伤口，深深地割开天幕，滚涌出火焰般闪动、跳跃的云彩。

夜来临，市中心所有的商业都蔚然蓬勃起来，川流不息的人，川流不息的车。而愈是多人多灯多热闹的地方，偶然察觉的，一股不期而生的寂寞也愈强烈。夜总会和地下舞厅内，充满微醺的气息，飘忽的灯影在扭舞的躯干上打出斑驳的光彩，强悍的热门乐声、杂沓窸窣的人声，时时流动在指间、腋间和股间……尽情地舞呵，舞开肢体，舞回原始，舞向洪荒，就像是古代筮者祈神的狂摆。刺激，如一朵极快凋萎的黑花，或许你一脚才跨出舞场，另一脚已踩入寂寞了。尽管街道上仍是霓虹灯火一片炯明，你却只是一片空白和茫然……空白的情绪像滴在宣纸上的水墨，在街道间渲染开来。每一条明亮的街道都通向黑暗。既是黑暗的尽头，也是黑暗的开端。孤寂，孤寂是都市人共通的命运吧，每个人都像是瀚海中形单影只的明驼，项上驼铃配合着一个个深陷的脚印叮当响起……

公交车的夜奔，令人有镂骨铭心的深刻印象。从木栅到台北，一路无情闪逝的路灯，刺入视觉的中心，凝成一个光点。行车的韵律，是种听不见的脉搏，乘客们各有不同的目的地，但是每个人都希望能够更快到达该到的地方，全车人怀有出一股无名的意志——不是你的，也不是我的，而是一股共同和强大的意志。这股意志配合着车速，以铁兽之躯向前疾刺，随着车身刺进辛亥隧道……和着轰轰的车声，暖和而显得湿辣的方灯块块打下光线，在隧道里，人人都有张尸色的脸和紫色的唇，甫出隧道，清凉袭来，台北也袭来，我喃喃念道：“台北，你是我们世袭的财产！”

在都市进步繁荣，整齐秩序的靓容里，却存在着难以解决的文明苦果——拥挤、罪恶、噪音和污染。“都市呵，交织着文明和无明、交杂着希望和失望、交融着理性和感性……”我默默地想，静静地等待着窗前今夜的昙花。那昙花的叶，向无垠伸展；那昙花的白瓣，开，开，轻轻荡开，在无垠中荡开。

导读

林耀德，本名林耀德。祖籍福建厦门，一九六二年生，一九九六年逝世。辅仁大学法律系毕业。曾获《中国时报》文学奖等二十余项奖项。著作包括诗、散文、小说、剧本、评论等各种文类，凡三十余本。

林耀德在一九八二年(大二)开始构思都市文学理论与创作，该年发表《都市的感动》尚属实验之作，次年发表《在都市的靓容里》为第二篇都市散文，已经具体而微呈现了他的理论。

林耀德所指的都市文学其实就是当代文学。林耀德身处二十世纪八十年代，都市正好站在文明的塔尖。就文明的金字塔而言，放下中下层的砖片，里面全部都是都市。都市是第二自然的极限，而这第二自然又和现代人内心的第三自然有着胶着性的关系，这种关系就像二十世纪的癌细胞一样无法割除，一割就连主动脉、主静脉都被切开（但在二十一世纪，癌细胞已经可以割除，且不是绝症）。所以，林耀德所指的都市不是任何地域的界定，而是一种普遍的精神存在。他的都市文学就是要追踪当时人类的精神处境。

林耀德面对的时代，文明已经打破了大自然的循环法则，都市的一切都是由片段组成，我们的人生也是片段的，因此，他的都市散文也用片段的方式来表现。此所谓片段，不光指形式上的片段，还包括把意念、主题做有意的“散置”，但是读者又可以在阅读时，自行“统合”，增加无限的阅读兴味。林耀德后期散文如《房间》就是典型之作。

——郑明娳

第四章　那万般歌颂

有太多平凡值得赞扬，因为那也是一种伟大。

感情生活

陈玉慧

你走后，所有的声音同时消失，空间不断扩大，我坠入遥远宇宙的尽头。我们的关系已成为历史，我把你的纸条塞入书中，那纸条上写着你的姓名，我无法念出声，那是我的密码，它将开启我的灵魂。

迟早我会忘记那些细节，与这个名字有关的一切，“请为我订一张机票至吉隆坡。”故事往所有的方向发生，你一个人在你的房间里等待，我也知道你的房间号码，那是一个逐渐靠近我们生活的符号，我的心里发出细微的声音阻止我再靠前，你眼睛里闪烁着不定的光芒，像深水湖边的天空。可我就是想靠近，我想靠近那熟悉而完全的陌路，那既灰又蓝的光。

我问你，还有更深的一步吗？我似乎觉得这已经是全部了，我渴望进入他的灵魂，但进入灵魂太难，你说，灵魂只能短暂接触。因为灵魂从来都那么孤单，灵魂很难去接纳另一个灵魂。

你不知道我已经做了选择，你成为故事中的灵魂人物，你成为我与这个世界的一种联系。你登上我心中的舞台，你在一种无形中形成的导演布局中寻找位置。你开始表演。

此刻你在驱往南方的车上吗？还是在无法立刻宣布结束的会议中？战争发起的时候，你打电话给我，在一个纷扰的办公室下午，我以为我将成为等待出发的旅人，自由是什么？你为什么从此感到受羁留呢？

自从飞机滑出视线之外？在气味消失之后，你说，有一种关系没有界限，没有任何边境。我称之为心灵活动，那是想象，所有的情感都是人类对生活的想象。在想象中，所有的事物都各自拥有自己的生命，你说时间是幻觉，所有的存在都是幻觉，那我怎么解释此刻呢？我怎么说服自己夜深躺在床上却睁开的眼睛呢？那重复多余的时间踱步？那颗忐忑不安的心？你的名字夹在你送的书中，请为我订一张机票至吉隆坡？

和你说话有时正像和镜子说话，和自己对谈。虽然我没听见什么，我只看到你在沙滩上跳舞，你喝下满满的一杯酒，你说，走向正常，就是走向疯狂。而走向疯狂，便是走向正常。

我宁愿和你谈话，你说，但你不谙我所使用的语言，我也没学过你的母语。你明了空白的本意，字与字之间的属性，“语言就像交通工具，”你又说，“它承载的不是意义。”我们既无法交谈也不需交谈。

我遇见你，这个句子是石头还是宝藏？还有别的句子，许多句子都可以化石成金，我们想象陌生的词句，像我们想象对方呼吸的气息。那些字句有着某种魔力，某种重量，落在心里时会发出声响，我们在声音的版图遇见对方。

你用耳朵辨别情感，我很可能用眼睛。你从声音开始认识一个人，“我可以为你做什么吗？”我像医生询问病人般地询问你，我们老坐在花园的那张桌前喝咖啡，谁告诉我们什么事能做，什么事又不能做？我无法改变生活，你走后，我们共同活过的生活会像一个等待切除的身体器官，或者像多余的家具，我将如此活下来，也将如此死去。人怎么可能活得那么老还像个孩子？你怎么这么年轻就经历了这么多？我分不清你的意图，但谁在乎那些，我只在乎你热切的目光，我只在乎你的孤独。我终于认清自己只剩下个人倾向。

我成为一个没有立场和理想的人，我成为不幸福的人。

每天晚上我都在阳台上停留，只有那个时候我回到自己。我认为大部分的人大部分的时候只活在自我中心，但我没有权利审视你的生活文化，无论保守或偏执，你说“你对全世界诚实，就只对自己不诚实”，你将你的西装裤吊挂在办公室的衣架上，你的内在则无法一览无遗，但也并非那么令人费解。

我愿意活得跟你一样长，但不愿接受思考的折磨，我曾经以为，你已经激发出我的灵感，我得暂时依靠你继续想象下去，像黑暗中的山路，我赤脚并依随你行，我知道我可能会抵达一个我没去过的国度。你应该知道泪水有时和快乐的性质无异，你应该知道我并非时时都那么自信，而你的表情也逐渐僵硬紧张，究竟谁是理想主义者？又是谁赋予我们情感生活的规模和意志？

事情也很可能是这样：只有虚构这一切，才能逃避毁灭。我总是在下午的时候特别紧张，我只能继续虚构下去才能安静，我需要无比的勇气和想象力，否则就是一种唤醒自己的力量，我总是不够清醒，如何从文字的魔障里清醒过来？如果我清醒过来，你是否已经离开？我将如何继续虚构你的存在？

当你察觉我的不安时，那使你得到一种能力，一种可以命令的语气，虽则你以为我是主导我们关系航向的人，在没有边境的情感之途。我为你订票，我知道你的旅程和时刻表，我知道你的目的地。你原来的生活是陆地，有一天你将结束漂泊回到岸边。你是我的窗外，别人是我的屋内。

你知道我总是眺望窗外，我必须。

你的神在对你说话吗？我需要一种信念，迫切需要一种信念，告诉我，生活将如何承受这个故事？你的味蕾已失去了功能，你还在吸烟，你在烟雾中构思着，当你思念一个人的时候，并不一定要告诉对方，当你感到害怕时，也不一定要说出来。有人在等待什么讯息，像花香渴望空气弥漫，像迷失的伫鸟等待着同伴的呼鸣，你在烟雾中想象，许多想法已倾移至容易被忽略的章节。

有一种关系无法界限，它叫情感。它在生命中滋长，像雨后急速成长的竹子，它同时也在时间中逐渐褪去，像衣服上的颜色？天逐渐地黑，明天又是天明，你有可能改变你的思绪吗？

像变换你系戴的领带？幻象与真实的距离在哪里？我已经开始书写一个故事，故事里的人物还不知道，他们只活在他们的故事里。

让我问你，我将往哪里去？情感的旅途在哪里结束？如果我忠实于我的欲望，现实是否一定会离我远去？他是否一定是个生活之谜，那么故事会如何改写？

这个故事的主角，我确定我一定会再见到，可能是多年后，尘埃落定的多年后，时间对我没有特殊意义，时间只会冲淡所有的想象，从现在开始我不再想象你，我只会回忆你，我知道，时间也会带给故事另一种面貌，另一种色彩；不但这个故事，任何故事，都如此。

导读

陈玉慧，一九五七年生，在法国学习历史、文学，之后在欧美等地参与剧场工作，并在台湾编导过多出舞台剧，而后在德国游走。陈玉慧深谙多国语言，游走于不同种族文化，跨越文学、戏剧和新闻领域，才思敏捷，风格独具。重要作品有《失火》《征婚启事》《巴伐利亚的蓝光》，以及台湾百年女性家族小说《海神家族》等。

书写，是陈玉慧揽镜自照的一种方法，对陈玉慧而言，她随时都能在“他者”身上遇到自己；在欲望投射的对象上，她也听见自己心灵鼓动的声音。

《感情生活》即是凭借他者照见自我。文中两个母语不同的男女，以心灵的声音彼此遭遇，只有在爱情的想象中，疆界可以无限敞阔，情感可以任意驰骋，飞越现实的地平线。感情生活其实是最透明的一面心镜，照见我们的欲望、孤独，以及对生活、乃至对自己的想象，在感情生活中，我们也许表演或伪装，却也赤裸裸看见自己的演出。人们总是急着凝视别人，而忘了返视自我，这是陈玉慧作品中的哲学思索。

——杨翠

抑郁书写

——黑色的西蒙·波伏娃

张小虹

我仿佛以为已经看见了你，但你究竟是谁?

我看见了你，法国通过会考的最年轻哲学教师，在马赛与鲁昂教书的日子里，一袭淡紫色的绸衫和褶裙，美得让人十分意外。

我看见了你，在二次世界大战后欢庆自由与热情的岁月中意气风发，一睁眼便起床奔向书桌，连杯茶都不喝，便又开始了写作，让清醒时拥有比沉睡时更大胆、更璀璨的梦。

在一群年轻女性的聚会中，我看见了你将皮包搁在双膝上，优雅而又端庄地坐着聆听，关键时刻倾囊而出你如观水观火的分析，让她们都知道年龄并不使你丝毫畏惧激进。

在萨特的病榻前，我也看见了你，忧心忡忡地守护着他的晨昏，还要谆谆告诫他那些小女朋友们，不要再为他私渡伏特加与威士忌，你看着日渐羸弱的他，失神想着你们一起走过的一生，晴阳与阴雨。

你究竟是个怎么样的女人?

太多的照片，太多的自传、小说与论文，太多哲学的、文学的和运动的你，如意义滋生繁衍过度后形成的白色涡漩，如你煦煦温柔的白色的浅笑，白色之下没有阴影。

见你在光环之中端坐依旧

很早很早，你就失去了沮丧与忧伤的权利。

在黑暗的五十年代，你的《第二性》如新时代诞生前的明亮火把，在女人与女人之间兴奋的低语中传递。你谈论阴性气质的神话建构，布尔乔亚阶级婚姻的束缚与愚昧，甚至家事劳动的奴隶性。你说女人被诅咒为父权社会的次等族类，载承着生物的烙印，不得超生。你悲叹女人没有家，在永恒的放逐中，成为自己和世界的异乡人。

那年你近四十，你深深地相信人意识的自由、先于本质的存在，你要求女人在社会、政治与经济层面的独立，你深深地相信女人的存活在于行动与抉择。

那年你引发了法国文化的风暴，他们笑你、激你、敌视你、咒骂你，说你让法国男人沦为荒诞的笑柄，说你的文字淫秽放荡，是敞开的阴道，让人一览无遗。真的，他们大大地恐慌了起来，你理性分析中的愤怒控诉，使得他们无力招架。

而她们则亲你、吻你，嚷着要拥抱你。从那年起，你每日接到来自世界各地妇女的信，急切地倾诉你的书如何翻转了她们的生命：她离了婚，她重返大学念书，她找到了心爱的人，她们因瞥见你书中应允的自由而赞叹欢喜。

就在那年，你成了一个带着荣光的象征，标示着行进的方向在于出走资本主义与父权家庭结构，你是女性集体的代言人，运筹帷幄、叱咤风云，动静皆受人瞻仰跟随。

而你的先知先见也总是验证着一种后觉的勇气，在男人的哲学思维传统中，你年纪轻轻就已然出类拔萃，智识、思辨与逻辑不让须眉，但在出道后的二十年，你才微微浅浅地意识到女人身份的不同。你说写作《第二性》使你终于成为一名女性主义者，但那时你仍执信社会主义的成功必将解决妇女问题；直要过了另一个二十年，你才幡然省悟妇女解放独立之必要。

年近六十的你，公开了曾经堕胎的事实，要求法国妇女堕胎权的合法化，你和女人齐步走，上街头，你便也成了反抗不死的肉身见证。

你说你的一生在区分光和阴影，你说你随时做好准备，为迎接快乐而努力不懈，当你是偶像，是表征、是符码时，女性主义使得你责无旁贷地站立在勇敢、坚毅和胆识之上，做一个专职的乐观主义者。

小心揣拟你可能有的忧伤

然而果决的背后，是否也有踟蹰与焦恐？什么是你生命的暗面，犹余情绪的残骸？

在巴黎大学的回廊上，你第一次遇见那个戴着大帽、不修边幅的男人，那个“眉头上有着相同印记”的男人。你们一同研读希腊文、讨论哲学，准备会考。这个一生不想结婚的男人憎恶一夫一妻制的庸俗、刻板与单调，他说情爱有两种，一种是本源的，一种是流变的，你与他是那本源不变的永恒唯一，他与她们则是聚散依依的邂逅情缘。

你答应了他，可用两年的忠贞换取一辈子不受拘束的性爱自由，你们相约彼此不撒谎、不欺瞒。

于是你们俪影双双，在社会运动的街头，在烟雾氤氲的咖啡座，在床边桌前的促膝长谈。你们创造了这个世纪里一个傲视的神话，睥睨所有占有、嫉妒、忠贞，与懦弱；在相互平等的知性基础上，你与他有婚姻之外的终身盟誓。

在情爱的辞典里，你急急切切找寻着那个叫自由的单词，尊重爱人爱上他人的自由。他说只有和你才活在理性的世界，其他只是自慰幻想的践履，不算。你以高傲的自信看着他逢场作戏，看着他撒谎，善意的抑或心虚的。

于是他有他的第三者，你有你的第三者，重重叠叠的三角，自由与独立下的情爱分享。你一次又一次认真而诚实地思索着自我和他者在情欲中的主体性问题，理性的矛盾与愤怒、嫉妒、背叛情绪的不请自来。你的行径如此前卫而情爱观却如此古典，他是自始至终的唯一不变，无可匹敌的爱人同志。你经历过男人的情爱、女人的情爱（即使你始终疑惑），但却从未真正偏离你的挚爱于须臾。你说束缚得以解放，而就在那自由中，发现彼此在最深的自我中相互缠缚。

道尽行尽一切之后依旧孤独

你曾说过，恋爱中的女人一如安徒生童话中的小美人鱼，以鱼尾换了人脚之后，永远行走在针毡燃煤之上。

你曾说过，在心灵／肉体、意识／欲望的对立中，文化应允了男人清明拔卓的超越可能，而女人则滑陷为温软、黑暗、黏湿的混沌未明，如食虫的植物，如覆没的沼泽。女人闭着眼睛做爱，以便在如母体子宫般灰暗的阴影中迷失，女人疏离异化的肉体也就成了诏告死亡的黑夜，如是这般。

而这些正是你所唾弃反抗的，你要在情爱中绝对独立自主，即便绝对的快乐难免伴随着绝对的沮丧。在你晚年公开的书信中，我们看到了情爱底下那无边无尽的虚空，你偷看他情妇的日记，你与他的情敌上床，在理性、沉静与平和的相约相守中，有狂风暴雨、如临深渊的折磨与苦难。

看不见你的痛，觉得你是遥远的神，看到了你的痛，觉得你是身旁站立的人。在踽踽踣踣的人生路上，你从不放弃思考与写作，你一步一步辛苦努力而认真坦诚地走出女人可能有的独立自由。你说没有特别的欲望去复制一个萨特，因为他对你已然足够，你说也没有特别的欲望去复制一个自己，因为你对自己已然足够。所以你没有一般人所谓的婚姻、家庭与小孩，而最让一般人失望的是你始终未曾有悔于你的抉择，他们不能明了你为何不孤独、不寂寞。

或者他们并不真正了解在人世羁绊之外，你那绝对的孤独与寂寞。你用了整整十年的时间与他说一句告别，看着固执赌气、眼睛半盲的他，在恐惧与希望中游移。原本有伴携手共赴生命之终结是多么令人钦羡的事，但双重的勇气背后是双重死亡的胁迫，扶携之中又有多少残酷与不堪。你黯淡地说，他的去世将你们分开，而你死后也不会再与他聚合，一生之中拥有那么长时间的相知相守，你说已然足够。

在血的知识的肉体的思辨中，拼贴出一个也有可能忧伤黑色的你，有着困惑与迷惘，与困惑迷惘中更真实的生命力量。书写你的抑郁，将你的抑郁化为书写，便也仿佛以为已经看到了你，你翻滚奔腾的生命文本，如千百条化身为蛇的彩带，舞动着风火狂的记忆。

情歌不死

——从爱欲匮缺到性别置换

张小虹

如果我的爱情已经慢慢变成一种疾病

到底到底多久我才会痊愈……

如果我的疾病已经慢慢变成一种爱情

到底到底到底它还致不致命

——《血腥玛丽》，李恪悌词，薛岳曲

爱是一连串的误识与误解，随写随抹、随唱随逝，而情人不仅必须山高水远，缄默无言，甚至应该是从未邂逅的。

有一种谈论流行情歌的方式较为粗暴颟顸，在意识形态批判的大势之下，柔靡俗烂、消沉颓废的流行情歌鲜有能通过政治正确的检验，只能沦为女性意识的绝缘体，成为父权意识形态宰制下的工具，使性别权力与社会改造的契机在浓情蜜意的歌声中消散无影。

另外也有一种谈论流行情歌的方式是较为温柔体贴的，用精神分析流动式的语言，在情歌中“内抱／内爆”情歌，将情歌当成欲望的杂音来倾听，用一种仓皇失措、神魂颠倒的方式自我剖析，就如同本文企图以写情书和唱情歌的方式来自我陶醉，满纸尽是无可救药的滥情，以一个惯于在情歌中失魂落魄的消费者身份，尝试书写流动的欲望，也让书写者本身的欲望开始流动，复制情歌的移情快感，以便能在文字场域之中谈情说爱。

从弗洛伊德到拉康，欲望一直是一种匮缺，而情歌正代表了现代都会情感样态中的自恋、自闭、自虐与自慰。它常为第一人称单数，用未来完成式书写，是“你”与“我”之间的互为主体。如罗兰·巴特所言：“一个已存在的我是由面对一个已消失的你构筑而成。”这种一厢情愿式的镜像封闭吊诡，便是如此这般顾影自怜、作茧自缚、喃喃自语。

然而我在唱情歌时，也总是被情歌所唱。资本主义消费社会的欲望是要透过商品来召唤与复制的，以便成为一种永劫不复的重复冲动。于是借着痴情咏叹的通俗曲式和为爱缠绵的滥情语句，流行情歌提供了后现代情感拟仿的最佳样板，它所给予的极致快感便是在小眉小眼的词曲中大悲大爱死生来去几回，让朝思暮想的名字在一曲抒怀中成就天长地久。所以流行情歌有如孤独随身包、悲情易拉罐，不是因为现代都会男女情感枯竭濒死，反倒是在欲望过度制码的资本社会中，没有时间也不敢让情感酝酿发酵。如果自家情账只能自家算，那么脆弱只在一曲，蹙眉悲戚也无伤。于是情歌是小儿女情态的“强说愁”，安全得不会一发不可收拾，它只会让人无助地上瘾，在不断召唤、不断移转与不断失落中不断消费，所有的刻骨铭心唯有在情歌中变得越发过度真实。

因此流行情歌开启的是一种暧昧的“去畛域化”与“再畛域化”的过程。一方面爱情言说透过自恋，在理想化的异己镜像中嗟叹歌咏，“我”

遂成为失落在异已中的异己，“我”已溢出了“我”，爱使得自我认同的界线模糊、消退，爱使“我”漂流，爱带“我”游牧。然而在另一方面流动的欲望总已被疏导与驯服，资本社会提供的只是“消费激情”与“伪个性化”之承诺。所以爱情并未幻灭，只是被包装成鸳鸯蝴蝶伤时怀旧的乡愁。

然而，当宰制/颠覆成为文化研究中一组如影随形的分析概念时，如何才能继续辩证情歌的可能？在欲望的“去畛域化”与“再畛域化”之后，还能有怎样逃逸路线的想象？既然欲望的主体不是悬空飘零的，自有其在性别系统与异性恋机制中的位置安排，而情歌引爆的欲望骚动是否能暂时让人在意乱情迷的“大风吹”之中迷失了位置，置换了性别？

有两种理论化跨越性别的流动可能，可以称它们为“隐性的情歌反串”与“独白式的情歌对唱”。情歌中显性反串的例子极多，有最明显的 Kandy Chen 的《漂流》或郭子的《外交官的女人》，由外形到歌声皆肖女人，有如平剧中的干旦或歌舞伎中的女形；而男人唱女人的歌或女人唱男人的歌则更为普遍，从早期费玉清的《未识绮罗香》到晚近翻唱盛行下江淑娜的《半调子》或江明学的《心情盒子》系列，都在款款深情中转换了词曲中预设的传统性别位置与联想。

而隐性的反串则往往更幽微流荡，情歌的“阴性文类”尤其开放了男人朝暮守候、温柔忧郁的“阴性位置”，当李宗盛唱到“曾经真的以为人生就这样了/平静的心拒绝再有浪潮/斩了千次的情丝却断不了/百转千折它将我围绕”（《鬼迷心窍》），陈升唱到“能不能让我陪着你走/既然你说留不住你/回去的路有些黑暗/担心让你一个人走”（《把悲伤留给自己》），或张学友的“我的世界开始下雪/冷得让我无法多爱一天/冷得连隐藏的遗憾/都那么地明显”（《吻别》），幽微曲折处，真是叫人痴情怜爱难舍。

而情歌对唱则更是欲望的剧场演出，但男女对唱或男唱女部、女唱男部的方式都不若独白式的情歌对唱来得更戏剧化。例如当一个女人唱起周华健的“你这样一个女人／让我欢喜让我忧”时，她可以虚拟男性情人的位置代他唱情歌给自己听，也可以自恋式地转换你我性别位置，想象“我这样一个女人／让你欢喜让你忧”，甚至可以偏离异性恋配置的轨道做另一种情色释放。

然而这些流动转化都默认了一个分裂位置与自我凝视的可能，我的一部分扮演我，我的另一部分扮演你，而你又总已是在不断投射／反射、认同／疏离过程中的我，自恋最终是要以剧场方式演出的。例如邝美云的《容易受伤的女人》“情人难求／爱人总是难留／我是容易受伤的女人／无情无爱无缘无奈的心／能不能过一生／谁会珍惜／谁又懂得接受／这个容易受伤的女人／痴痴等到何时有情人”，第一个女人是自怜自艾的我，第二个女人是我眼中自怜自艾的我，其间产生的内在距离，形构了戏剧感的可能，透过移情与置换，我不仅在别人的故事里流自己的泪，更是在自己的故事里同时扮演主角与观众，情歌让我脆弱，正是因为这“自我剧场”让我在情歌之中看见了多情的我。

或者就是这样情歌成为介于想象期与象征期的重温旧梦，反复演练着一次次主／客、男／女的分化与交融，无怪乎在情歌的逻辑里谈情歌，注定是要精神分裂的，只因在谈完欲望快感的微观政治后，却惊见性别意识形态与情绪结构、主体形塑间有着如此千丝万缕之纠葛，一刀下去那不肝肠寸断、血肉模糊。情歌既是爱欲与回声结合后的缠绵悱恻，又怎不叫人心甘情愿地在陈腔滥调中寻找地久天长。

岂止是浮生无事，情歌不死而已。

导读

张小虹，一九六一年生，安徽省合肥县人，台大外文系毕业，美国密歇根大学英美文学博士，曾任女学会会长。张小虹长期关怀性别文化、身体情欲、身份认同等相关课题，敏于思辨、精于解构，文字游走于理性与感性之间。重要作品有《性别越界》《自恋女人》《绝对衣性恋》《在百货公司遇见狼》等。

《抑郁书写——黑色的西蒙·波伏娃》中，张小虹以一个台湾女性主义者的身份，透过书写，探索法国女性主义重要论述者西蒙·波伏娃的生命面容。张小虹看见西蒙·波伏娃端坐在历史定位的光环里，她的形象被想象、被界定，她是勇敢而坚定的，似乎没有忧伤和沮丧的权利。张小虹希望剥开历史光环，贴近西蒙·波伏娃的心灵底层，掀开她的心灵暗室，读见她的忧伤与苦闷，一如读见她的坚强与勇敢；读见暗影里的西蒙·波伏娃，一如读见光照下的西蒙·波伏娃。张小虹不是要解构西蒙·波伏娃的历史定位，而是要还给西蒙·波伏娃鲜活的生命血肉。

《情歌不死——从爱欲匮缺到性别置换》中，张小虹以反复思辨的笔触，指出情歌如何让爱情故事跨越了人／我界线。情歌透过文化消费管道，传唱到大街小巷，进入我们的私密生活。我们听唱情歌，在别人的爱情故事里，敲击自己的心脏，流下自己的眼泪。因为跨越界线，可以女唱男声，男吟女调，张小虹认为，听唱情歌，其实是在聆听更多情、更多可能性的自我，未始不是一种飞翔。

广告词曾经如此说："女性主义就是败在衣服和爱情两件事情上。"然而，张小虹以感性、理性交融的笔触，质问了这样的偏见；在西蒙·波伏娃的爱情中，在情歌的爱欲世界里，女性主义的面貌更鲜活繁复了。

——杨翠

守护天使的秘密雷达

黄宝莲

玄机

从小就知道这凹凸的意象是阴阳的指示，藏匿着世间男女最深的奥秘。

一根细长的松叶如针，乡下泥地上随时可以捡拾，左右手一拉，细长的针叶断成两截，一截凹下，一截凸起，生生还是不欲分离的你在我肉里，我在你血里。我们手里分别握住松针一端，做性别猜谜游戏，那凹凸的意象所意味的男女，就是我所初识的性别差异。

从那里，我们玩起了医生与护士的游戏，大约都已经三四岁年纪，大一些的男孩五六岁，聚集在晒谷场边幽暗的草寮里，竹床上面铺着草席，下面垫着厚厚的稻草，睡上去就发出窸窣的声响，四处弥漫着稻草的清香。

那个叫阿香的瘦女孩畏畏缩缩地躺下，紧紧闭上眼睛，等着那个自以为是的大男孩，掀开她的裙子，以医生的名义去揭发那个隐藏在碎花裤子底下的秘密。

小孩所好奇的大人世界，所欲窥知的生命奥秘，所有的秘密都来自那个禁忌。

其他小孩围在四周，噤声无语，无邪中透露着猥琐，都知道冒险在做着大人禁止的事，兴奋中带着畏罪的紧张与惶然。黄昏时分，不巧就被从纺织厂下班回来的堂姊发现，她在经过晒谷场边的竹林小路时，瞧见了行迹鬼祟的我们，她凶着一张恶脸，用尖锐的大嗓门警吓：要回去告诉我们的父母。

事迹败露的孩子们，吓得魂飞胆破，一哄四散，从此再没敢玩那个医生护士的游戏，属于凹凸的秘密，一直停留在那掀开一半的裙底下。

对影

在我仍是一个黄毛丫头的年纪，就察觉到每月造访一次的换药包男子，逗留我家的时间，超过我能想象得长。

他戴着宽边草帽，骑着自行车，把手一边挂着更换的药包。他进来，修长的身影经过我家客厅，径自往里走到屋后的厨房，那里庭园幽深，密密包围着竹林与巨大的柚子树，在微弱的天光下，青绿的树影中，我从窗口瞥见那男人和我娘对坐在餐桌两侧的剪影。

厨房的墙上经年挂着一个大药包，里边总有二三十种居家常备药：狗皮药膏、正露丸、张国周强胃散、黄牛解毒丸、翘胡子银丹、止痛药、强心丸等等，那药袋子是厚实的牛皮纸，橙黄色的周边，背后有一个食物相克表，一格格的彩色图画里，标示着毛蟹蜂蜜、田螺木耳、红枣鳝鱼……三十二种同食会引起中毒或死亡的食物。

换药包的男子倒出药包里的药品，摊在餐桌上，缺了什么就补上什么，过期失效的就换上新的。

这个定时出现在我家的男人，是个说话斯文的男子，方正的脸孔，整齐的衣裤，和乡下人不同的好气质，并不曾引起我的嫌忌，只因他和娘在餐桌旁两相对坐，那么亲近地谈话，使我对他充满警戒与嫉意，就一直倚在窗口不走，一双雪亮锐利的眼睛，盯着那男人看，暗中守护我娘，当所有亲近的男子都不怀好意。

当药包换妥，那人该走而不走，话题仍然继续延持的时候，我就现出身来，凶巴巴地质问人家：你什么时候走？

我娘带着歉意赔不是，一边斥责我不可以对客人无礼。

无礼的是那男人。我心有不甘，又不好顶嘴，所有怨恨委屈都落在那男人身上，对他深恶痛绝。每次，只要远远看见他骑着车朝我家方向过来，我冷如刀箭的目光便紧紧相随，丝毫不肯放松。

这小孩真麻烦！有一次他嘴里吐出这么一句话，轻轻细细的没敢大声，也许只是说给我娘听，无意被我听见，简单一句话，狠狠割划了我与他之间的势不两立。我们互相嗅闻到彼此相斥的敌意。我娘也许一无所知，也许心照不宣，那是大人的事，小孩所不可逾越的成人禁地。

魔掌

烈日艳阳下，骑自行车来卖鱼的男人，带来一股腥臭与苍蝇。夏天太阳炙热，车后座方木箱里的鱼曝晒在烈日下，鱼眼混浊，鱼嘴裂张，招人嫌厌，如卖鱼人之面相，斗笠遮去他猥亵的眼神，一双长长的大手臂，那么长，手掌那么大，魔掌一样四面八方伸探过来，随时伸到无知小女孩身上，一揽从腰间把她们抱起，一只大手掌直往底下伸。孩子们又喊又叫，一边躲一边笑，既怕被抓，又想被抓。

卖鱼的胖子！为什么不走？我看到他咧开嘴笑的黄牙便没由来的生气。村子里经常也来卖药膏的、爆米花的、理发的、阉割鸡仔的、收购酒瓶破烂的、乞讨的浪人、走江湖的艺人……给闭塞而简朴的乡村带来振奋与骚动，每一个外来者的出现，都是小小的惊喜，他们带来远方世界的新奇事物，引起我对他乡异地的遐思与幻想。

那年头并不懂得防备陌生人，世界如此单纯友善，所有陌生的来者，不过是还没认识的新朋友。

并没有人教导我关于邪恶与善良，是孩子天生的敏感，使我对换药包的男子和鱼贩无法信任，靠近了就引起我的不适，孩子本能的直觉，我头顶上守护天使（guardian angel）的秘密雷达。

哑巴叔叔

从我学会站立开始，村里的哑巴叔叔，每天一早便来到我家厨房，把我从竹编的方形娃娃床里抱走，娘每天犒赏他一包新乐园香烟，算是照顾我的钟点费。

哑巴叔叔又聋又哑，光溜溜的头顶上长满褐色的老人斑，留着长长的指甲，被烟熏黄的手指，成天抱着我走东走西，走遍村庄田野，看火车、看飞鸟、看天上流云飞机、看水牛背上的鹭鸶……一幅幅沉静壮丽的夕阳、火车远逝的海角天边、望不尽的飞鸟蓝天……一一烙印在我幼小的脑海里，如此辽阔而沉寂的天地。

哑巴叔叔一双枯槁却有力的双手，这样抱着我晃过了充满图像的幼年。记忆里最早亲近的异性，最先投入的怀抱，不是我亲生的父亲，而是一个七十好几秃头长指甲的哑巴。我叫他：丫丫。他咧开没有门牙的嘴巴笑。从那时起，我便习惯了亲近一种深沉静默的男人。

父亲的手

母亲躺在床上呻吟，缓慢而断续，床是房间后半截搭盖的日式大通铺，窗户在床的一边，母亲睡着，被子里盖着她侧卧蜷缩的身体，隆起来像个小土丘。父亲一直在床边徘徊，不时伸手探向母亲的下身，被子里盖着的身体。我什么也看不见，那是父母之间最亲密隐私的肢体语言，我还未见识过成人之礼。

母亲显然是病的，父亲也有一种焦虑，他在床前踱来踱去。我就在房间一角，努力揣摩即将发生在那床上的奇异不可解的事。

后来，我一定是被大人撵出了房间，因为下一个场景就是一盆热腾腾的水里，一个红咚咚、软绵绵、滑溜溜的小东西，张着大嘴哇哇哭叫。我刚出世的弟弟。助产婆刚才给他接了生，凸凸的脐带头在光溜溜的肚皮上。

我就发现平日戏耍的房间变了形样，屋顶好高，屋瓦上浮动着人影，娃娃哭声激烈而空洞，在我脑袋不断回响。四岁，我环顾四周，闻到屋里鼓噪着异常的气氛。

之后，邻家一个姑婆伸手摸着我的小脑袋说：你当姊姊了，妈妈刚给你生了个小弟弟。

可是，我并没想要当姊姊，也不明白姊姊意味着什么？一个光溜溜死命哭嚎的小东西平白出现在惯常的时空里，在那个有秋千、有尿桶的我们戏耍的房间里，改变了寻常的生活秩序，我惶惶然站在暗淡的屋角里，企图窥探这个在我面前兀自展现的新世界，并不理解那就是人生，陡然感到做姊姊的寂寞与凄然。

掌印

新街庙口有戏台，逢年过节镇上便有热闹看，这是中元普度，祭拜那些游荡的孤魂野鬼，俗话好兄弟，沿路要点着香去招引他们。一年一度，庙会里举办赛猪公。

传闻我祖父养过一只千斤重的冠军猪公，奖状挂在我家上屋祠堂，状上有个红漆庙门，庙前一片赤刺刺黄泥地，庙边一颗苍郁的老松，庙口摆着一只大猪公，从肚腹剖开的身体，光洁平净，四平八稳趴在竹编的拱架上，仰着笑脸，鼻孔朝天，头上披着红布巾，嘴里咬着新鲜带叶的菠萝，猪已经不像猪。

我祖家一点辉煌的事迹，几代人不断传述那猪仔的富贵，如何让人给它打扇子消暑，拍苍蝇解闷，给它洗澡净身，还吃上等豆饼，时时加菜，有如侍候一个老太爷。

难得去庙口看热闹，并不确定有什么可看，人挤人已经够兴奋，再有灯花烟火歌仔戏，便是非凡的盛况。

那一夜，与邻家几个丫头结伴出游。庙口人山人海，挤在比自己高出一个肩头的大人之中，费力张望。不知何时，一只厚实温热的手掌偷偷贴在我前胸，十一二岁，未识欲望男女，未知觉那大手驻留在自己蓓蕾初发的胸部，直到发现那一股湿热直透肌肤，才明白是一只非礼入侵的大手掌，顿时愤怒的摔开那肮脏可恶的手，转身寻觅可疑之人。身边男子一个个老神笃定，看不出谁有不轨迹象，好像什么事情也不曾发生，我一个人莫名发神经。一晚纳闷不解，等看完街市热闹，回家路上，把事情经过一五一十陈述给大我两岁的大姊头阿妃。她早熟，以为自己什么都知道。她一本正经地宣布：那只贴在我胸前的男人的大手印，将一辈子烙印在我胸前。

如同被宣判了永恒的罪恶和惩罚，我居然深信不疑，天天带着恐惧在镜子前观望自己胸部的变化，以为终将出现一个男人的五爪大手印。

那荒唐无知的念头，一直持续到冬天又过了夏天，我才终于相信什么事也不会发生，才知道自己依然纯净无瑕，并没有因此留下一生受污辱的印记。

如虎如狼

十三岁那年，阿妃有了初潮，盛夏暑夜，她聒噪不休，像一只发情的母鸡，就想宣告她的早熟。她如此兴奋，让我感到羞耻。她趴在我们经常聚会的八角床上，把胸部贴压在床上，说涨、说痛、说她夜里醒来以后就无法再入睡。

在月事期间的一天，阿妃带我去她家厕所，褪下裤子，让我看上面鲜红的血迹，神气不已。她家那竹篱笆圈起来的简陋厕所，筛过疏残的天光，洒落在阿妃叉开站着的左右腿上，那一片血迹斑斑的经带就横在她膝盖间，泄漏着女孩成年的重大机密。我满怀惊惧，懵懵然又知悉是必然。

阿妃从此变野，猫一样，天一黑就蠢动不安，我们的世界在她的初潮之后，划分了天线，她春潮涌动的少女情怀，惊涛骇浪，我远远在岸边，未敢涉足。

有一天，我意外发现，阿妃“勾引”了我心目中的白马王子。她在他开着灯的窗前坐着，夜里九点，乡下没有女孩这样单独夜游。

他教她功课，阿妃说。我所爱慕的好男子，人又帅，夜夜都在灯下读书，斯文静默。阿妃邪恶浪荡，就去拐骗他的灵魂，去玷辱他的纯真，去败坏他的德行。

她没有羞耻，不爱惜自己，将来会自食其果。我私下怪怨。

中秋节，女孩们聚集在一起吃月饼，互相展示收集到的彩色糖果包装纸，阿妃第一次离群。那一夜神秘的失踪之后，她隔天神采飞扬难掩喜色，面对我时却欲语还羞、琵琶半掩，她不知道如何形容夜里与男人偷欢的狂乱滋味。

男人好可怕！好有力！比牛还凶猛！比狮子老虎都难抵挡，我拼死命都推不开他……

阿妃分不清是爱是怨的暧昧表情，彻底困惑了我，既然是被男人欺负，为什么她满脸飞红？

喜滋滋不能自禁？既然是凶猛如狼如虎如牛的可怕男子，她为什么没有逃，没有躲，没有后悔，没有求救？

阿妃说，那是她的第一次。

多不可思议的性！狂野暴烈的火热，温柔甜蜜的晕眩！天堂的诱惑，地狱的焚烧。

阿妃用充满挑战、恐吓兼自得的语气说：不可以随便试，经历过一次以后便无法再收拾。

阿妃开始了她风火山林的青春骚动，我小心翼翼维护灵魂肉体的完整洁净不染，视欲望如洪水猛兽，那禁锢到花熟蒂落的惨淡贞洁。

阿妃很快找到男人，十六岁急着出嫁，一个爱她，人也老实，钱又赚得特别多的好男人，丈夫得人信赖，生意兴隆，她就开开心心，成天花枝招展，腋下夹着钱包，到处去打麻将、标会、收会钱、串门子，小姐的身份变成老板娘之后，身材也随着钱财一天天肥满起来，不久就变成我所不敢亲近的三姑六婆。

之后，我去了城里上学，远离了乡间那些荒谬的风月。

同年，中秋夜里，明月如皎，屋后稻草堆里传来邻近男孩们的尖声怪叫。有人在稻草堆后面解手的时候，意外发现了几根耻毛如杂草，贸然出现在隐秘的关键部分，月光泄漏了他们成长的秘密，猛然到临的青春期，童年就在那一刹悄然告别。

一旦知觉了男女，那些儿时的异性玩伴，忽然都成了需要防范的可疑分子，男女开始授受不亲，贞节需要防守，所有意图亲近的男子都成了危险动物。

弃婴天赐

村里有个单身的罗汉脚，名字叫阿昶，长得像电视长片里的美国明星，头发黑黑鬈鬈，梳往脑后，露出方整气派的一张脸。如果在城里，当今社会，他应该是白领雅痞，单身贵族，潇洒得意，风流倜傥，可是，在那个年代，一个鄙陋的乡间，他只能抽烟，喝五加皮，天马行空说点放荡的话。

天赐被人从大学后面池塘边捡回来的时候，满村都是妇道人家的七嘴八舌，都想看那男婴的长相，用以论断偷尝禁果的旷男寡女。生活里再没有比性更让人振奋刺激的话题。生死之间，性总是躲躲藏藏，遮遮掩掩，永远在最幽暗诡异的角落以最不可告人的神秘面貌蛊惑着世间男女。

那男婴来自附近大学男女野地里暗结的珠胎。我们在田野里烤地瓜、摘野果、放牛吃草的空档里，经常瞧见隐秘的草丛里，拥抱着在地上翻滚的恋人，那种后来在电视上西洋影片里才可能看到的景象，我们在乡下早就见识的野鸳鸯。

那是禁忌的年代，谁大胆放肆，后果就是冒险怀孕，偷偷生下一个小生命，在未及记住那一张无辜的脸孔，在母性未清醒之前，狠狠切断母子的血肉情缘，弃之田野，让自己在往后绵长的一生中，背负愧疚与自责。

那年头，堕胎违法，女人没有一丝犯错的机会，一失足成千古恨，不是天使便是荡妇。

阿昶伯平白就有了一个儿子，欢天喜地，他给男婴取名叫天赐。那孤单罗汉脚的家从此就有了生息，来了亲朋好友，左右邻居，不时探望这个忽然当起父亲的孤寡男人，也各自怀着心思窥看那个不道德的私生子。

我已经上了几年学，总替那个叫天赐的男孩忧心：怕他没有妈妈，只有一个不是爸爸的陌生男人，那不是家，他不会高兴在那里。我不断想到天赐未来的命运，不知道他还能有怎样的选择。

以后离乡，周末从学校返家，年年看着天赐逐渐长成一个健康秀气的小男孩，受到阿昶伯无限的宠爱，也有城里阿姨经常带他出门看戏买衣服，过着乡下孩子无缘见识的城市生活，隐约也感觉了那孩子的幸福。

这天赐，根据我的推算，如今也该是三十有几的壮年男子，也许都已经成家立业，为人夫为人父。那一家就有了女人，孩子，欢喜与热闹，烦恼与忧愁，生命继续如此繁衍下去。

三十年，我疏远了的家园。这一切都已经是上一世纪的古老往事。

导读

黄宝莲，一九五六年生于桃园。文化大学中文系毕业，自一九八三年起先后旅居纽约、香港、伦敦。著有散文集《流氓治国》《爱情账单》《简单的地址》《仰天45°角》《未竟之蓝》《无国境世代》《芝麻米粒说》。短篇小说集《七个不快乐的男人》《七个不快乐的女人》《Indigo蓝》。长篇小说《暴戾的夏天》。作品多次选入九歌，尔雅年度文选及港台文选，日本现代中国文选。

《守护天使的秘密雷达》由八则短文构成，八则短文共同的主旨是“秘密”，一些不可言说之事，令童年的黄宝莲不安和迷惘的禁忌，如此深刻地宣示了生命隐藏太多只能感受而无法明说的骚动。这些从身体和情欲引发的想象，构成作者对生命最初的理解和窥视，对异性的恐惧和防备，以及懵懂的成长。作者时而参与时而旁观，“窥探这个时而在我面前兀自展开的新世界”，为读者写下她的成长，亦可视为女性视角下的台湾农业社会横切面。

——钟怡雯

一九八〇备忘录

杨照

1

怎么能够，拥有如许丰沛热闹的感情，而且充满矛盾，十八岁的日子?

2

林青霞真的和秦祥林订婚了。有点让人讨厌。不喜欢秦祥林当然是原因之一。他欠缺悲剧性。要求“三厅电影”[①]带悲剧感是过分了些，可是至少可以不要像秦祥林那样永远蠢蠢地幸福着。“三厅电影”还是得给男女主角一些折磨，最后才能团圆完结。可惜剧情怎么努力，好像就是折磨不到秦祥林。永远那么健康，随时可以吃下三碗饭的模样。

① 即故事发生在客厅、饭厅和舞厅的电影。

秦汉就不一样。苦苦的，不太笑得出来，让人相信爱情毕竟要付出一点代价。邓光荣则是俗气的流氓，你不会相信女主角那么容易爱上他，不过你会相信要爱他必须有点勇气，满冒险的。

另外一个原因是讨厌现实竟然抄袭二流电影。银幕前和银幕后同一个故事。那不就没有“幕后”了吗？要我们相信没有另外一个“真实的”林青霞？

我们真是看了不少“三厅电影”，这一年“三厅电影”是我们执意过无意义生活重要的一环。学校里愈是要我们认真，我们愈是不想追求些什么。甚至逃课去看太好的电影，都嫌太认真了。所以永远是戏谑地走进中国戏院、大世界戏院、万国戏院。

不过也许无意义只是我们的借口？忘不了那次从“万国”走出来，H 突然重重地叹了一口气，说：“唉，林青霞真的好漂亮。”其他人当然叮叮咚咚地捶了他好一阵，笑他俗气没水准，可是同时大家好像都松了一口气，至少我是。

我们其实努力在否认自己俗气、无聊、没水平地迷上林青霞的事实。实在没办法坚决否认时，只好告诉自己，“真实的”林青霞没有电影里那么肤浅吧。

讨厌的是，这种自我欺瞒被揭穿的感觉吧。

3

迎接高三的来临。把存留在校刊社的书籍陆续搬回家，大部分是诗集。H 在练胡琴，W 不断闹他，一再说：“国乐社的，不要随地乱拉啦！”W 愈闹，H 愈是得不断换地方练习，W 故意惊叫：“到处都被你拉遍了啦！”

语出惊人，两个留下来读书的高三学长经过，忍不住探头进来察看什么东西拉了遍地都是。

我坐在已经不属于我的主编位子上，翻开杨牧的《北斗行》，在扉页上草草地写：

注定要星散的，
就不能回到地上来
天空是无限广无限远无限光年
的离去与遗憾……

停下笔来，还在想下一段要不要写下去，要如何写，L 站到我身后，看了这样没头没脑的句子，竟然拍拍我的肩头说："我们是兄弟，不是朋友。朋友久不见面会生疏，兄弟不会。随时随地都是熟悉的。"

收了笔，阖上诗集，我感动着。

4

去丽水街"星宿海书店"，没有人来。我独自在二楼趺坐榻榻米上读《李白诗全集》。剑气与侠影，铿铿如金石相击的音韵。读了几首，觉得舍不得再多读下去，于是找来温瑞安的《山河录》稀释一下。

读到两腿发麻，却坚持不让自己换姿势。对自己总是无法盘腿久坐，有一种自卑感，决心咬牙练习。

不意 Z 上楼来，我匆忙起身，却在她面前狼狈地跌了一大跤。

Z 过来扶我，热热的手掌紧紧贴着我的肘，绿制服的短袖口划过我的脸颊和耳际。我很想哈哈大笑自我解嘲一下，然而急遽加快的心跳让我其他感官运作完全失灵。

Z 也是一个人来。她说在学校听说萨特逝世的消息，所以跑来找人谈。萨特死了，提供存在主义的人不再存在，这代表什么？存在主义也谈论不存在、虚无与死亡吗？

我们一边等着别人可能会来，一边谈了两个小时的存在主义。大部分时候是我在讲。存在先于本质。不存在就不能选择，也就是人道哲学的终结。不需要捏造存在以外的超越意义。在这点上克尔凯郭尔和他的上帝起了争执。陀思妥耶夫斯基则是狂乱徘徊在信与不信之间。海德格尔把死灭简化为时间的变量……

可是我一直想起刚才那一跤的丑劣模样，一直想着 Z 可能如何暗暗地嘲笑我，还想着从她手掌里传来的陌生的异性体温。

因而觉得亵渎。亵渎了萨特、亵渎了存在主义、亵渎了灯下目光闪耀的 Z。

5

暑假到来，炎热无风的操场属于我们。教室搬到一楼，看出去不再是窄窄的走廊，而是开阔的跑道。然而吊诡地，完全没有想跑的念头，连篮球也没有那么爱打了，因为觉得自己老了，看高一、高二学弟们稚嫩。

更奇怪的是，刚考完大学返校来的学长，好像也比我们幼稚。他们的笑容，脱掉大盘帽后半长不短的头发，都让我们不习惯。他们太快乐了。我们独有高三的苍凉与无奈。

6

训育组指定去参加北市文艺营。各高中校刊的编辑齐聚一堂。可是只有我们学校和北一女来的是升高三的，其他人家都是刚要接编校刊的下届学生。

实在没什么道理派我们来，只是让我们更觉得自己老。编辑、印刷的课程我们自认为和讲师知道得一样多。至于文学，我们骄傲地炫耀着我们的独特品位。

第一天晚上，我们几个人就在达人女中操场后的山坡上聊到十二点多。聊宋泽莱最近的小说《打牛湳村》。我说我其实还比较喜欢他还叫廖伟竣时的作品。像《婴孩》、像《黄巢杀人八百万》。N 指责我的文学品味还停留在皮毛的现代主义心理分析层次，是一种小资产阶级式的自闭症，用美学来掩饰对大众的不关心。我们为了什么叫“小资产阶级”起了小小的争执，很自然地又扯上了许南村评陈映真的文章，以及乡土文学论战的是是非非。

后来 C 提起黄凡的《赖索》，换作是 N 和 L 的相持不下，N 说《赖索》里的韩先生影射的是邱永汉，L 则认为应该是廖文毅。他们两人都对自己的看法百分之百笃定，谁也不让步。偏偏另外包括我在内的三个人，都无从替他们平息争端，因为我们没人晓得邱永汉和廖文毅究竟谁是谁。

N 和 L 怏怏不欢而散，我们也只好回寝室去睡觉。没想到第二天一早集会时，我们都被点名了。营主任 M 在台上宣布我们的罪状——“夜里查铺时不在床位上”。M 要我们公开说明自己的去处。她一定以为这样会是有效的惩罚手段。我甭客气地上台讲了三点：一、我们有回床位上睡觉，只是查铺的人来得太早。二、营队应该有让大家真正认识文学、讨论文学的机会，营队不提供机会，我们只好牺牲自己的睡眠时间。三、我们聊天讨论的内容是什么什么什么。

M 不知道怎么处置我们。只好叫我们下课到办公室找她。其他学员用惊讶、羡慕的眼光看我们。他们一定搞不清楚我们在谈什么。

知道是最大的虚荣。我们都真虚荣。

7

M 说对我印象深刻，盛气凌人的一个小男生。而且别人都叫她“陈姊”，只有我总是连名带姓叫。

我对她原本倒是没有什么深刻印象，甚至不记得自己怎样称呼她。她跟我讲这件事时，我已经完全不对她用任何称呼了。不愿意连名带姓，因为太生疏。可是也不用“陈姊”，因为显得和其他人都一样。

8

M 的办公室在敦化北路上，回家的公交车会经过，提早三站下车就可以去找她聊天。她那里本来就会有许多学生进进出出，不过我愈来愈不像一般的学生。

第一次是 M 告诉我她办公桌身后就有一道边门，平常只有团主任在用。边门进来左转就只有主任室，右转则是 M 所在的角落。主任都从那里进出，这样办公室其他的人就不会晓得他什么时候来什么时候走。自由是职位能够提供的最大权力。M 建议我可以改用边门进出。不必从大门进来接受其他同事询问的眼光。

第二次是我沮丧地告诉她对这个社会的失望。我搭公交车时看见一条小狗被绑在树旁，一个可能只有小学三四年级的男孩拿着竹竿兴味盎然地戳打小狗，小狗的哀声凄厉，努力闪躲的身影扭曲变形。我在公交车停红灯时结巴地拜托司机让我下车，冲回去救小狗，怒气冲冲地一把夺下小孩手中的竹竿，一边痛骂："没教养的小孩，为什么要欺负小动物？！为什么没有一点爱心？！"一边忍不住把竹竿重重地戳在小孩的大腿、肩膀上，说："人家这样弄你你会不会痛？你会不会叫？这样好玩吗？还笑得出来吗？"

小孩痛了、小孩叫了、小孩害怕了、小孩哭了、小孩跑走了。我颓然蹲在浑然搞不清楚发生什么事的小狗旁边，心绞痛着。为什么舍得欺负这样幼小、毫无抵抗力的生命？可是刚才我的举措，看在别人眼里，是不是也是残酷地欺负弱小？我该怎么办？这个有那么多让人看不惯的事接踵发生的社会……

M 没有安慰我，她没有做到一个救国团大姊姊应该做的。她跟着我一起沮丧。她沮丧的理由是她和我一样彷徨无力，不过她比我多彷徨无力了十一年。她直率地告诉我："长大后你会知道，生活里最难的是让自己过得理直气壮。如果你还想活得理直气壮，千万不要进公家机关。连一天都不要尝试。"

讲这些话时，她和我一样都气虚难过得懒得再去挺直腰杆，我们趴在桌子，把手垫在下巴底下，那样近距离的四目相对。那对相濡以沫、不可能相忘于江湖的落拓感伤。

第三次是我去找 M，聊到一半时，来了一位大学生 J。J 刚毕业，刚考上大家羡慕的学校。M 让 J 坐在别的位子上等，继续和我聊天，听我讲特吕弗的电影《绿屋》。一个男人想尽办法延续已经死去的爱。到后来保留的执念取代了爱。爱是方生方死方死方生的，本身并没有耐性与韧性。要把爱留住，爱如果要通过时间的磨蚀，一定得经过某种转化，可是爱一转化就畸形了。我如是滔滔地分析自以为对电影、对特吕弗、对将来而未来的爱情的想法。

J 等了一阵等不下去了，就写了一张纸条，简单地说大学很有趣，可以找到更多时间写作。她最近写了一篇关于《自杀》的小说去参加《联合报》小说奖，等等。纸条递给 M 之后，J 就潇洒地摆摆手走了。

没想到下一回我去找 M 时，凑巧遇到有附中学生来找她，问她关于校刊怎么编一类的事。M 一样示意我坐在对面座位上等她。等了十几分钟，我也学 J 一样，拿出书包里的白报纸，几乎是毫不思索地就写：

“我想这是报应。我没有权利插队，后来的就应该要等。可是我不想等了。这样的等待是可笑的。”

我故意把白报纸撕得参差不齐，又折得密密实实地放在 M 的桌子。我完全不看她的眼光，我知道她会留我，可是我不要给她留我的机会。我没办法像 J 那样依然愉快地摆摆手。我拎起书包帽子就闯了出去。

我愤怒。我嫉妒。我生气原来我并没有任何特权。在其他事情上，我信奉公平。然而对 M，我开始要求特权。

9

M 开始上补习班补 GRE。虽然学校申请还在进行，她去往外地的日子却已斩钉截铁。一九八一年三月，距离我联考一百天。

M 六点半搭公交车去上课刚好可以赶上。所以我几乎每天陪她在办公室耗掉下班到六点半之间的时间。她的同事差不多都走光了，偌大的办公室只剩下她所在的角落还亮着花白寂冷的日光灯。

其实也不是真的有那么多话可以说。有时候我出卖死党们的恋爱故事，有时候我带各种的诗刊诗集给她。上面有我前一两年写的诗。我没告诉她哪些笔名其实都是我。她也完全没有怀疑，完全没有猜到过。

诗和人原来可以纯然是两回事。没有办法由认识我的人而辨识我的诗。这样我还能声称这些诗是“我的”吗？诗与我的关系到底是什么？我迷惘了。

我终于提到一首诗，是我写的，而且她喜欢。她说那首题名为《独居》的诗，很神秘而且很温柔。

夜来的树林
竟然有岸有波有急流也有漩涡
一层层的风卷起一层层
水般迷离的模拟
因为你去了河湄

你去了河湄
山中的岩石仿佛
也都涂染了鱼儿与水草
嬉玩的图样
我等待着一声欢娱的惊呼

我等待着你的惊呼
在河湄想起鱼儿与水草

与斜影日光下粼粼页页的碎点金黄
你的笑声与水流淙淙押韵
菅芒草努力爆放无数的毛花
菅芒草无数的毛花
提醒我，独居山中的事实

而你早已去了河湄
你离去的手势其实如此明确
如树林里夜来后不容自欺的

全然黑暗……

她当然不知道，这首诗真正模拟的，既不是树林，也不是水湄，而是我与她的别离。她就要去美国和丈夫团聚，我只能留在台湾，至少到读完大学服完兵役。不，事实上是要留一辈子，因为她去了的那个美国，只属于她和她丈夫，没有我的位置。

她真的读出什么吗？我不知道。

我只知道沮丧，以及“全然黑暗”即将来临的恐惧。

10

我们从来不一起吃饭。我总是说不饿，说没有习惯太早吃晚餐。两个人空着肚子聊到六点半。她也说没有胃口。可是六点半之后她还得上课，到九点四十五分之前没有办法吃东西。饥饿的感觉。胃里空虚的感觉。将她送上车后，我总是走路回家，二十分钟的前心贴后背。从来没有那么饿过。这种饿法和平常经历过的完全都不同。饥饿里有一种无法明说的意义。我享受着这短暂的，肉体上灵魂上思想上三合一的饥饿。到家后立即急急吞食妈妈特别准备的一大盘炒饭。

她应该也饿着。这是我唯一能带给她的折磨，我舍不得放弃。

11

没有直接回家的时候，就沿着棒球场的墙边走到体育场去。我知道从哪里可以偷溜进棒球场和体育场。曾经想过带 M 到棒球场的左外野草地上聊天，甚至可以躺下来看天空中云的变化。太文明的台北赶走了星星，可是却格外适合观赏云影。各个角落反射的或强或弱或白或黄光线，把云映衬成立体的舞台，比白天时的阳光青天多了一分诡谲恶戏的神秘狰狞。

不过一直到她去美国，我没有办法启口要求。可悲的是，我甚至不能适应在太小或太大的空间里和 M 独处。太小或太大的空间给人太多想象的可能，年少的我胆小地逃避着这些爱情的可能。

我的爱以极其懦弱、极其有限的形式反复回旋着，没有进展。

我独自走在左外野，或体育场空荡荡的看台上。我可以尽情地唱歌，用自己觉得最舒服的音量，在声音里加足加满最多的感情，不必担心别人听到。

最常唱的是《耶稣基督万世巨星》的主题曲“I Don’t Know How to Love Him”，不过我总是把歌词里阳性的 he，him 改成 she，her。我不知道如何爱她，我不知道怎样能够感动她。She is a girl,she’s just a girl, and I had some any girls before, in every many way……我想着我自以为曾经爱过，或爱过我的女孩，愈发地对M感到困恼与疑惑……Should I bring her down? Should I scream and shout? Should I speak of love, let my feeling out?……一连串的问题，一句叠一句难耐的激烈情愫。我真的想尖叫与呐喊，真的想释放被禁锢被压扁被扭折被一再捶打的感觉。

可是我不能，我顶多能用难听的假声拼命唱出歌中的最高音来。

另外还唱“You Light Up My Life”，你照亮我的生命，黛比潘的歌，又是一首非常女性的歌，可是竟然如此切近我的心情。多少个夜里我在窗边独坐，等待着有人带给我她的歌，多少的梦被我深藏，孤单在黑暗，然而如今你来了……最庸俗的歌词，被陌生异国的语言转介后，刚好可以借来排解自己其实是最庸俗的感情……我如是自弃地放纵与堕落者……

12

不惊醒空气，不触碰肌肤
我消失在你的发丛里，慢慢地
我溶入你的双眼，化成一阵朦胧的轻雾
慢慢地，为你掩上了两扇小小的窗
……

再次读罗青的《吃西瓜的方法》，收到E的信之后。

E有一种太过明朗、太过健康写实的味道，她整个人都是，所以她喜欢罗青的诗。余光中说罗青是“新现代诗的起点”，我和N讨论过。我们一致感觉有点失望。罗青的诗是很特别，因为有幽默感、有轻盈的调子和无伤大雅的赖皮，和我们所熟知的六十年代的诗很不一样。可是我们还是宁可让诗别扭、让诗阴郁、让诗像一个爱着却不知如何表达爱的少年一般，阴晴不定、暴烈与懦弱与温柔与暗与狂乱，同时并存。在焦躁、苦恼的深渊里，我们唯一不需要的就是幽默感。我们负担不起幽默感。

E 不能了解这些。她崇拜着罗青。她主编的校刊特别选择罗青作访问。她又求又哄又骗要我陪她去访问。访问过程中我几乎未发一言，冷冷地坐在角落看罗青与 E 神采飞扬的模样。

我未发一言。太流畅的语言、太清晰的概念、太快乐的表情，让我感受不到诗，甚至觉得，诗被背叛了。

E 不能了解这些。她的甜美、她的好脾气、她工整正楷如书法习作般的信，都和这些格格不入。我不再理她了。

她写来长信表达伤痛。可是连她的痛楚都是中规中矩的，这里面其实没有悲剧。至少少年的我认为没有悲剧。可是我自己却沉浸在悲剧里，无暇照顾她的情绪。

我对 M 的悲剧的爱。

读E的长信时，我并不觉得伤痛。一个星期之后，在《深渊》里读着“去年的雪可曾记得那些粗暴的脚印？”读着：

你是一条河
你是一茎草
你是任何脚印都不记得的，去年的雪
你是芬芳，芬芳的鞋子

这样的诗句引我想起 E，于是悲从中来，无可抑扼地哭了。

13

有可耻的想法在我心底盘桓着。M走了之后，我还得活下去。我竟然还得活下去。没有勇气死去，也不甘心死去。因为花了那么多力气准备的联考还没到来，还没结束。不甘心浪费，荒谬却又事实。

我还得活下去，所以就必须有除了M以外，活下去的理由。一个代替她的理由。一个代替她的女孩。

补习班里有一个女孩，看起来就像十一年前的M。十一年前的M，高中时代的M，我并不认识，我只是想象。突然之间，在困穷中，我非常需要想象，依赖想象。

想象着也许可以认识十一年前的M。认识十一年前的M的代替品。这样今日的M走了，我可以把对她的感情，移转到十一年前的M代替品上去。

不过，那样的感情，是真的，还是代替的赝品？

星期五下午，翘课提早去找M。窗外的天还坦坦白白地亮着，不像一般时日的傍晚薄晦。

我一转头就看见在M他们办公室的大门口，有一个卖烤玉米的摊子，摊上等着要买烤玉米的，赫然就是那个被我视为是她的代替品的女孩。

十一年前十一年后的M，真实与赝品的M，远近重叠着。我忍不住追出来确认一下那个女孩到底跟M有多像。她已经走了。我被自己可耻的想法瘫软了双足，不能也不敢再回到M的身边去，就在玉米摊边人行道的冰铁椅子上坐了半个小时。

我不知道M有没有看到我？有没有看到那个买烤玉米的女孩？

14

上国文课，国文老师I勃然大怒。他生气是有道理的，他一定累积了太多的委屈。

他是学校里公认最好的男老师，年轻俊美，刻着深深双眼皮的眼睛，比我认识的任何一个女孩的都迷人。个子虽然有点小，可是充满一股别人无从模仿的英气。对中国真情热爱、学问渊博、声音清亮清晰。

他以前总是教甲组班，总是教得他们既像他一样热爱中国文化，同时还能在联考中取得优异成绩。我们这一届比较特别一些。考进来那年爆发了培元补习班的泄题案，只好用超额录取的方式补救。到了高三果然出现了些不知该如何解释的奇特现象。被视为“二等资质”才去考的乙丁组班级，从往常最多两班暴增到四班。学校决定把I调来应付多增加出来的两班文组国文。

I一定觉得挫折感深重。他在理组班上获得认同与支持的教法作法，在我们身上似乎都失灵了。我们非但没有应和他以身作则七点到校的精神，提早来自习用功，甚至继续以大量的比例在朝会中缺席。总也有一些人毫不避讳地滥用他声称绝不点名的信任好意，大大方方地翘课。

这次更过分的是，他当场抓到他最欣赏的学生，上星期已经翘过两次课的，即使坐在教室里也完全没有在听课。

他从我桌上抢走一张正一次次刻写着M的名字的白报纸，近乎失态地逼问我那是谁的名字，然后在讲台上把白报纸撕成碎片，还把碎片揉成一团，塞进他自己的提包里。

我和他怒目对视。可是我明明白白知道我自己的愤怒是假的。他完全没有激起我反抗权威的情绪。只是他制造了荒唐局面逼得我不得不如此扮演。

多年之后，我从许多文艺界人士处听来许多关于I的传言，我确定他也不是真正生气。他是用夸张的嫉妒形式，在表达他对我的爱。

我其实是感动与感激的。

15

看了两部电影，一部永远忘不了，一部恨不得完全忘掉。

寒假中，M办了一次文艺营的团聚会，我竟然笨到会去参加。大家一起去“国宾”看《星球大战》第二集《克隆人的进攻》。在人群里，M是一个无懈可击的少年文艺主管，我是一个典型的高中文学少年。仅此而已。电影则是大家正正经经扮演中规中矩角色的索然背景。索然无味。

第二天自己去看了艾伦帕克（Alan Parker）的《名扬四海》（Fame）。讲的就是一群人如何学习在舞台上扮演不是自己的角色的故事。难过得不得了。他们为了舞台上的辉煌而扮演，而压抑真实际遇里悲多于喜的事实，我又是为了什么扮演？

这部电影竟然没有成为影史的经典作，是我心头永恒的创痛与遗憾。

16

一九八一年来了。联考来了。M走了。

想起痖弦《如歌的行板》里的最后四行：

而既被目为一条河总得继续流下去的
世界老这样总这样：——
观音在远远的山上
罂粟在罂粟的田里

导读

杨照，本名李明骏，一九六三年生，美国哈佛大学博士候选人。曾任《明日报》总主笔、远流出版公司编辑部制作总监、《新新闻》周报总编辑等职。曾获《联合报》小说奖、赖和文学奖、吴浊流文学奖、吴三连文学奖等。著有长篇小说《吹萨克斯风的革命者》《大爱》《暗巷迷夜》，中短篇小说集《星星的末裔》《黯魂》《独白》《红颜》《往事追忆录》，散文集《为了诗》《新世纪散文家：杨照精选集》《悲欢球场》《场边杨照》《Cafe Monday》《迷路的诗》等多种。杨照以知识分子的角度，借书写释放对于台湾社会的关怀，以不灭的热情思索人生与文学，透过犀利的论点、广博的关照以及深沉的抒情，在文坛中生代建立起独特的个人风格。

在《一九八〇备忘录》一文中，他交织起诗的美丽与哀愁、年轻革命家对正义公理的追求、现实社会中不可避免的暴力与丑恶，以及爱情的向往与失落。全文充满了淡远而迷人的哀伤气味，不仅记录下八十年代台湾社会面临转折关键期时，一代知识青年的躁动、不安与美好理想，也捕捉了一颗年轻心灵中对既有秩序的叛乱，同时也是最温柔、又最狂乱的吊诡情怀。

——郝誉翔

第五章　万物皆有声响

每一处风声，每一种水响，都是万物与我们最亲密的对话。

小绿山之歌

刘克襄

1 发现池塘

秋末，一个晴朗而微风徐徐的早晨，从住家后面的窗口望出去，山坡上五节芒红褐的花穗已全然盛开。前几日，这块荒原来了一只红尾伯劳亚成鸟，让我兴奋了好一阵子，每天早上都会朝那儿搜寻，仔细地瞧这只红尾伯劳的一举一动。但我已经有两天未看到，心里颇感纳闷，于是决定翻过公寓旁的相思林小山，到更内山的地方去找它。

我曾背孩子攀登过不少近郊的大山，这座小山却始终未带他们来爬，因为它的林相较隐秘，山径又窄，蚊虫非常多。

小山入口有一棵一人抱粗的香楠，从许多野桐、水金京与白匏子中赫然冒出，十分抢眼。孩子看到它时，都会想起“龙猫”里那棵大楠树。它当然没有那么巨大。不过，像这样高壮的树，目前在台北市区已不容易找到了。

山径里也有附近山区少见的蓊郁森林与密不见天日的景象。上个月，在林子的外围，我曾看到一只凤头苍鹰被乌秋追击。所以特别注意林空中的任何动静。虽只听到一两声绿绣眼的鸣啼，连科都没有，这样的结果是颇让人失望的。

很快抵达山顶。沿着山的棱线，小山路岔分成两三条。只有一条较为明显。我试着走那些快被荒草覆没的，准备直接切到小山另一边的山脚。相信那只红尾伯劳很可能栖息在那儿。然而，我很快就遇到蜘蛛网与飞蚊的困扰，不一会就放弃这个冒失而莽撞的计划。

我乖乖地走回那条明显沿着棱线的小山路，没多久，再遇一岔路。朝下坡的一条路走下去，突然看到脚前不远处有一巨大的黑色水管。敏感地止步细看，赫然一条两米多的臭青公，身子最粗的部分有我的手腕粗。

正待取出望远镜观察，它开始吐蛇信，缓缓地爬离小路，钻入旁边基部焦黑的刺竹林里。刺竹林大概是枯干甚久，也可能是这条臭青公太重，爬过时竟咯咯作响。

这么大的臭青公，吃什么才能果腹呢？以它的身材，吞下一只珠颈鸠绝对是没有问题的。突然间，有东西落在头上，从地上捡起，是成熟的水同木果实。放入口袋准备带回去给孩子辨识。

大儿子奉一应该还记得，上一次和我去福山植物园时，曾经在林子里摘过一些刺莓，吃得满手都是红渍。

水同木是中药的上材，就不知是否可食。我尝过一颗，成熟的，有点甜。

走出山路，眼前豁然开朗。越过数亩小菜畦后，正是想要抵达的目的地。不过，展开在眼前的居然是一座百来平方米，四周碧绿如画境的池塘。

它的左边，林立着浓密而高大的阔叶树群，香楠、白匏子、血桐与相思树为主。右边，越过数层高大的五节芒草丛与台湾葛藤后，就是车辆熙攘往来的公路。

来此一年，许多种今天才第一次看见的蝴蝶和蜻蜓，热闹地集聚在这一方小小的世外桃源，在花草灌丛间穿梭，到处迎风飞舞。

池塘好静，好静。一只小白鹭忽然被我惊起，从草丛掠出，飞到对岸。这才惊觉到已正午时分，该回去了。五节芒随风摇曳，新穗如麦浪沙沙作响。在秋阳温煦地烘晒下，池边又传来一阵一阵的野姜花的香味，我突然觉得今天是这个城市最幸福的人。

——一九九二年十一月二日

2 小绿山林相

清晨，我的穿着像一位刚准备初学采集生物的学生，背包里有望远镜、防蚊药、笔记本、相机、瑞士刀、塑料袋；全身则着一套灰绿色的长袖衣裤，头戴迷彩帽。将这座山取名小绿山，因为它实在很小，不过三百平方米，海拔也只有五十米左右；被公寓大楼包围，像个孤独的绿色小岛。

先去门口前的菜圃，探望那只叫阿宋的红尾伯劳。这一回看到它，不禁怀疑起过去的观察是否有错误，因为它的喙并没有上回的灰黑，反而淡了许多，而且头部后面的尾羽，有点白斑。这是阳光照射角度不同所造成的视觉误差。此次的观察让我羞愧有加，它提醒我对鸟类的细部观察仍马虎不得。

抵达小绿山入口，鉴定入口那棵高大的乔木，再度确定是叶片较暗的香楠。找不到叶片搓揉，闻味道，我一度信心动摇，还怀疑是红楠。林子里面的树种，上层主要是相思树、白匏子、血桐、锡兰馒头果。中层为鹅掌柴、水同木、水金京和绿竹、刺竹的混合林。下层树种最多，常见的有软毛柿、台湾桫椤、灯称花、黄肉楠、九节木、山红柿、山刈叶等。

上了棱线后，抵达离上次遇见臭青公阿比的鞍部不远处，草丛里有响亮而急促的窸窣声，先从右边的竹籔移向左去，当我循着声音的方向，向前挪动脚步时，那声音愈发急速。眼前的草丛成排不停地波动，窸窣的声音随着草浪远走。是阿比！它又在这儿出现了。

天气感觉像孩子红了脸颊的热度，有种春天的气息。终于首次听到绣眼画眉的叫声了。接着是小弯嘴，也是第一回记录，真是一次丰收！

出了林子，抵达小波池（以小区之名称呼）。有一个人在对岸钓鱼，用望远镜细看，那只小白鹭也在。上一回，它也是在那个位置落脚。姑且叫它阿英。

靠池畔垂下来的树藤上，有一只鱼狗伫立。我走下池塘。它不安地发出一连串急促叫声。当我穿出芒草丛，已消失无踪。

绕到钓鱼者附近，观察他所钓的鱼。他跟我说每次都只能钓到小鱼。正说着，鱼竿抖动了，拉上来，果然是一尾两根手指大的吴郭鱼。

但这样的尺寸对鱼狗或小白鹭都挺适合的。不知道那只鱼狗现在去哪里了。远方，小弯嘴的叫声再次传来。

“可归”，这样嘹亮而饱满的山音，颇引人遐思的。三十年代时，博物学家鹿野忠雄访问卑亚南（南山村）时，泰雅族人就给了这种熟悉的占卜鸟，一个美丽的名字——“摸蛙客的”。

——一九九二年十一月八日，晴

3 尖尾文鸟、鼎脉蜻蜓

寒流过后，天气又闷热起来。山区的五节芒多半已完成抽穗的任务，紫红的花穗渐渐转成黄褐色泽。到菜圃找红尾伯劳未获，那儿也有一棵杜虹花，一群黄色的蛾类幼虫正努力地啃食嫩叶。

转到小绿山去，在棱线并未遇到锦蛇阿比。迅速抵达小坡池，阳光强烈，早上未吃饭，又睡眠不足，被晒得有点晕眩，但仍强忍着，蹲在那儿观察了近一个小时。不远处有五色鸟与灰头鹪莺的叫声。后者类似猫的叫法，还是首次在附近山区听到。

红色和黄色的蜻蜓不见了。只剩下黑色中腹灰白鲜明的鼎脉蜻蜓，四五只，仍然在半平方米的小水塘里飞舞。

小水塘里有不少泽蛙。野姜花谢了，白波纹小灰蝶也少了许多。只有一种常见的大琉璃纹凤蝶，仍在菜畦上飞舞。它的翅膀在阳光下变化万端。在野外，始终拿捏不住正确的颜色。

有两只褐头鹪莺在身边逗留了十来分钟——稍嫌长了点。它们不断在五节芒上觅食，同时有撕咬叶脉的动作。这种动作在春天营巢时较为频繁。不知为何，我总会想起《史努比》里那只叫 Woodstock 的小鸟。这样说，孩子们对褐头鹪莺的长相就应该有个粗浅的认识了。

褐头鹪莺专注觅食时，有两只尖尾文鸟飞来凑热闹。它们比鹪莺离我更近，头一回能如此细瞧。它们酷似毛笔头的尾羽，不成比例地凸出于尾部后。这两种小鸟同样停栖于五节芒。觅食时，尖尾文鸟会飞到菜畦的地面啄食东西。

那只鱼狗取名鲁鲁，仍然站在靠山边的枯树藤上，而小白鹭阿英也驻足在水湄旁。它们都是领域性很强的鸟种。阿英常绕着小坡池散步，接近鱼狗好几回。食性不同，鲁鲁并不在意阿英的接近。

山上又传来小弯嘴的声音。啊！好久没有看到小弯嘴了，只闻其声，不见其影。真渴望有朝一日，它也能飞到这儿。孩子们如果看到它，应该会喜欢的，因为它的长相像一个很聪明的蒙面强盗。

旅次札记

刘克襄

标本制作

一具白头翁的尸体躺在雨后的稻田，我将它携回。

用尺量，黑色的嘴一点六毫米，可轻易戳破白报纸。橄榄色的羽翼正好八厘米，比普通的小。尾却长了一毫米。

用秤称，一百〇五克，重麻雀一点五倍，可能羽毛沾湿的关系，不然它是胖子。

摆进放大镜里，额、眼、颊并非全黑，白色的头发也尚未长成，或许是幼鸟。但腮与喉都已纯白，胸前淡褐色的毛也干硬粗犷。低垂成优美的弧形，愈近小腹愈淡。小腹周围是纯白柔软的细毛，小腹以下，又有数不清的褐毛掺杂。现在可以确定是年轻力壮的白头翁了。

刀子是五块钱一只的超级小刀，扳住它的下唇，从喉头抵入，轻轻往下刮，嗉囊、肝脏、砂囊、肠一一蹦出。最后是睪丸、排泄腔。

再将它两片心形的嗉囊割下，解剖，摆进放大镜里。它最后的食物是一只小尺蠖。从尺蠖再分析，它可能是从甘蔗田飞来的，那儿有一片桑林。

消化器官都取出，使用吹风机烘干羽毛，过半个钟头，塞入一些稻草秆、木屑。然后针线缝合身体，找木板、强力胶，黏稳它，使它站起。

以上的事，最后记录在小卡片上，写完了，放回原来的四百张旁。这是第一张完成的，另外有四百张，要记载四百种鸟。鸟，我们岛上有四百多种。

海湾里的沙洲

要到南台湾的风景区佳洛水，会经过一处野草青青的海湾。海湾呈椭圆形，湾内是一块沼泽的沙洲。在我的旅行里，鹭鸶科或者岸鸟，甚少抵临这里。猜想海湾面临巴士海峡，而且北边的岬角已有多处水滩、池塘。这儿角落偏僻，各类岸鸟南北往来，发现不易，自然难以光临了。

一年前夏末，下船休憩时，与朋友驾车经过，觉得是美丽的地方，就选择海湾一处平坦的草地露营。第二日清晨，朝沙洲观察，在架好的单筒望远镜里,出现了一对白腹秧鸡。继续搜索四周,沙洲上仍只有它们。

沙洲也呈椭圆形，由于海湾水浅，可以判断沙洲是淤积而成，慢慢凸露，后来野草灌木的种子飘进，终渐蔚成一片草丛。除了左方剩下一小角荒凸的沙堆，其余尽被茂密半身的草莽遮掩。

值得注意的，这对白腹秧鸡如何来到沙洲居留呢？离这里半里的农地，耕田的人说，沙洲十年都未曾被海水淹没。沙洲与海滩总是保持三四十米远，水深及膝。我绕行海湾数趟，攀附岸边生长的水丁香、藤科植物，皆无乏水干涸的迹象。这对白腹秧鸡不会无缘无故从地里冒出，而且已在草丛衔枝啄食，虽然已过繁殖期，却优游自在，明显的已居住一段时候了。

中午时，较小的一只露出脸，与我对望。大的跑到沙堆走来走去，也是一会儿时间，又溜回草丛。日落时，视线茫然，只听到间歇性的鸣叫。声音就如《本草纲目》所提的姑恶鸟，年代隔了四百年，已不知白腹秧鸡是否为古人绘影绘声的它。

第三日清晨，我所提出的问题有了答案。从睡袋醒来时，观察沙洲，发现变成三只。仔细瞧明，一只额头鲜红，离另外两只远远，原来是红冠水鸡。三只都隐秘草丛，偶尔露出首尾，难窥全身。接近中午，两只白腹秧鸡发现了陌生客，迅速朝红冠水鸡攻击。红冠水鸡也不应战，转头拍翅就跑。两只白腹秧鸡追逐一段后，逼它接近岸边，眼看它已面临绝境，竟往水面冲来，脚爪啪啦激起水花，继续的三两拍翅后，居然安返对岸，惊魂甫定，就躲入岸边的林子。

我再回头观察白腹秧鸡已消失了。红冠水鸡越得过深水，可以肯定白腹秧鸡也有此本领。中午吃过饭，白腹秧鸡又露出脸，这是最后一瞥。饭后我们便匆促离开，前往佳洛水。

在车上，我想到下月鹰群即将南下，海湾是必经地。可惜无法与白腹秧鸡沟通，不然可以告知它们消息。像沙洲如此平坦，又只有草丛半掩半遮，是相当危险的。

枪伤的小白鹭

右手才伸去，它便啄过来，然后又畏缩角落，羽翼紧抵着墙壁，脚爪不停地摩挲。

缩回右手，一道鲜血从指尖流下，不是我的。

在我的身上仿佛充满恶意，从我走进门，它便开始不安。我出去了，躲在窗槛窥伺，才松弛羽翼。

这只小白鹭算是幸运的。大前天黄昏时，有一群小水鸭抵达大肚溪口，聚集沙洲。本来想驱走它们，结果我一走远，小水鸭又飞回来，只好将附近猎人摆设的鸟网偷偷拉倒。

隔天清晨，我前往沙洲时，已经来不及了。两个猎人提早抵临一步，在南岸持枪乱轰，遭殃的不只小水鸭，鹬科的水鸟慌成一团，纷纷飞离。掉下躺下的，猎人用麻绳串起背回。这只小白鹭勉强渡过溪，不支倒地时，已奄奄一息。

晚上喂它食小鱼，仍爬不起来，猜想是它最后的晚餐了；昨天却撑直身子，不过似乎受到巨大的惊恐，形容憔悴。每次接近，就慌乱的往角落盲目地挤、扒、抓。本来已止血的羽翼，伤口再度溃裂，血不停渗出。早被血染黑大半的羽翼，又铺上一层鲜红。要想再帮他敷药，困难重重，对峙不久，血又停止渗出，以为无碍，我才离开屋子。

今早打开门，小白鹭居然死了。愣在屋里，只怪自己粗心大意。回到书房，愈想愈恼恨，整理了笔记本，携着望远镜，离开城里，回到大肚溪旅行去了。

住在教堂里的喜鹊

黄昏钟响时，这一对喜鹊就从塔里慌乱奔出，站在屋脊鸣叫压惊。看看塔里的钟停止摇摆了，又怯怯地跳回去，它们把巢筑在塔里。

这样出去又进去，钟响时已成黄昏固定的事。而清晨呢？喜鹊早起，钟声来不及吵醒，它们已飞到南面的山头觅食。可是喜鹊习惯早归，我想刚搬进塔里时，一定害怕且惊异，现在或许习常，只要本能地往外冲出去，定一定神，再飞进塔。猜不透的，喜鹊为何不住在大榕树或茄冬树上。

扣除钟的威胁，这种喜鹊始终保持高度警觉的生活作息，进出塔内。清晨外巡时，会先露出头，端看四方，也不知打什么主意，可能看清四周有无鹰群，或是蛇鼠的踪影，确定四周无障碍了，便迅速飞出，每次都朝南，不歇翅地飞入对面的山林。

回来时，更小心了；先停栖在屋檐，来回走动，佯装为只是憩息路过者。过一阵，才慢慢接近搭边，绕到塔后，突然间就剩一只。再绕一次，就剩空空的屋脊。

它们的巢也机灵地半悬，紧附着塔顶。我观察它们是冬末时候，快要接近繁殖期。也许要生小鸟时会改变作息，或者离开钟塔。

钟塔是小教堂的标志。四年前，小教堂落成后，塔里的钟是山下村子的报时器。小教堂是木造的，屋顶拱成阁楼，阁楼中空，引上拉钟的绳，衔接塔里的钟，上方就是塔尖。

从村子朝上俯瞰，只能瞧清半身。小教堂里住了年轻的洋牧师，上面的钟塔，有一对喜鹊夫妇。

导读

刘克襄，本名刘资愧，一九五七年生于台中县。文化大学新闻系毕业，曾任职《台湾日报》《中国时报》《自由时报》副刊。是诗人、小说家、散文家、自然观察者、旅行家。曾获时报文学奖、《联合文学》奖、吴三连文艺奖等。他关心台湾自然环境与文化，长期以旅行来观察这片土地。著有诗集《漂鸟的故乡》《最美丽的时候》等；自然散文《随鸟走天涯》《山黄麻家书》《小绿山之歌》《小绿山之舞》《小绿山之精灵》《安静的游荡》等；动物小说《风鸟皮诺查》《座头鲸赫连么么》等；另有有关自然史的著作《台湾鸟类研究拓展史，1840—1912》《台湾旧路踏查记》等。

《旅次札记》是台湾自然书写史上重要的“启蒙之书”，有两种类型的作品值得注意。一是如《鸥之旅》等文章，常串起地方志、诗句、自然观察经验与生态知识，形塑成鸟类自然史与文学史的糅合文风。另一种则如《旅次札记》等篇，刘克襄一面用较科学性的方式记录生态，其实也一面记录了他自己如何成长成自然观察者的历程。这系列文章自作者的诗人眼光与他自身所获得的新的生物知识进行对话，展现出与过去文学家描写自然截然不同的书写风貌——过去文学家何曾真正尝试深刻了解一只白头翁的生活?

“小绿山系列”则是刘克襄观察记录书写的深化，这时期刘克襄的写作延续《自然旅情》的意图，小绿山的观察不再像过去的刘克襄背着孤独的背包到冰冷的沙岸或茫莽的深山溪河旅行，而是在自己家周围每天进行的长期观察。以刘克襄自己的话来说，这部作品意在“创作出一部先驱性的自然写作类型”(长期观察)。

虽然小绿山系列刘克襄自觉地“割舍本质的忧郁和感性”。割舍诗，一般读者在阅读时难免有隔，但在这几年的书写又发生了一次新转变（如《迷路一天，在小镇》）。我认为刘克襄不但寻回感性寻回诗，同时也收起他的记录纸，让旅行恢复单纯的情绪。但他深厚的人文与自然知识，却反而能自在地融入书写中，呈现过去作品未见的氛围。

——吴明益

秋日的声音

王家祥

台东大南溪的毛蟹，四月回到大海产卵，六月幼雏孵化，上溯回溪；至九月渐肥大，十月可捕抓。台湾栾树在夏末秋初开黄花，十月结蒴果，由黄转红褐；台湾少数民族看到旷野上盛开的野生栾树由黄转红，便记得是下溪捕毛蟹的季节。如今，地道本土种的野生栾树，已在城市的行道两旁稳稳地站立；尤其是秋天，黄花与红果一齐在绿色的树冠上燃烧绽放，火红之姿延烧整条行路，以及行路之上清爽无云的高空。那是台湾秋天典型的声音，黄花与红果随风摇动，沙沙作响，只有在少数人的心里微微扬起。

十月，城市之中，夏日与秋季的分野混沌未明，秋天来临的声音难以倾听；可是旷野的芒絮已悄悄结实，它们懂得秋季是温柔丰美又圆满的日子，秋日的声音内敛而细致，时常被不肯离去的夏日尾端喧宾夺主；其实秋季是一直存在的，在溪床的旷野之间，在海岸的草泽地带，在高山的草原和森林中准时降临；城市之中，只有将心事结实于胸的人，才记得侧耳倾听吧！

其实季节是万物心境的转换；秋日的天空时常没有欲望，看不见一抹云彩，秋高气爽似乎意味着心境的圆满状态。春日的新生喜悦，絮絮叨叨到夏日的丰盈旺盛，满溢狂泻；风雨之后，秋日是一种平和安宁的静心，内心既无欲望也就听不见喧嚣的声音，此时真正的声音便容易出现了；秋天似乎是为了静静等待冬日的死亡肃寂做准备，旷野上行将死亡的植物时常给我们忧郁的印象，所以误以为秋天是忧伤的季节。也许秋天的心境让我们容易看见深层的自己，仿佛这是大地的韵律，存在已久，只是我们习于不再察觉；对候鸟们来说，秋天是旅行迁移、改变生活的季节。它们勇敢往南下，逃避严苛的北国严冬，如果寒冬意味着死亡的威胁，候鸟们在每年的秋天准时面对这个生活的课题，与夏日的无忧无虑，食物丰足完全不同。如果那个真正的声音意味着提醒我们面对死亡的深意，思考生命的存在，像西藏的高僧在高原上体悟死亡是生命的一部分，接近死亡可以带来真正的觉醒和生命观的改变。佛陀教导我们要往内看，仔细倾听内心深处真正的声音；那声音就是心性，生和死皆在心中，不在别处。心是一切经验的基础，它创造了快乐，也创造了痛苦；创造了生，也创造了死。

体悟心性就是体悟万事万物的本质。佛陀说我们的存在就像秋天的云那么短暂，我们的心性却永远不变或死亡可触及；真正的心性就有如天空般无边无际，自由开放，而欲念心的混乱则是飞过天边的云。

对一年生的草本植物而言，秋天是全力盛装正视死亡的美丽季节。秋天的云最短暂，秋天的欲望最少，秋天最接近死亡，秋天是生命觉醒和改变的最佳季节；所以秋天一点也不忧郁，秋天无欢亦无悲，清明爽朗。秋天的声音细致内敛，难以倾听。

汉人历法中九月是秋天的起端，正是西南海岸的平埔族释放向魂的开向祭举行之际；所谓向魂指的是大地上一切的魂灵。西拉雅人以月亮的阴晴圆缺谨记奉祀祖先阿立的仪式要月月遵行，永传后世。西拉雅人以身体发肤的感受和眼观万物嬗递轮替来判断节气与四季的律动。

因此安慰向魂的祭典之际，虽已是汉人历法中白露之后，霜降之前的秋分，在古称倒风内海的西南海岸原野上仍是猎鹿人赤身裸体的夏季，暑气依旧逼人。只有敏感的伊尼卜司（女巫）必须细心注意节气的变化，在早晨的露水渐渐增多转寒之后，直到降霜于田野之前的那段阴晴圆缺，便是决定安慰向魂的时机了。记得将壶中镇压向魂的伊尼青叶（泽兰）从向水里拿开，释放被禁闭整个春夏的魂灵们回到世间优游。

魂灵在秋天群起回到世间优游的声音我们听不见，那是生命死亡后的声音。生命发出的声音有些是听不见却看得见的，某些声音可以在心中滋长，甚至变得很喧嚣，耳畔却没有任何声响；只有西拉雅的女巫听得见向魂渴望秋天的声音吧！相信魂灵们继续在世间游荡的声音从来不曾离去，西拉雅人于田野上响起的赛戏祭歌在秋天却逐渐消失了！我们在台湾古文献上听见的猎鹿人奔驰在疏林草原的声音已成绝响！看见的秋日祭歌已经不在公廨广场上回荡悠扬！

西拉雅人知道，秋日草野的气息真正来临是从霜降之后，粟米成熟的那个月圆之夜；在那一夜要举行祖先阿立诞辰的狂欢夜祭；粟米总在夏天拼命成长，秋天成熟。从夜祭之后便是真正的秋天了！那是汉人节气小雪以后的十月十五日，草木开始枯黄萧瑟，鹿群必须集体迁移南下，寻找尚未枯死的青草与耐寒的新叶，那也是猎人们群集出动，在草野上围猎鹿群的时节。

那是四百年前的秋天台湾原野上典型的声音；鹿群踏动大地，猎人放火燎原。野火吞没枯黄草木的猛暴巨响，已经驱赶惊惶奔走的鹿群从草原深处蹿出，迎面撞上狂呼呐喊，手持标枪的猎人许多世代了；数百年前秋天原野上的生态一直维持这种生与死的平衡；草原靠大火重生，卸去枯死的尸体，待明年春雨后新生，鹿群需要新生的草原，而放火的猎人需要繁衍不断的鹿群；直到汉人入侵将疏林草原开垦，这些声音变得久远而不再响起。

夏末秋初、待在大肚溪口繁殖育雏的小燕鸥，正准备沿着西海岸南下；由于系放的数据尚未齐全，没有人知道这群夏季在台湾育雏的小燕鸥，确切的度冬区在那里。小燕鸥在台湾大多被归类为夏候鸟以及少数的留鸟，秋天离开台湾往南去吧！另一批白翅黑燕鸥以及黑腹燕鸥则领着雏鸟刚从北方飞抵西南海岸的潟湖沼泽，打算停留在此地过冬；小燕鸥刚随着夏天的脚步离开，白翅及黑腹便乘着秋天而来。不管是夏候或冬候鸟的幼雏皆已学会飞翔，在秋天展开它生命的首次变迁。巧的是无论小燕鸥、白翅黑燕鸥或黑腹燕鸥，退去艳丽的夏季特征之后，所展现的冬羽非常相似；因此不明就里的人还以为西南海岸的天空，海鸥来来往往，一直不曾远离。

据鸟友的观察，在澎湖离岛育雏的一群红嘴鸥，夏末秋初便领着刚学会飞行的雏鸟，越过台湾海峡，来到西南海岸广阔的盐田湿地上练习飞翔；秋日的味道渐浓之后，反而不知去向。而十一月初来到西南海岸的红嘴鸥，却是另一批在北方育雏的贵客，度冬区在台湾，约略有一万五千只；鸟友们经过长年累季义务的系放工作，将张网捕放的过境候鸟套上脚环或判读已经戴有脚环的纪录，凭着曾经被系放的候鸟身上的脚环出处，逐年累积资料，一点一点解开候鸟们在美丽的秋天及春天的天空与海岸，构成的繁复生命路线；那些脚环总在秋天于千里迢遥之外准时抵达，带着迷惑或解答的声音，继续一站又一站的旅程，从前一位不知名的鸟人手中交到下一位那里，疲惫却勇敢的陷网鸟儿虚弱的振翅之声，联络了两地同样渴望解开生命谜底的声音。

夏末是深水式捕鱼的小燕鸥，飞翔于广阔的海岸凌空入水的声音。小燕鸥看准目标，俯冲入水之后并不马上拉起，潜水的刹那声响沉稳地漫散于水深的鱼塭或河口地带。秋意渐浓之后则换作白翅黑燕鸥等如燕子取水般的浅水捕鱼之声，愉悦轻快地在银色的盐田上溅起微微四散的水花；西南海岸的秋天，光是鸥科的鸟类便如此地繁复交错，来来去去；飞翔的声音，捕食的声音，聚集栖息的声音，在经常无云的天空，银青色的水域，陪伴着海潮亘常的律动。

我还听得见风吹过耳畔的声音，其中夹杂鹬在空中清脆的啼鸣，巨大的苍鹭缓缓鼓动羽翼以及泽鵟翻飞于湖沼上空，惊起群鸭的声音；我仿佛也听得见海岸倒退，地层陷落，嘈杂的抽沙机正在偷偷捣毁鱼类贝类繁殖的海床，喧嚣的推土机正疯狂填高海岸沼泽，愚痴地想与大海争地。可是海岸陷落，渔民捕不到鱼的声音很微弱，在秋天里几乎听不到，那些忙碌的企业家与政府官员听不到。

大海咬掉土地的声音从来没有惊吓到那些炒卖土地的财团或管理国土的官员，他们不断在海岸建造自以为是的海堤，代表人类无知而混乱的欲望；事实证明，那些掺杂着欲望和私心的所谓“人定胜天”的工程，在过去往往不堪一击。他们迷信科技，但却忘了背后的种种欲望可以掌控科技，甚至扭曲科技；于是科技在台湾变得粗暴而无知；科技本身没有错，但科技之上还有更重要的人文精神；人的精神可以盲目造出昂贵而无用的水泥建筑物抵挡大自然，人的精神也可以巧妙地运用自然本身的律则闪避自然的灾厄，那也是科技而且成本低廉，毕竟适当保留海岸湿地并不需要花费多少钱；懂得运用湿地沼泽柔软天生的缓冲力量保护海岸，才是智慧的科技；他们的粗暴源于不愿倾听湿地沼泽应付海潮侵蚀的巨大力量，他们一直听不见自己内心真正的声音。

西南海岸的野生鹿群不会在秋天面临死亡的威胁了；它们的声音已经自大多数人们的心中撤离。唯有读起古文献的人，才会在书中再次听见绝种的野生梅花鹿踩动大地的声音。

难道连秋天沼泽吹来的最后一阵风也要赶尽杀绝？

眠梦之岛

王家祥

才下午两点，书房内的光线渐渐暗下来，我待在灯下读书，可以感觉到外头的天气逐渐变坏，东北季风持续敲撞着玻璃窗，敲得我的心境也随着水色暗沉，流势潺缓，读到葡萄牙诗人弗南多·裴索的诗：“我的思想，我困在那里，一如那风，困在空气里。”忽然便想起那座困在冬天的北风中的眠梦之岛，台湾的天气都如此恶劣了，望安岛上的东北季风想必一定更强了。

从海岸上的环岛公路转入一旁西埯水库的坝堤，这座小型水库其实只是一座大池塘，傍晚苍冷的光影让池塘里的水看起来是深蓝色的，一只苍鹭缓缓从水面飞过时，几乎被那摇晃出水面的深蓝光影给淹没了，金黄色的贝壳沙滩就躺在另一旁的海湾内，四周的海水也是苍蓝的，还有起伏的土黄色草原上散布着一座座坟冢，透露出的也是荒凉的苍冷，那些深蓝色的水波动得厉害，甚至衔接着水岸边柔美的草浪一波接一波爬上苍凉的草原，是这季节的风的缘故，走在坝堤上感觉连空气中的光影皆随着摇晃，如梦似幻，催人入眠。

光影使我陷入“冥想”，我走在宁静之中，忽然想起所谓的“冥想”到底该想些什么呢？

“冥想”是一种客观的回忆方式吗？不会带着任何浓烈或主观的情绪吗？它需要大量独处的时间不被打扰吗？还是它需要宁静而美好的时空旁衬,触发人内心沉淀深藏的情感或记忆？我特别喜爱在旅途之中“冥想”，或者不知不觉在徒步的时刻陷入一种我习惯称之为“冥想”的状态，我甚至不确定那就是“冥想”！我只知道我的思维虽然没停过却也不活络，有时候常常悬空停滞在那儿！哪儿是哪里我也不太确定。也许可以比做天空吧！烦恼或惆怅会像天上的云丝轻轻飞过，很快便会化散无踪，天空常常是晴朗无云的，比如宁静是一股强风，光影是一种力量，很快便会带走那些情绪的云丝，所以在一个人等船时，或坐在船上通过大浪摇晃时，或独自徒步海岸凝视大海时，或像目前身陷强风摇晃的黄昏光影之中时，总让我觉得自己走在冥想之中，而且不知该不该称它作“冥想”？不过这种神圣且神秘的时刻已经让我狂喜，非不得已，我不愿被人打断。

冥想有机会让“本我”跳脱“自我”这个主观的客观吗？它是一种反省的方式吗？思索着纠葛的人事吗？未来的路途吗？理财投资我的荷包吗？孤单寂寞没人陪吗？还是仅是下一站的餐宿没着落？有些时候我在旅途中的确会感到孤单，像今天独自走了一下午没遇见半个人影，当然也没开口讲过一句话，脑海里老是悬空着，不特别悲伤也不特别快乐，有一点点浮自内心的很宁静的喜悦，也有一点点淡淡的孤独愁绪，总不比身陷人多嘈杂的时候孤单，这种孤独很容易自得其乐打发掉，我只是很兴奋地“遇见”，有时候转入公路旁的旷野丘陵遇见一条令人心动的小径，不知它会通往哪里去却想去走它，因为这条小径便遇见一只大眼看着我的黄牛，一株花蕊冲入天空的琼麻，一座座墓碑的刻文已被风蚀磨灭的老坟，不知埋葬的是谁，然后又遇见一片隐秘的贝壳沙滩慵懒蜿蜒地躺在苍蓝的海湾内，甚至不去想下一站的餐宿在哪里？那种奇异的光影会催人入眠，带你离开现实的路面上，引领一个徒步者的灵魂离开他正在行走的身体。

不知我这样形容冥想中的人对不对？不过这一条眠梦之路的确给我这样的感觉，直到对面有一个背着书包的小女孩慢慢朝我这方向走过来，当我与她擦身而过时我仍然保持静默不想讲话，四周光影的迷幻气氛让我不想讲话，而且我是一个外地来的陌生人，不该对一个落单的小女孩讲话，以免吓到她。

那个眼神纯真的小女孩却忽然转头问我说："请问你是本地人吗？"

"我不是！我是来玩的。"我意识到我被唤醒了！可是这孤单的小女孩怎么会问我是不是本地人这种怪问题呢？我看起来像个本地人吗？是不是本地人都用走路的，而观光客很少走路都是坐车的。

小女孩一直说着话一点也不怕羞或提防陌生人，显然她也很渴望找人说话！

"你知道哪里能住宿吗？"我想起该正视这个问题了。

"夏天比较多，冬天只有布袋港有一家旅馆，盖在海湾旁的滨海小木屋，从这里过去，走东边或西边都一样远呢！"小女孩很热心地告诉我之后忽然觉得该走了，天已经快黑了。

古迹导览上写着："布袋港位于望安岛东部，为一天然的港澳，北有长温仔，东有鲤鱼山为屏障，其形外狭内宽状如布袋，是昔日中社、水埯二村帆船的泊靠地，现已淤浅不再使用，但仍残留有石砌码头一段。"

十一月的澎湖离岛皆沉睡在东北季风之中，每天早上九点，下午两点半，本来皆有定时航船从马公港开往澎湖人称之为南海的望安与七美群岛。海上风浪大时，早上九点出航的公营交通船恒安轮便得看天气开航了，有时出航一天接连天气恶劣，便停航两三天，班次很不稳定，由于只有恒安轮的航线经望安到七美，回头再经望安回马公，一天来回，方便时间紧迫的观光客充分利用有限的假期，不过一旦风强浪大便很难抓得准了！如果搭下午两点半开航的民营渡轮比较靠得住，据说海上七级风仍然开航，不过只到望安，起码得住上一夜，隔天一早七点半才能回马公。

东北季风一吹，海上风浪大，航次不固定，天气又冷，来往离岛必须冒险，而且旅途辛苦，游客自然稀少；很难想象岛上的观光业和居民的营生完全停止的寂寥冷清，我十年前初访望安也是顶着十一月的清冷，记得坐小飞机从台中水湳机场飞过澎湖群岛时，那天上的乱流把九人座的小飞机卷得如同坐云霄飞车般上下剧烈地摇晃，况且前往离岛的是最后一批稀疏的外来旅客，记得巨浪冲撞的同船上只有一位远从法国来拍澎湖八景之一的天台山的无畏摄影家姓包，船一抵达码头，他又独自一人背起沉重的摄影装备往强风吹袭的天台山走去，我记得那岛上的强风吹得我一时之间无法抬头面对，回乡的旅人很快便钻入避风的巷弄墙垣内不见了，东埯村的街道上才一会儿便空无一人，我目睹那追赶光影的外籍摄影家赶在太阳下山前无畏地迎着冷风往北方走去，印象更是深刻；不过那次旅行，我平凡的身体始终无法克服横扫而来的东北季风，只在迎风面的岛的北边做了短暂的停留，那是个奇异的遗憾，所以不知不觉必须在十一月再来一次，把它走完。

若想离群索居，十一月的离岛，无论光影、颜色、空间、宁静度，皆是适合体会孤独，安静冥想的季节，想痛快地吹风，甚至让风刺痛你的皮肤，眼角流出不是悲伤的泪水，鼻孔流下不像感冒的鼻涕，就在十一月去澎湖离岛徒步吧！那些结实存在的风会测试你的双腿站得稳不稳。

十一月的澎湖离岛，风控制一切，风很结实很具体地存在，你的生活中想必没有像这个季节的岛民一样，与风关系那么密切；望安岛上的人家，门窗设计恒常紧闭，仿佛永远不曾打开一样，转入巷弄中偶尔瞥见一个人影出现在阻风的院落之中，原来人都躲在墙内避风，而望安岛传统聚落建筑的思考模式可以让人感觉到与风有关的况味，院落墙垣彼此之间紧密相连，极力地避风，让风在栉比鳞次的回旋巷弄间迷路，削弱力道。

钻入穿出那些狭窄迷乱的巷弄间，便能暂时躲离风萦绕在耳畔的压迫，不过更寂静了！静得连一点风声也没有的寂静是那么沉重！在风与风的间隔之中是更深的寂静，这时候徒步者可以抬头挺胸了，不过突然转换到古老倾颓的神圣空间，一种逝去的氛围，一些幽幽的存在环绕着我，我的脚步变得轻缓不敢越矩，一座座以石嵌建的花宅古厝，细看之下还留着千万年前海底珊瑚的美丽羽纹，那是珊瑚的柔软骨骼随着海水漂游犹如羽毛般细致轻柔，如今永远停格在坚硬的壁墙上，叫我如何不迷惑喟叹！尤其那坚硬的壁墙也随着时间的流逝正在侵蚀倾倒，我禁不住将手轻轻触碰风蚀的石墙，将视线往那破败的门窗缝隙中窥探，那手指感觉到的细细砂粒仿佛就是一种时间的沙漏，我意识到正在触摸流逝的过往，而那院落中除了爬满的蔓藤灌丛掩盖过倒塌堆栈的朽木石块，我的眼睛不死心地想窥探些什么呢？窥探令人感到荒凉的风也无法吹入的荒芜空间？风带不走的是什么吗？留存的是什么吗？我也不清楚！那些寂静的院落因为离去的主人深锁门窗的年代久远，似乎很久没有人进入移动过任何一景一物，倾倒与堆栈想必皆是自然的神秘力量。

我看《望安岛古迹导览》上写道：“中社古厝于望安岛中央偏西的一个山凹内，因形成该村的两个主要聚落大小花宅，中央有一处小丘村人称为‘花心’，故中社旧名花宅，中社村由于人口外流情况相当严重且外流也甚早，为数不少的村民早在台湾光复前即已搬迁，所以其大部分住屋未遭到一般传统住屋被拆除或改建或毁坏之类的厄运，它的聚落形式仍相当完整，大部分建筑为保持相当良好的传统三合院住屋，堪称目前台湾地区保存最完整的滨海古厝区。”

我静悄悄地走来，走入一层层幽幽的空间，像个好奇地窥探时间的旅人，幸好我是徒步而来的人，徒步缓行对这些存在已久的古厝是一种敬畏的礼仪，不要去惊动那些墙垣院落中的古老灵魂，在村外就要记得轻踮脚步，若是租骑摩托车来的，在村外就要熄火停妥，这些古厝禁不起吵，仿佛一吵历史就要倒下解体，那些院落中的记忆就要魂飞魄散。

这一次来得更迟了！岛上的便宜民宿和出租摩托车皆已停止营业，那表示在你即使不想以双腿走路的时候还是不得不走，十一月的强风发出一种催人入梦的声音，不断地嗡嗡嗡嗡嗡从你耳边掠过，或者结实地朝你撞过来，一点也不愿让路；风日日夜夜地吹，却令人觉得很安静，我环岛走着，仿佛进入冥想，等待内心回到和谐的振动，能形容那是催眠吗？是风催眠我吗？风年年在冬天催眠这座岛吗？我来到这座光影恍恍惚惚的岛屿，人也变得恍恍惚惚，感觉到土地是活的，踩在这处美得像梦的岛屿，心中有无限狂喜，那是接近神的体验吗？我知道自己的身体是清醒的，我的脚正在向前走着，这座孤独寂静的岛，只剩风的声音，一个人影也没有。

古迹导览上写着：“水埯村北海域是一处著名的古战场，清康熙二十二年（一六八三年）六月十四日上午，福建水师提督施琅率大小战船二百余艘，从铜山澳（今福建东山岛）出发，十五日下午到猫屿、花屿、抵达望安水垵澳后天色已晚，便将船团泊于该处海湾，遣官坐小船到将军澳、南大屿等岛安抚岛民，十六日早开始进攻，此战郑军死伤二千余人，施琅右眼被火枪击伤，但未失明，十七日船队全部泊于水垵澳湾，到了二十二日，施琅再分批倾力进攻，直向娘妈宫（今马公）扑剿郑军，此战甚为激烈，郑军死伤一万二千余人，大小船舰沉没一百九十四艘，郑将刘国轩见精锐皆尽，大势已去，便乘小快船自北面的吼门遁逃台湾，施琅继续进逼，七月十九日郑克塽降清，台湾纳入大清版图，由此可知水垵北海域战确为关键之役。”

迎风面的岛在北风中随着海浪是典型的气象，海水跳离沙滩随着一股股强劲的气流在空中乱窜，站在大断崖旁的草原上迎风而立，不一会儿脸和嘴便沾满了咸咸的水花，眼镜全糊了，原来巨浪一抵达雄伟壮观的玄武岩盘立刻被黑色的乱石拆解飞溅开来，接着往黄色的海湾中压挤，而且随着蜂拥的风挤上柔软的贝壳沙滩；风实在太多了！一下子被高耸的岩盘阻挡流畅的去路，也纷纷拥挤入这一处小小的峡湾，变得很有力量，因此不仅把浪花推上沙滩，还助它凌空跃起变成一团团水雾，往内陆草原飞去。

我沿着叫布袋港的海湾开始走，从玄武岩盘崩裂滚落的黑色乱石沿着峡角大量堆栈，堆栈至另一处叫鸳鸯窟的峡湾，我也踩在堆栈的乱石上沿着海岸走到那处闪着文石的黄色峡湾，峡湾中展演着一幅幅活的泼墨画，黑色文石是泼上去的墨点，需要海水的浸染滋润才黑得美，飞溅的海水有时是风力泼上去的，画布便是那一片柔软闪亮的贝壳沙滩，也被风吹理得很匀整；我一转身，充满魔力的黑色文石便在阳光下闪闪发光，我将它捡起放入口袋，以为可以将美的惊骇带回家，不久便发现它失去光泽的力量，连那黑也不够纯粹了；原来那力量是融合海水、强风、与阳光共同作画的颜料，还有贝壳沙滩的画布，缺一不可，不可思议，这座玄武岩的小岛每日展演着即兴的画作，没有人能将它带走。

古迹导览上写着："鸳鸯窟位于望安岛东岸的北方，是一处由西向东走向的河谷地形,它的谷口隔着一条宽约六百米的海峡与马鞍屿相对，有一说是因为早年那里有多处适宜鸳鸯戏水的水窟而得名，是否正确有待进一步考证；藏军洞是鸳鸯窟地区所残存的一处历史遗迹，日本据台末期选定鸳鸯窟为其海军鱼雷快艇特攻队基地，因当地海湾外有马鞍屿作屏障，极为隐蔽，于是在一九四四年发动望安及将军澳两岛村民，不分男女老弱，满十八岁至六十岁者都得参加劳动，夜以继日轮班挖凿，在鸳鸯谷地北面山丘共开凿了与中央指挥所相通的洞穴十处，其第九、十洞自洞口至海岸段则铺设铁轨，让快艇靠岸时随即推入洞内隐藏，每洞约可藏五六十艘，其余八处则做为特攻队员寝室，然而动工年余，工程将近完成之际，日本便宣布无条件投降，该基地遭废弃，迄今多处洞穴多已陷落，但其遗址仍然可寻。"

这座岛上存在着远古的寂静，之所以宁静，不愿让路的风其实也与徒步者体内的振动寻求着和谐，那嗡嗡嗡的声音穿进我的身体，我在耳畔仿佛听得见，它就在存在的中心，它是天空的声音，空间的声音，宇宙的声音，风的声音，也是我体内的声音，那最终经验最美的宁静的声音；我平凡的身体走在无处可躲的旷野，透过强风无所不在的撞击，以及努力地想要迎风而立往前前进，那嗡嗡嗡的声音竟然是那么寂静，我听见了，在风与风的间隔之中是更深的寂静。

《圣经》上说的。那从旷野上来的人是谁啊？我呢！只是眷念着想要往旷野走去，我只是游晃地想要“遇见”美，有时候转入公路旁的旷野丘陵间，遇见一条令人心动的小径；因为这条小径，那只大眼瞪着我瞧的黄牛让我遇见童年，我顽皮的童年在乡间度过，常常逗闹脾气好的牛，也曾被激怒的牛攻击过，从此我便对狭路相逢的牛敬重有加；那株花蕊高耸入天的琼麻提醒我注意到上午天气的短暂放晴，澄净的蓝色天空有燕隼快速飞过；一座座墓碑的刻文已被风蚀磨灭不知是谁的老坟，上头却堆着一颗颗一排排亲人祭拜留下的石头，风吹不走，仿佛要告诉路过的人们这坟仍有人祭拜清理，并不是无主孤坟，只是时间久远坟已老。

那是一种特别的风俗吧！亲人祭拜之后会留下小石头，压着一张张纸钱在坟上，时间久了纸钱早就腐朽化散被风带走，那些石头体积小，受风面少，奇怪得很，强风怎么吹就是吹不走，除非有人去移走它，否则仿佛永远黏附在坟上似的；我爱看乡野间坟冢上无声的小石头，觉得犹有老灵魂在看顾着，不让风或人畜坏了它们的排列，那是对于思念最美的表达。

然后遇见一处又一处隐秘的贝壳沙滩慵懒蜿蜒地躺在苍蓝的海湾内，我走着走着不知不觉跪倒在地，贪婪地捡拾陷藏在沙中的美的惊骇，包括那些藏着时间之秘，海洋之奥的石贝；美是需要时空打造的，那些沙滩上的贝壳与奇石与聚落里古厝的美，皆是大自然以时空的力量打造出来的，这就是望安岛，催人眠梦的海浪有它独特的节拍，一切无常的事物都有它自己的节拍，没有任何承诺。

第二天午后我又走过潭门港，发现昨天那个小女孩又是一人孤零零地在码头玩耍，正纳闷着此时上课时间为何她不待在学校里呢？有个中年人从派出所内走出来喊了她一声，是她父亲，我立刻明白了！原来她也不是本地人！我猜她大概请了两天假，随父亲回到望安，所以不在学校里上课，反而一个人四处游晃，望安也许是她阿妈的家，也许是他父亲任职的地方。

我在心中谢谢这个小女孩昨日突然给我的唤醒，从她身旁轻轻走过，没有再跟她说话。

导读

王家祥，一九六六年生于高雄。曾任《台湾时报》副刊主编，柴山自然公园促进会会长，参与众多南方的环境与生态保育运动。曾获时报文学奖散文评审奖、《联合报》小说奖、吴浊流文学奖、五四文艺奖等。著有散文集《文明荒野》《自然祷告者》《四季的声音》《徒步》；历史小说《关于拉马达仙仙与拉荷阿雷》《倒风内海》《小矮人之谜》《山与海》《魔神仔》等。

王家祥于一九八八年获得“时报文学奖散文评审奖”殊荣的作品《文明荒野》，可以用来帮助我们理解作家从事“自然写作”，与后来投入“环境运动”的核心价值与思想：“荒野必得继续留存在人类的文明演进中，我们不仅需要在高山上替野生生物设置国家公园。在平地平凡无奇的沼泽、湿地、树林皆需思考其存在的价值。隐约中，可以感觉到平地农业区和周围的荒野地在古老的时代曾存着复杂而互助的关系。当逐渐明了这些关系的生态学家及保育学者奔波忙碌时，我宁愿文明社会对乡野的美学及情感因素发挥更大的力量，而情不自禁地说：我们需要荒野。”因此，“荒野”不仅仅是被自然写作者观察与记录的对象，它更像是一个有待被实践的道场，它的价值之发现与启动，是可以帮助正在破坏地球生态平衡的人类，找到一条正确的道路与方向。《秋日的声音》这篇文章以体悟自然中的秋季声响作为书写主轴，这些声响来自田野现场；宗教领悟式的内在观照；本土的西拉雅历史；还有被不断膨胀的物质欲望给压抑、掩盖掉的土地伤口的寂静之声。历史与当下，物质与精神，平衡与破坏，在这不断辩证的叙述调性中，王家祥借外在与自我内部的声音之相互质问，让读者领悟并重新发现了自然的重要与意义。另一篇《眠梦之岛》，则是在虚实之间，作者带我们“神”游了一次澎湖望安岛，文章架构是以“古迹导览”之制式记录和自我在冬季海岛的玄想体悟作为平行的对位式书写，在这样的交错之间，读者也仿佛来回穿梭于现实与梦境。此文中所揭示的徒步、冥想、放空之过程与意义，是王家祥近年的散文写作中经常呈现之母题，那是一种在精神上自我治疗与救赎的方法，也是在寻求人类和这破裂的世界重新和解的机会。

——简义明

十 块 凤 蝶

吴 明 益

我坐在银野村唯一一家面店里，吃着一碗四十块的阳春面。并不是嫌贵，只是这碗用开水煮熟的，清淡无比的面，让我这张被台北养成重口味的嘴，深感食之无味。要不是老板问要不要盐的时候，我和 M 异口同声说要，这碗面恐怕更难下咽。

朗岛小学的校长正好带着一本台湾海域的鱼类图鉴准备向老板请教，由于我们叫了面，店里狭促，遂决定先离开一下，想必是有许多鱼的谜题待解。

“校长常常来找我，因为那个海里面的鱼，普通话的名字和兰屿话的名字不一样，校长来问我兰屿话的名字。”老板说，他年轻时可以潜入海中十分钟以上。我有点不相信，但还是敷衍地赞叹一番，老板瞪着他的大眼睛，像是看穿了我的不老实。我以怀疑的语气问他真能认得图鉴中的每一种鱼？那本图鉴里的鱼种，恐怕比兰屿岛上的人数还多。

“每一种鱼都有名字，兰屿的名字。”老板自信地说，那种口气有一种莫名的力量将我的疑虑制伏。

关于鱼的名字，我想起了夏曼·蓝波安在《八代湾的神话》中所提到的关于台湾人飞鱼的传说：

传说中由于达悟人吃了飞鱼而生病，于是飞鱼的领袖黑翅膀遂托梦给台湾人祖先石先人，自称是 Alibangbang，二至六月是它们飞临兰屿的季节。黑翅膀告诫台湾人必须尊重飞鱼，不能将飞鱼与其他渔获混煮。它还跟石先人约定在海岸与其他鱼类相会，并一一介绍鱼的名称，及对待它们的方式。

这是一场奇妙的，鱼对人的自我介绍。

这是台湾人将鱼分为“好鱼”（wuyod，是所有人都可以吃的鱼）、坏鱼（ra’et，只有男性能吃的鱼）、老人鱼（kakanen no rarake，只有祖父级男性才能吃的鱼）的典故吧？台湾人甚至将鱼分为特别适合孕妇、哺育幼儿中的妇女食用的鱼；将做父亲的男子，及家里有幼儿的父亲所食用的鱼；以及男童、女童、做了祖父的老人家食用的鱼。

台湾人简直是离不开的鲸豚。

北赤道洋流带来的兰屿的生命依靠，台湾人对待海洋及海洋生命，或许，就是他们认识自己的方式吧。

我将珠光凤蝶[①]的形容告诉老板，一种黑色翅膀，后半部有着神秘金黄色珠光的蝶。老板点了点头，说：“到处都有，到处都有。”他用极大的动作比着，补充说：“你知道它们的孩子吃什么吗？在树上，一

---

① 珠光凤蝶（Troides magellanus C. &R. Felder）是典型的热带蝶种，和分布在台湾南部的黄裳凤蝶极相似，但珠光凤蝶仅分布在兰屿。兰屿全岛均可见，朗岛、东清附近较易观察，但数量不多，习惯高飞。展翅约十至十三厘米，前翅黑色，后翅在阳光下皆呈动人的珍珠色泽，雄蝶尤其鲜明，现已列入保育。幼虫食卵叶马兜铃、港口马兜铃等。

种在树上的藤……”

这是我第一次，听到有人用“孩子”来指蝴蝶的幼虫。

一下二十人座的飞机，在等待民宿主人周牧师的时候，就远远地看到跑道旁的鬼针草上，背着一道虹彩飞行的琉璃带凤蝶①。琉璃带凤蝶与乌鸦凤蝶是近亲，或许是兰屿这个山地雨林（mountain rain forest）的热情，它的绿色物理鳞片显得更加浪费而无节制地成为翅上的装饰，与紫色斑辉映成一种野性的华丽。一路上，特有的毛胫蝶灯蛾的数量，远远超过台湾纹白蝶，成为道路两旁随时可见的伴游。

这种蛾不但进食，而且比蝶更沉醉于花蜜，有时一头栽进，旁若无人，它们也是少数夜晚不受灯光蛊诱的蛾。玉带、红纹与大凤蝶偶尔勾引我们的眼光，然后抛弃我们躲入林中。这里，琉璃带是主旋律，其他的凤蝶是和声，海风则用林投树数着节拍。

短暂的一个多小时，我们并没有遇上珠光凤蝶，太阳几乎把所有的蝶哄了回家。

隔天一早，我们从野银出发，往东清村的方向骑去。一分钟后，遇上了第一只珠光凤蝶。

不是粉蝶少女般的轻盈，不是斑蝶时而优雅、时而迅捷的善变，不是蛱蝶疾速而又嚣张地巡航，不是蛇目蝶奇诡底跳跃姿态。当珠光凤蝶从兰屿蓝得惊人的天空振翅而过时，我和M都以为那是一只鸟，但恐怕没有鸟的尾羽，有那么耀目、阳光都几乎为之黯淡的金黄。据说欧洲

---

① 琉璃带凤蝶（Papilio bianor kotoensis Sonan）是乌鸦凤蝶的兰屿亚种，是台湾相近种类中，色泽最为华丽的。在兰屿岛上，远比其他凤蝶更常见，多缘路旁飞行。展翅约十至十二厘米，与乌鸦凤蝶的相异处，在其金绿色鳞斑呈现带状，如银河般散布在黑绒色的前后翅翼上。幼虫食芸香科的飞龙掌血。

有一种鸟翅蝶属的凤蝶，翅翼将近三十厘米，因此曾经被当作鸟而遭到猎枪射击。

我只希望我能成为林投树顶端，一枚恰好在适当角度探头的叶，静静地看它，在海滩边一小块林地末梢攀附的港口马兜铃上，弯起尾柄，留下卵嗣。然后，看着海风一路相送它们回红头山。当我和M从高仰角调回水平的视线时，我们都从泛着光的眼神里接收到彼此的快乐，一种宛如自己曾经飞行的快乐。

十分钟后，我们看到另一只雄蝶。

在一个多小时的等待后，我和M决定暂时离开，因为岛上不只珠光凤蝶的存在，对我们来说，与纹白蝶聊聊也是值得珍视的友谊，我无法想象失去纹白蝶的田畦，蔬菜们生长得是那么寂寞。那天在往朗岛的路上，我们还遇上了大凤蝶、姬红蛱蝶、黑脉桦斑蝶、小波纹蛇目蝶、兰屿黑蝶、琉球小灰蝶、琉球紫蛱蝶，以及从异地移居而来，宛如惊叹号的绿斑凤蝶和黄裙粉蝶。

我以相机和在三十摄氏度下的琉球紫蛱蝶[①]及姬红蛱蝶，搏斗了近一个小时。

这是兰屿、热情的兰屿啊。

鸟居可能想不到，有一天这群被他称为“武陵桃源的人们”，将与供应台湾明亮夜晚的核废料同居。一九八八年二月二十日，兰屿岛上举行了第一次反对核能废料场的游行，那天夜晚的台北，想必也正灯火辉

---

① 琉球紫蛱蝶（HypolimnasbolinakeziaButler）是低山带的中型蛱蝶种类，雄蝶与雌红紫蛱蝶甚为相似，但其前翅腹面有明显白色斑纹。雄蝶有强烈的地域性，常盘踞草丛附近的高枝。雄蝶前后翅各有两个紫色物理鳞斑，雌蝶后翅则无。幼虫食旋花科的甘薯、锦葵科的金午时花等。展翅约六至七厘米。

煌，光彩绚烂。

而兰屿渔丸上刻的“舟眼”，静静地望着大海，像一个沉思者难以入眠。我与 M 回到住处时，周牧师热情地问我玩得愉不愉快，我兴奋地告诉他，珠光凤蝶从我头上飞过的姿态。和面店老板一样，周牧师也不识得“珠光凤蝶”，但他知道，后翅发出珍珠光彩的美丽蝴蝶。听我的描述，他恍然大悟地说，啊，你说的是十块凤蝶。

十块凤蝶?

是啊，十块凤蝶。以前抓来卖给别人，一只十块嘛，所以我们叫十块凤蝶。周牧师解释。

日本人和汉人到来以后，带进了货币，也改变了达悟人的思维。财产原来不只是猪、羊，或是水芋田，还有万能的钱。当一只与达悟人共同守望海域的珠光凤蝶被赋与“块”的经济价值后，它的飞行便不再自由。标本商以十块驱使达悟人捕蝶，然后以百倍的价格，卖给都市人或外国人作为墙上的装饰，他们用肥油的手指着，多么美丽的蝴蝶啊!

五十年代，当兰屿设有离岛监狱时，曾为搜捕逃犯高金钟，纵火烧山；六十年代，一个个十块叮叮当当的铜板，换走一只只珠光凤蝶；七十年代，中药商为了供应马兜铃根，告诉达悟人，挽掘不一定要栽种。于是，珠光凤蝶选择黯淡。

文明是一条诱惑的蛇，它带给达悟人的礼物，是宛如圈索的环岛公路，紧紧勒住珠光凤蝶的咽喉。

周牧师说，现在不抓了，不会有人抓了。

我和 M 到兰屿的时候是 papatou（公历四月），papatou 是钓线滚动条的意思，这意味着，飞鱼随着黑潮，飞临兰屿了。我和 M 则试图在短暂的三天里，去认识这个无论走到哪里，都有草蝉歌颂阳光的岛屿。

我们多次，经过专门为运送核废料建筑起来的红头码头，那里的海水，被水泥阻挡，而无法吻到兰屿的土地。核废料场外是整个环岛公路中，最平坦的路段。这里是都市光亮燃烧后灰烬的坟场，是恶灵（anito）聚集之地，没有一株树，愿意为它遮挡阳光。

在我拿着相机和琉球紫蛱蝶搏斗的草丛附近，有一座精神堡垒，被喷上“誓死反核”。也像睁着的舟眼，望向海洋。兰屿岛上的任何东西，都望着海洋。

离开的前一天，我们又到面店去吃面。老板刚从机场回来，他问我们什么时候订的机票？M说，过农历年后不久就订了。老板边下面边说，难怪，我都买不到机票，每天到机场去补位，都补不到。我要带我儿子的女儿去台北，她留在这里，每天吵死了。

老板被游客困在兰屿了。二十人座的飞机，负载的大多是兰屿度假的观光客，他们到了之后，重要的目的也许是找寻穿丁字裤的达悟人拍照。当政府禁止用十块钱购买珠光凤蝶，文明人便尝试买点别的，比如说，可以炫耀的一个海岛假期。

我和M默默地，吃完“清汤煮面”，一碗四十块。

导读

吴明益，一九七一年生于台北市。辅仁大学大众传播系毕业，“中央大学”中文系博士。曾获《联合报》小说奖、《联合文学》新人奖、梁实秋散文奖等。著有散文集《迷蝶志》《蝶道》；短篇小说集《本日公休》《虎爷》；研究论著《以书写解放自然：台湾现代自然书写的探索》等。

吴明益是喜欢飞翔的，他的散文既有许多历史、生态反思，亦希望带领读者挣脱现实与思想的枷锁，当然，这是蝴蝶给他的启示。但那是一种深思熟虑之后，肩负责任与热情，又能摆脱埋怨与敌对的轻盈。也是文学境界的一种展现。在社会意识、哲学思辨与美学创造间维持一种高度均衡的展现。他以蝴蝶作为长期观察、书写、介入“自然”的起点，是一个专注又开阔的选择，也吻合一个自然写作者既专业又整体的美学追寻和关怀。

《十块凤蝶》收于作者的第一本自然散文集《迷蝶志》中，文中透过作者在兰屿观察“珠光凤蝶”的旅程，还有作者正在用相机和眼神靠近与记录珠光凤蝶的时刻，这个太平洋上的海岛依旧被核废料占领与威胁的突兀画面，善与恶，美与丑，总是在作者书写蝴蝶的话语里并置。但是，吴明益不仅是在说蝴蝶的故事，而是以“温和的人类中心主义”的角度在说人类这个在地球上“特化”的族群与蝴蝶共同谱出的故事。而唯有人类可以开始说出和其他生命共存共荣的许多故事时，我们才能真正走入自己的历史。

——简义明

第六章　流浪到故乡

只要记忆的河流不止息，人就可以诗意地存在。

暗鹤鸣

刘还月

鹤鸣于九皋，声闻于野

——《诗经·小雅》

1 平埔的歌

如果不是那样的一场盛筵，也许他一辈子都不会再唱那些早已被人们遗忘的曲调。

对阿知伯公来说，那从来就不是什么秘密，最多只是让充满传奇的一生，更添几许神秘的色彩罢了。

那年，为庆祝阿知伯公的八十一大寿，在他旧居的西社老家，摆设了这一生难有的盛宴；三十几桌的客人，从矮小土埆厝的厅堂摆到院子里，还有几桌甚至被隔在厢房外荒废的鸡舍旁，屋里院外的喧哗都为了这个传奇的老人，难怪酒过两巡，便大异常态地不胜酒力，飘飘然地半躺在客厅的竹椅上，七嘴八舌地与邻近的亲友交谈着，后来竟不知怎的，拉开喉咙唱了起来：

“哦苏，吧啦契，吧啦契，吧啦契，泰噜，泰噜，咿呀契呀，泰噜伊替骗，巴达喀尔呜，家琳马哈丝哩……”

那是一种哀怨、低沉，如泣诉般的歌声，令许多人都放下筷子与话题，除了曲调的特异，更令人疑惑那到底是什么样的歌？

“这是他早先牵田[①]时唱的歌，好久没唱，都快要忘光了，以前每年三月半，他总爱做糬，吃鹿仔肉，头顶戴圆仔花，大家手相牵，唱这歌曲，意思是讲：感谢开拓这土地的祖先，无论是新港东社还是西社，每一位祖公，保庇全族平安……可惜啊！这是很久以前的事情啰……”

那真是很久以前的故事了！许多年前，我便知晓阿知伯公是个道道地地的平埔族人，但感觉上，平埔族仍是个无比遥远的传说。

每年冬深的时候，台南偏远山区的大内头社，照例举行的夜祭，最后的高潮是由一群白衣少女手拉着手，缓缓地唱起如泣如诉的歌声，不同的方式与内容，却有极为相似的腔曲，那是现存最具代表性的平埔族文化，但台湾南部的牵曲，必与北部的牵田有相异之处；至少，牵曲的歌声每年仍嘹亮着，牵田的故事，却模糊得少有人能记牢全部了，乏人整理的史书，记下的也只是些断简残篇。

番社岁久或以为不利，则更择地而立新社以居。移社先除草栽竹开附近草地为田园，竹既茂，乃伐木诛茅。室成而徙，

---

① 牵田是台湾平埔族（汉化程度高，住平地，有十多族）中的道卡斯及巴宰海等族的丰年祭，族人齐聚广场，唱歌跳舞，分享猎物，目的是感谢上天赐予丰收，感谢祖灵保佑。

醉舞酣歌，互相劳苦……[1]

三月的祭典在旧历三月举行，做粟饼，盛在盆上，添加鹿肉。家人把这些供品留在家里，不吃早餐就往屋外跑以迎接祖灵……[2]

如此简单的记录，显然无法描绘那个已消逝部落的样貌；昔时的竹成林，现今仅是东一丛、西几株地立在屋角与水圳边；伐木诛茅而筑成的房舍，也早已绝迹，现今还能见到的，就只有阿知伯公那间四周被二楼洋房包围着的土埆厝了；旧历三月做粟饼，吃鹿肉的祭典，早已不复再现，如今的人们，仅在三月二十三日，聚在西社或东社的妈祖庙前为天上圣母暖寿……

这一切的差异，其实只是时间的嬗递罢了！回溯百年前，不，甚至七八十年前，阿知伯公的孩提时代，每年三月清明前后的传统祭典，他们先要到竹丛中，选择长而直的竹子做成旗杆，上挂着白布作为神幡，头戴着圆仔花环的男男女女们，把祖灵迎请至广场上，大伙交互相牵着手，围在祖灵四周，边跳舞边唱着歌：

“啊啦啰叭啰玲呀咿呀——腰呀腰呀别多别戈，哦哦嘛，哦嘛歪，歪，哦哦目启，哦目启杀哦……”

这便是“牵田”了，尽管连他们自己都搞不清楚歌的意思，但大家都知道，那是为感念先祖们开田辟圳的辛劳。每年，他们都要重复地唱

---

① 出自清代周钟瑄编《诸罗县志》。
② 出自宫本延人著《台湾新竹州的新港熟番部落》。

一次，像是重复告诫后世子孙不可忘记先人的恩德一般，直到夜深，他们在月光下做糬、烤鹿肉、畅快饮酒，那哀怨沙哑的歌声仿佛仍盘旋在天地之间。

时间早把这些景致吞没在历史中，阿知伯公幼时手中的白神幡，如今换成了青铜剑和朱砂笔；唯一还能把这些联结印证在一起的，恐怕仅是那张五官突出的脸，以及长若蜘蛛般的手脚。

2 乱弹的曲

就因为阿知伯公的手脚比别人更长，幼时便被人称作蜘蛛知仔；父亲钟阿泉生他的时候，仍住在竹为卫的东社，全部的财产就是那间茅屋，生活相当艰困，食物更是简陋，但七八岁时的钟阿知，却比同年龄的孩子高出一个头，如蜘蛛般的长手脚，更让他看起来十足像个小大人，这些特征让他轻易地谋得一份长工的工作。

蜘蛛知仔的第一份工作，只做了两年，为多赚一石米，跳槽到西社去替别人放牛，此后的四五年间，日日与牛群为伍，直到十四五岁，看起来委实“长大成人”了，总不能一辈子以放牛为业；家人希望他能去学一点手艺，但在这个“距县北八里，男女共一千余丁口”的平埔族部落，除了田间农事，大概没什么行业含有技艺了；家徒四壁的钟家，又怎会有田产可供耕作呢？

“恰在那时，这里有一个乱弹班[1]叫丰吉祥，班主王来生看我放牛没什么前途，叫我去学戏。我根本不知什么叫乱弹，但是想若学戏应该

① 演出北管的团体，职业剧团称“乱弹班”，业余剧团则称“子弟团”。

能行，一定比放牛有前途，于是就开始去学戏……”

蜘蛛知仔实在是没什么出路，才试着“学戏”；怎知戏班老板却是看上他魁梧的身材和特大的嗓门，最好学习跳钟馗[①]。

大概从清代中叶以降，乱弹班便成各野台剧种中的正棚戏，除拥有在庙正前方戏台演戏的“特权”，许多相关的祭典，如建醮奏表[②]开庙门[③]跳钟馗等，都委由乱弹班的演师兼任，因此乱弹班中不仅需要懂得醮仪的道士，更需要能跳钟馗、开庙门的武法师。这是特长身材带给他的另一个机会，光是那人高马大的模样，便足以令人畏惧三分，何况是绘了脸，扮起钟馗爷时？

此后的日子，他除了学唱流水[④]念口白、工花脸，王来生还紧逼着他净身学道，蜘蛛知仔只是按着指示学习，但每每拉开喉咙念咒，高亢的声调竟也足以令人震惊，再穿上青褂，头戴黑尖匙，举手投足间更隐隐含着逼人的气息，似乎他那骨架子，就是为了扮钟馗而生的。

“头戴金魁怒气冲，当初不中状元科，唐王赐我青铜剑，游遍天下斩妖魔——吾乃，终南山钟馗爷是也——”

神话中的钟馗爷，相传为唐代科举状元，晋见唐王准备受封时，唐

---

① 此通常出现在“凶”的场合，如“扫路”“祭煞”等；相传钟馗为鬼王，所以当地方有不宁静时，即可请钟馗来扫除，将冤魂驱离。

② 建醮又称“做醮”，是为了祈求平安或谢神而举行的宗教祭典，基本可分为临时醮与定期醮，建醮的内容则视醮期长短、目的和种类有不同的科仪。奏表又称“进表”，即呈奏表示谒帝之法事，为整个道教科仪的核心；进表仪式包括“宣词”，即述法事的时间、地点、信士之名、祈佑之意及所谒帝君之圣号。

③ 新庙落成的仪式。“开庙门”通常包括内场和外场；内场由道士主持安龙送虎仪式（庙内），外场在送虎后跳钟馗，驱除煞气。

④ 即“流水调”。祭祀活动“烧纸”仪式的伴曲“烧纸调”，含鼓乐和唱曲两部分，唱曲又可分为九腔十八调，流水调即其中之一。

王却因他长得浓眉大眼，奇丑无比，将其赶出金殿，钟馗一怒当场头撞金殿而死，唐王后悔已迟，特赐青铜剑，命他游遍天下，斩妖除魔。

同样是浓眉大眼，蜘蛛知仔当然不可能遭遇那般悲惨的命运，反倒是粗线条的造型，让他活像是黄鹤楼中的黄盖、白帝城的张包或者天水关中的魏延。

无论戏里戏外，都代表着血气方刚角色的蜘蛛知仔，在丰吉祥足足待了六年，已是个小有名气的花脸；每年七月或其他普度的场合，也有渐多的机会客串钟馗爷上台“送孤[①]”。但他已不再是放牛小孩蜘蛛知仔，开始向往钟馗爷开庙门的神威与驱魔的威仪，他更清楚戏台上的花脸不仅是黄盖、张包这些角色而已，真正写下历史的是《三国志》里的张飞、天水关里的姜维以及雌雄鞭里的尉迟恭，甚至是困河东里的赵匡胤；献计黄鹤楼的小小黄盖，又怎比得上赵匡胤开疆拓土的豪情与壮志呢？

这是他面临的第一个抉择，结果向往战胜一切，蜘蛛知仔离开丰吉祥，加盟奉师的班底，并正式拜杨灯宾学习跳钟馗，这段半学半演戏的生涯费了三年时光，二十四岁的蜘蛛知仔学会“藏魂”以及使用符箓，但到了这地步，他才深深感到要学的东西太多了，干脆离开固定的戏班，先后流浪在永吉祥、乐天社与老新兴班，更拜师苏庆云学会“开五方”“打四门”，跳钟馗文事方面的科仪大都完全学会，一般的法事，已堪独当一面披挂上阵。

二十八岁那年，已算相当迟婚的蜘蛛知仔，在“父母之命、媒妁之言”下，娶了西社的刘阿绸女士为妻，并迁至西社定居，来年便生了个儿子，

---

① 做醮或中元普度时，先扮仙送孤神（孤魂），道士送孤后再跳钟馗驱之。

此后连年有喜，共生了十二个孩子，可惜这些降生在日据时代的小生命，却有好几个因营养不良而夭亡，这样的打击，对父母都是椎心泣血之痛；接着，太平洋战争又把战火引到这个岛上，蜘蛛知仔连演戏的机会都失掉了，只得带着家人，躲进苗栗山区靠烧木炭维生。前后五六年间，每天都活在惊慌中，唯一的收获是利用一些时间，跑到新埔拜梁辉为师，学习跳钟馗中煞气最重、法力最强也最阴森骇人的“扫路[①]”与“压尸”，这两项科仪都是为了超度横死生命，驱逐作祟厉鬼，以祈噩运去，好运来。

台湾的光复，对这岛上的每个人来说，自是“好运天降”，人人莫不埋首重建家园，希望再次复兴昔日的繁荣与光彩。

早年的那个东社乱弹班，早已消失在战火之中，如今有了“再复兴”的机会，他们当然不会放弃，蜘蛛知仔毫无疑问成了当家大花，此外，当家花旦大肥兰仔、当家武生秀妹仔、小生乱弹娇……都是一时之选，这个班很快地便在苗栗海线、台中一带奠下基础，又因班中泰半都为客家人，戏路更北拓至桃、竹一带客家地区。“再复兴”风风光光地兴盛了十个年头，到了六十年代初叶，新式的娱乐带走了大多数野台下戏棚的观众，“再复兴”深觉苦撑不易，乃决定暂时歇业，没想到东社班自此成为绝响。

再次失去舞台的蜘蛛知仔，心灰意冷之余，干脆当起鸭贩，在海在线穿梭叫卖好几年，才转到草屯的乐天社再披战袍。

从年轻的蜘蛛知仔，逐渐成为阿知仙，他这一生终于从平淡进入好时光，但乱弹戏却迈入衰老期，早些年的上百团，到那时仅剩下十来班。

---

① 当某一条路或某一段路经常发生事故（通常指车祸），民间认为这是“讨交替”——意外而死的孤魂不能投胎转世，为了找交班才会经常发生事故。为了使路面平静，通常就有劳“鬼王”钟馗来将整段路扫干净，此种法事即称“扫路”。

阿知仙无论怎么卖力扮赵匡胤，掌声依旧日益稀少；即使扮个阴险无比，奸邪淫乱的大奸臣，也不会有人愤怒地朝他吐口水。

这竟是个日益忠奸不分的年代呢！

如此寂寞的花脸，在那难辨善恶的野台上待了五六年，乐天社的难关已日日逼近，这一次阿知仙很主动地转投刚成立不久的新美园。果不出所料，乐天社在七十年代中期便散了班，而新美园是现今硕果仅存的乱弹班。

这些年来，阿知仙更进入伯公的辈分，八十几岁的老伶人，要起刀枪竟丝毫不逊于年轻人。

“有一年，我在台中绿川等车欲蹬厝，没想到几个不济少年，看我老伙仔好欺负，想抢劫，我包袱一弹，手一伸，抓住一个，大喊一声，三四个惊得走若飞……”

也难怪他总喜欢拿这个故事来炫耀，到了这般年纪，有谁能像他手脚利落，声如洪钟呢？

3 喑的鸣声

跳钟馗是本省道士戏中，较不易见的一种，但阿知伯公每年仍有十几场的演出，除了有些忠实的乱弹子弟，坚持对新美园的爱，伯公仍不稍逊的身手以及洪钟般的声音，深映在许多人的心目中。

传说中，早些年每一次跳钟馗，必是惊天地、泣鬼神的大事。跳钟馗之前，需把闲杂人等全部赶回家，村庄内的房舍，都必须紧闭门窗，必须留在现场的乐师和杂役，胸前都得佩上护身符箓，扮钟馗者口中还得含着铜针，以随时应付顽劣的邪灵恶鬼。

如此大敌当头、草木皆兵的场面，也只有气势过人者，才能安慰人们心头上的不安与疑虑！

“早先因为跳钟馗煞气太重，不是只跟一个妖魔鬼怪斗法，也有一个道士不服咱的道行，故意在送白虎时，派白虎来同我斗，若是一般道行的，不留心就输了，人死没法讨回来，遇到这种场面，我只好嘴里含个铜针，催动飞沙走石咒，暗请七祖仙师为我盐米，二十八宿星为我铜针，随风飞沙走石，白米化作白面将军，红米化做红面将军，铜针化做铜针将军，打天天清，打地地灵，打鬼鬼灭，打五方凶神落入万层地府，打得天昏地暗，树拔瓦飞……”

阿知伯公口中这幅近乎“神话”的景象，是不可能见到的，但每次他跳钟馗时，现场总隐隐透出阴森、神秘、肃杀之气。

无论是“送孤”“开庙门”或为了“压尸”，跳钟馗都在夜戏演完后才开始。

那已是凄清的深夜了，刚下台的演员忙着卸妆，阿知伯公却一笔笔勾绘着“鬼脸”，然后挂上散发、黑髯，头戴上结红彩的黑尖匙，脚套草鞋，身穿青褂与甲裙，背上背着青铜剑……一切准备妥当后，戏台上早已空了出来，事先准备好的生熟牲醴，生鸡生鸭、新草鞋、扫帚、七星盏、五色布、天金、寿金……等物品在戏台前缘摆置妥帖，钟馗爷手抓着一沓准备分给在场每个人的护身符，咒诵曰：

“吾奉——都天大雷公，霹雳尽虚空，统兵三千万，藏在黑云中，红云飞来是吾兵，黑云飞来是吾将，若有妖魔怪，化为清净风，如若不遵者，轮刀寸斩不留情，吾奉——都天大雷公，神兵火急如律令。”

终于，跳钟馗的时辰到了，手持卷成筒状草席，威风凛凛的钟馗爷，以或快或慢，或紧或松的锣鼓为引，施过盐米符，再把草席两头点燃，拍打五方祛除煞气后，一手持黑伞，另一手握朱砂笔，忽地跳下戏台，大步跨向正前方的小庙，用朱笔在紧闭的庙门绘上开门符，再用脚使劲一踢，庙门正式开启。钟馗爷又大步进入庙中，安了主神位，又绕到庙后方，安龙养神，以祈世世代代守护着这村庄里的人们。

好不容易，所有的仪式终告一段落；锣鼓停了，焚烧过的金纸只剩一堆灰烬随风飞舞，后台的演员们也大都睡了，刚脱下草鞋的阿知伯公，才孤单地在前台仅余的微弱灯光下，用沾着色拉油的卫生纸，慢慢擦洗出原本的面貌。

在这么深的夜里，偶尔自远处传来的狗吠声竟那般遥不可及，斜卧在此起彼落鼾声中吸着纸烟的阿知伯公，却显得特别孤单而寂寞，那双长手大脚，似乎都不知道要摆在哪里好。那高昂而独特的声音，仿佛也渐沙哑且日益微弱，甚至快要敌不过那众人交织起的鼾声！

孤零零的鹤鸣，再怎么洪亮，都比不上成群的雁雀，何况是一只苍老而落寞的野鹤？

导读

刘还月，本名刘魏铭，台湾新竹客家人，一九五八年生。青少年时期当过学徒、小工、苦力，其后任《自立晚报》生活版主编、台原出版社总编辑等职。著有《寻访台湾平埔族》《台湾乡土志》《台湾客家风土志》《台湾的客家人》《台湾人的岁时与节俗》等十数部作品。曾获吴三连奖、王育德纪念研究奖、“教育部”文艺奖、梁实秋散文奖及国内各媒体散文、报导文学奖等多种。

刘还月从八十年代开始大量发表散文与报导文学作品，并且累获大奖，特别是有关台湾平埔族的相关报导，开启了台湾少数民族的报导之路，他通过史籍文献的查索征引，辅以田野调查、亲身访谈、记录，互为印证、比对，因此的报导作品具有相当的可信度和说服力；而在书写技巧上，他采取流畅、感性的叙事方式，铺排情节，营造情境，因而也转枯燥以圆润，化知识以感动。这使他的报导文学在八十年代备受重视。

《喑鹤鸣》发表于一九八八年，就是典型的杰作。在这一篇报导中，刘还月以《诗经·小雅》“鹤鸣于九皋，声闻于野”彰显全文主旨，从西拉雅平埔族传唱的歌声切入，透过主角阿知伯公的叙述，带领读者进入已经逐渐消失的平埔族历史记忆之中，以平埔歌声的哀怨、低沉、如泣如诉，转喻台湾南部西拉雅平埔族的历史悲运，文末“孤零零的鹤鸣，再怎么洪亮，都比不上成群的雁雀，何况是一只苍老而落寞的野鹤？”具体象征平埔族文化的飘零与喑。

——向阳

爱照 vaguniya 的猴子

瓦历斯·诺干

猴子，我们泰雅族的族语讲 Yu-gai，与族人称“女孩”的发音相同。传说中，她原是个懒惰的族人，不事耕种，最后将锄头木柄插入屁股而长成尾巴，遁入山林成为一只采果实的动物。我要讲的当然不是千百年前的传说，而是发生在我们部落中有关猴子的事情。大约在半年前，发生了这么一件事：

有一天，下部落的老猎人 Ha-jung（汉译：哈勇）很懊恼地回家，米酒加保力达一杯一杯地输送到干瘪的喉管里，我们在他的猎袋里只看见一网的杂草与泥渍就知道他的心情有多恶劣，他说：“现在的猴子愈来愈不像话了！”我们想着，难道现在的猴子连老猎人都欺负？

再怎么说，猎人是山林的前辈，猴子只是泰雅懒惰的孩子。其实，现在的猴子满山撒野，我父亲前几日上山，就看见一群猴子正在采果园的海梨吃，父亲作势要丢石头赶跑它们，为首的畜生也依样画葫芦对我父亲做出“丢”的动作，我父亲气不过真的就捡起地上的果子丢去，说也奇怪，按照我父亲的说法是：“比职棒兄弟象的捕手洪一中还厉害！一只手就接住了。”所以，我就试探地问猎人：“它是不是采了你的果子，然后又用你的果子丢你？”

老猎人晃晃不再乌亮的脑袋用族语说：“你问了一个很愚蠢的问题！”对老猎人说关于果子的话的确是笨了点，起码我应该要问猎枪、足迹、陷阱之类比较“专业”的问题才对！“你知道我的脚是用来干什么的吗？”当然是走路啊，但我选择凝视表示专心地听眼前这位挫败的猎人。“你一定认为是走路对不对？笨蛋！”猎人继续说：“我的脚是用来跟踪野兽的足迹。”天啊！我又错了。“七个太阳以前，我找到了猴子美丽的小脚，”猴子的脚是不是美丽其实并不重要，问题是，当整座山林只有一只猴子时，它就被叫作“台湾猕猴”，而且列入保育；当一座山林出现一营兵力的猴子时，我们泰雅就管它叫“顽皮而撒野的泼猴”。山上有果园而果园中常有猴子光顾的农人一定同意以上的看法，因为，猴子从来不会从一而终地吃完一粒果子，它总是咬一口再换吃一粒果实。“这群猴子至少有一把草这么多，”老人的话把我的思绪拉回到现实，“所以我就叫我的双腿走到猎径，然后用我的双手放下陷阱，一个礼拜后我就去看成果。”我相信这时一定发生了一些事情，特别是猴子让这位老猎人产生挫败感觉的大事。

Ha-jung 又喝下了一杯酒，“那一天，我的脚像生了风一样，连路上飘动的茅草似乎都在唱歌。”猎人又回到出发时的兴奋感觉了，“你应该知道，以前我不抓猴子的，我只抓 Si-nu（大型猎物），而且，我已经很久没有泰雅的感觉了。”我知道老猎人指的是《森林保育法》颁布后，管区警员特别指名他不准“杀害无辜”，老猎人嘲笑那个警员说：“连飞鼠都要保育，森林是会笑的。”这一次，老人真的想回到“猎人”的样子。“以前啊！森林就是我的电冰箱，自从林务局砍了树之后，Si-nu 都跑到遥远的鞍马山，躲得远远的，难怪部落的猎人都失业了！”这事我知道，但我要知道的是：他发生了什么事？我因为心急，所以就追问下去：

“你的陷阱逮到猴子了？”

“没有。”这回老猎人倒是很明快地回答。“第一天，我没看到它，干脆就爬到陷阱旁的大树上等着。第二天，我的脚发麻了，我还是继续等着，一直到第三天。”在树上三天，我是有一点怀疑眼前这位老人的话是不是灌了水。不过，作为一个“好猎人”，待在树上三天也不为过，他曾经有过在森林生活一个月的纪录，只用一包盐巴，所以我可以理解为什么老猎人老是嘲笑那些在山里迷路而挨饿受冻的都市人。“第三天，那个家伙出现了。”老人似乎将眼前的我看作是那只泼猴而瞪着我，“它走到我的陷阱前面做了一件事，你知道吗？”

我不知道，但我可以猜猜看，在陷阱里上厕所或是它敏锐地跳了过去。老人继续说：“我眼睁睁地看着它从泥土里拔掉我的陷阱，然后露出红唇白牙，得意地发出‘嗯嗯’的笑声，就这样走了！”就这么简单（不知道谁说过，简单就是聪明）！最后老人下了一个悲伤的结论：“我没读过书，这些猴子一定是大学毕业的，哪里抓得到！”难怪老猎人有挫败的感觉，而且是眼睁睁地被拔掉夹子，污辱猎人嘛！

这故事还没有完全结束。一个礼拜以后，老猎人再度上山、再度返回部落，这回仍是米酒加保力达，不同的是，一路谈笑风生。

“我不是跟你讲那只猴子是大学毕业吗？”老人的脸上明显地带着笑容，虽然像只风干的橘皮，不可否认，那还是个笑容，而且是个满足的笑容。“我告诉过你，我也有一个大学毕业的儿子。”喔！我记得老人的儿子叫 Lo-sing（汉译：罗幸），精壮的一个家伙，东海毕业的，“我儿子就跟我讲，带一个 vaguniya 上山就好了嘛！”vaguniya 就是摩托车的后视镜，简单地讲，就是一面镜子，带一面镜子上山能逮到猴子的话，简直就是笑话。所以我就直说啦："镜子是用来照猴子的红屁股吗？然后它就会羞愧而死！"老人笑而不语，默视了一分钟才开口："我也很纳闷，但我那大学毕业的儿子肯定地说将它插在陷阱前面就对了！"老人再强调儿子是"大学毕业"的，"我听他的话上山，把陷阱重新布置好，然后将 vaguniya 插在陷阱后面。第一天、第二天我在树上养蚊子，第三天猴子终于出现了。我们泰雅的老猎人为了这只猴子至少待在树上六天了，耐力惊人你信不信？猴子走到陷阱前面，我又要眼睁睁地看着它将我的陷阱拔起来的时候，那猴子停下了动作，你猜它干了什么事？"这回我真的猜不出，干脆明确地回答："饶了我吧！我不知道！"老人透露出诡异的笑容，好像抓到了我的把柄一样，"我的陷阱夹到它的时候，我差一点从树上笑得滚下来，我不骗你。"老人站了起来，学着猴子的模样，半腰着身走一步，"它居然向前走一步，去照它脸上的青春痘有几颗，我就是这样逮到它的。"

我不知道那一天老猎人的话是不是真的，可以确定的是我们的老猎人终于捕到了一只猴子，而这猴子是只爱照 vaguniya 的家伙。

导读

瓦历斯•诺干，汉名吴俊杰，一九六一年生于台中县和平乡泰雅族 Mihu 部落（今自由村双崎小区）。毕业于台中师专，创作涵盖诗、散文、评论、报导文学、人文历史等。他年轻的时候发表了不少诗作，并试图以诗告诉人们，作为一个台湾少数民族作家的心境。

——林文义

奶 油 鼻 子

廖 鸿 基

1

“寻鲸计划”开始的前几个航次，当船只远远与一群海豚接触，那时，我并不懂得如何来分辨看起来全像一个模子印出来的尖嘴海豚。船上有经验的研究生会用英文喊出在船前跳跃、游走的海豚俗名。没错，我是听到了“Butter nose”（奶油鼻子）这个名词。

是喔，是喔！一下下露出水面的嘴喙及额隆，是那么油亮光鲜而且短巧可爱，真是一群滑腻黏溜的奶油鼻子。

2

后来，再遇见这个种类的一群海豚时，我学会分辨了。多么得意的腔调，我指着它们用中文高喊：“啊——奶油鼻子。”

我发现研究生们因为我这一声喊嚷而转头看我，一脸狐疑、诧异，好像在说：“哪来的新名词？”

原来是瓶鼻海豚——Bottle nose！不晓得是他们讲得不好，还是我听得不好。

之后，再碰到它们时，很奇怪的是，尽管我已经知道它们叫瓶鼻海豚，但是第一个浮现在我脑子里的名词仍然是奶油鼻子。

3

奶油鼻子是海洋娱乐世界里常见的明星，在表演水池里，它们随着训练员的手势及哨音，做各种花哨的跳跃及类似马戏表演的高难度特技动作。每一个项目表演完成后，它们会从训练员手里得到一条鱼作为奖赏。

表演场里，它们是那样温驯、逗趣而且平易近人。

但是，当我在海上与它们几番接触后，我深深觉得，它们在水池子里是戴着面具表演、是被迫扮演着不是自己的另一种角色，像欢场女子的笑靥往往只浮露在浓妆艳抹的表皮上。短暂表演过后，它们就得在有限的空间里徘徊踯躅。奶油鼻子似乎也懂得，那是不得已的生活。

4

在海上，它们是如此不同！

它们野性十足、机灵敏感，而且不会让船只稍稍靠近。我们经常尾随一群奶油鼻子，即使经过了两个小时，它们仍然和刚被发现时一个模样，只要船只稍微靠近，它们便下潜不见踪影，三五分钟过后，它们游出一段距离。气就气在那段不短不长的距离，仿佛它们在表演时用来取悦观众的聪黠全用来在海上戏耍船只，那是教人放弃可惜、想攀又攀不着的迷离距离。

就这样，我们经常一阵追、一阵等，我们必须极有耐心地等待；而它们似乎更有耐性。

它们始终这样不厌其烦地反复逗弄船只，黑龙船长常常被惹出火气而破口大骂：“干——装、变猴戏……”那真是贼头贼脑的一群“搞怪”海豚。我常常觉得它们在一段距离外观察我们、嘲笑我们，远远把玩、考验着我们的修养和耐性。

倒是研究生们很兴奋，他们说：“从来没看过野生的。”我原本以为奶油鼻子是一种最通俗、最容易见到及亲近的海豚。

5

“寻鲸计划”期中发表会前几天，我们整理一个月来所拍得的照片，这期间所发现的六种鲸豚，大约都拍到了近身特写照片，独独所有奶油鼻子的照片，都只是拍到点点小小、贼头贼脑、滑腻黏溜的远景照片。

啊，谁说它们平易近人？说它们温驯可爱？比较起来，其他种海豚也许一开始接触时，也和奶油鼻子一样采取和船只隔开一段距离的策略，但通常在船只尾随一段时间后，或者在我们吹口哨、拍掌鼓噪用声音传达我们的善意之后，它们在确认船只没有恶意的情况下，通常就会改变行为态度，和船只有了和善的回应。只有奶油鼻子！只有奶油鼻子不慌不忙，从头到尾保持一贯的慎戒或者说一贯的要弄态度。

我们曾经跟踪一群奶油鼻子起码一个多小时，各种可能表达善意的方法我们都试过了，口哨吹了又吹、响了又响，它们理都不理，仍然那一副阴沉样子，只把嘴尖、额隆少许露出在远远海面。

船长吹响一阵沙哑的口哨后喘着气说：“无法度咧，再吹下去要断气了。”

研究生说，野生的瓶鼻海豚很凶，很少有人敢下水和它们同游。

6

过去讨海时，有一次收完延绳钓回航途中，看到十数只远远游在船头。一阵子后，不见了，以为它们是离开了。

没料到，就在船舷边，一阵哗啦水声突起，那是骇人的近距离声响，猛一回头，是一只牛一样胖硕的巨兽，几乎撞触到船栏，跃起在舷墙边。

它身上有些刮痕，像个历尽沧桑的沙场武士，它瞪看着我，凶狠、狡黠，充分展现它突袭、挑衅的气势。

7

有一次搭飞机上台北，在松山机场下机后走向出口，走道屋檐外十数架庞大客机顶着鼻尖朝向檐内，隆隆响着引擎音，仿佛压藏着的无限动力随时就要爆发，就要脱缰冲出。我突然兴起一股似曾相识的知觉。

走着、走着，一直走到出口闸门外才想起来，这些飞机像极了一群野生的奶油鼻子。

8

奶油鼻子应该个性火爆、孤僻，它们很少像其他种海豚那样集结成大群体，它们总是十来只一群，像是极富侵略性、破坏性的小游击队，也像是血气方刚的青少年狂飙族，它们四处袭扰，四处惹是生非。

资料上说，它们经常侵犯别种海豚，而有许多杂交种的记录。

计划末期，秋风渐起阵阵拂刮海面，阳光灿丽熟黄，空气中隐约一股孕育熟成的气息。

那一天，我们在石梯港外海遇见一群花纹海豚，那是至少两百多只的大群体。这群花纹海豚和过去遇见的不同，它们分离成七八只一组，几乎放眼可见的所有海域全是它们的小组群体。

小群体里总有一两只翻腹仰游，其余五六只猴急地在四周涌动，它们大力拍尾，激起片片水花。它们应该是在交尾，它们在逞勇、示威，以博得交尾的机会。

这头一片热情水花，一段距离外，又见一圈激情浪漫。整个海域全笼罩在一片缠绵融融的气息里。

应该不干奶油鼻子的事，这是花纹海豚的交配盛会，但是，两三只奶油鼻子一组，匆匆忙忙，它们在激情的各个圈圈间忙碌穿梭，像是百花盛开季节在花朵间穿刺忙着采花蜜的蜂蝶。

它们是采花贼，色眯眯模样，这头碰一下，那头沾一下，仿佛终于逮到机会的毛躁小伙子，强要在别人的欢爱场合里尝点甜头。

我好像看到它们狎邪的表情，那样粗鲁、急躁地到处拈花惹草。

9

计划结束前，终于遇上一群约五十只左右的奶油鼻子，群体中有许多母子对，我知道这是一次近距离接触它们的大好机会。船只紧紧跟住它们，缓缓旁行。我站在船尖镖台上。

先是一阵高频尖锐的哨声绵绵刺在耳膜上，像是耳鸣，哔哔啵啵，像是大铁锅里翻炒着沙砾，又像是刀锋刮在凹凸不平的玻璃上，那声音让人有点晕眩。

看到了！是两只壮硕的奶油鼻子擦过船尖，在镖台下跃出水面。这是两个月计划中奶油鼻子第一次主动靠近船只。两只跃起后，轻巧地拍落水花，不知它们是如何办到的，拍落水面的刹那旋即翻身朝它切入的方向飞快离去。又一阵耳鸣爆响，另两只刺切进入船尖下，它们翻身转向极快，一下船左，一下船右，在船尖前弯绕蛇行。我在镖台上左探、右探，眼光抓紧骑在它的背上，但常常被它腾翻甩落如何也跟不上它。

我很想高声大喊："看嘛——它只是野一点并不那么坏。"

看嘛，看嘛！最多时，我数到五只，它们也愿意和船只亲近。

像五条锈红色丝巾在水面下御风飘摇。它们在镖台下立体迭游，汇聚成椎形，替船尖穿刺水流。我觉得是五匹骏马在船头拉车开路，纵然手上没有缰绳，我也可以感受到临风奔腾的快感。

嘈嘈嚷嚷的声音一直贴响在耳膜，不晓得它们在说些什么？有一只翻身浮上水面，身体左右摇摆翻转，一下左眼看我，一下换成右眼看我。彼此在飞快的速度上默默对看。

它的眼神里没有挑衅、没有侵略、没有狡黠粗暴，我看到的是笑容，是顽皮真挚的笑容。

我感觉到内脏都在融化，它的眼神、笑容全像一泓清水流入胸腔，我好想放下相机高声狂啸——这才是我心目中真真实实的奶油鼻子。

10

没有伪装和面具，它们随意离去。远远的，那只和我在船前心神交融的奶油鼻子，用惊人的爆发力跳出惊人的高度，连续三次，像是在跟我说："再见了！我的！朋友！"

讨 海 人

廖 鸿 基

讨海人通常把出海打鱼叫“下来”，把上岸回航称作“上去”。每次海涌伯在船上对我说：“起来去啊——”我就知道可以收拾收拾准备回航了。

海洋是个没有门的领域，她敞开着，任讨海人来来去去。

阿溪

去年秋末，有一次我和海涌伯开船回港，船只刚转进船渠，我们看到阿溪在他船上。阿溪的船在码头绑了四个多月，船底长满青苔和藤壶，船板干燥成枯白的颜色。海涌伯隔着一艘船距离高喊着和阿溪打招呼：“阿溪仔，真久没看到，哪有闲下来？”

四个多月前，阿溪在饭店任职的朋友介绍他到一家新开张的观光饭店洗衣房工作。当时，阿溪可能是讨海厌倦了，他说：“四十多年了，没想到还有机会上去工作。”他把船只牢牢绑在码头，上班去了。

在海上，阿溪很擅长用船上话机讲些风花雪月的往事。自从他上岸工作后，海上话机单调沉静多了。

“干——”没想到阿溪用愤愤不平的声调回应海涌伯的招呼。我和海涌伯把船系好后攀到阿溪船舷边，想听听他到底什么事不平。

“干——不合适啦，哪有中午吃一下饭嘛要打卡，”阿溪一边整理钓丝一边说，“稍稍坐下来休喘一下，领班目睭（眼睛）就晶晶看，干呐欠他几百万咧；”他解开船缆继续说：“吃一下槟榔嘛要管小管鼻，什么槟榔汁不要啐到床巾，什么观光饭店吃槟榔不好看，我干你娘咧，干呐咱这款人不配在大饭店做工。”

阿溪发动引擎，大股黑烟从排气管愤愤喷出，像是把四个月累积的烦闷畅快呕吐出来，船只摆脱港堤束缚轻快地滑行出去，隔一艘船距离，他回头嚷着：“辞辞掉，辞辞掉，下来讨海自由啦！”

那年年底，阿溪三流水讨了十几条旗鱼，三趟出海赚了将近二十万。海上话机传来阿溪活转过来的声音：“有钱赚、有面子又免人管，四个月干呐被网子网死在岸埔顶，下来讨海啦！”

明财

明财船上话机老是故障，和他通话时声音断断续续杂音很多，也常常叫他叫了半天都不回应。有人嘲讽着说：“明财仔，话机拿到水里渎渎洗洗咧，看会不会好一些。”也有人说：“鱼仔掠吓多，换一台话机嘛，不过分。”明财笑着笑着说：“这趟上去就要修理。”

明财说要修理话机不晓得说了几次，从没一次认真修好过。他在海上不爱讲话，才四十出头，就一副老讨海人深沉模样。在海上，他的船很容易辨认，船顶没有遮篷，船身漆成和别艘船不同的淡青色，他又老爱穿一件青色衣衫，像保护色一样他隐身在他的船里，我老是觉得他和他的船已经融成一体。

明财不爱和船群一起抓鱼。常常我和海涌伯在破晓时刻赶到渔场，他孤零零一艘在渔场里不知道已待了多久。等船只渐渐多起来，他扭摆船身，船尾拖一条白色水波，一不留神，一下子就失去了踪影。有时候，整天都看不到他的船影，叫也叫不应，好像在海上失踪了。当某艘船碰到鱼群，在话机里通报其他船只时，他比任何一艘船都快，仿佛从海面哪个缝隙里钻出来。当我们赶到时，他已经泊在鱼群里拉鱼。海涌伯最爱讲他：“夭寿，明财仔，叫也叫不应，一听到鱼吃饵，干呐，飞一样出来了。”

有一次，我远远看到他停泊在海上等候潮水，要很注意才看得到，他盘脚坐在塔台栏杆上，动也不动，像一尊雕像。我发现海涌伯很注意他，可能是在他身上海涌伯看到了自己年轻时的影子，也可能是海涌伯将他当作是个讨海对手。他常常抓到别艘船抓不到的鱼，他的渔获量也往往让别艘船惊讶羡慕。

有一次在码头卸鱼，我才发现他讲话有点结巴，脸孔晒成很好看的红棕色，眼神明亮带点海水的青蓝。第一次看到他，我就感觉到，他会是个永远而且出色的讨海人。

阿山

阿山更年轻，不到三十。他什么鱼都抓，放网、放钓、潜水……他用大部分时间待在海上，好像他拥有无穷的可以挥霍的青春和体力。

很少看他穿衣服，不管在海上或是岸上，整个夏天他就只穿一条黑色短裤。他的头发像雄狮的鬃鬣，好像泡了太多海水，老是蓬松松张举着。

有一阵子，阿山发现鱼贩摊子摆着他捕抓的一条鱼，鱼的售价是他在鱼市场拍卖所得的一倍多。阿山他说："干——自己来卖。"他去整理了一辆小货车，学鱼贩在货车上糊造一个纤维鱼箱，他抓到的鱼不再拿去鱼市场拍卖，都和碎冰一起装进这个大箱子里。车子开到市场路边，几个保利龙盒子地上一摆，学着吆喝叫卖起来："吆——自己抓的，不新鲜，不要钱——"

他打赤膊卖鱼，晒成赤褐色的皮肤和海水泡太久的头发总让我感觉，他不像个鱼贩。

生意听说不错，但只那么一阵子后，再看到他时，他货车上的大鱼箱已经拆走。不知道为什么，他收摊不再卖鱼。

有一次在码头卸鱼碰到他，他忙着把一篓篓齿鲣从船上搬到码头。那天，齿鲣丰收，鱼价摔跌到二十元一斤，渔船排队在码头边摇晃，犹豫着该如何处理满舱的渔获。海涌伯叫住阿山："阿山仔，摆下去自己卖，又不是没卖过鱼。"

"啊——那要拜托人来买，拜托人的代志（事情）咱不合适啦。"阿山搔着后脑，还是把一篓篓鱼篮拖进拍卖场，"二十元就二十元嘛！"他回头对海涌伯苦笑着。

我常看到他潜水帮别艘船割除搅缠在桨叶上的绳缆，港口的讨海人都知道，他只要被拜托从来都是利落爽快地答应，但是，他硬是不肯低声下气拜托岸上的人来买他亲手捕抓的鱼。听说他曾经和买鱼的人吵了一架，只因为买鱼的人嫌他的鱼不好。

阿华

阿华死去两年多了，因为肝癌死在岸上。

那天我去看他，他掀开上衣要我摸摸他鼓胀坚硬的肚皮，他说："医生叫我回来——等。"他躺在床上，脸孔白皙皙体力很差，太阳累积晒在他脸上的颜色都已褪去，像鱼上钩后拼命挣扎似的，体力也已经离开他的身体。他现在改喝草药，医生已经放弃他了，只好吃偏方等奇迹。他把一碗黑稠稠的药汁推到我眼前，坚持要我喝一口："帮我喝一口，真苦，真是苦。"

和他谈起海上捕鱼的过去，他坐起来，声音中渐渐有了气力，好像忘记了他是个将要被生命遗弃的人。他愈讲愈有精神仿佛把病床当成是一艘船；我愈讲愈难过，到如今，海洋只能在他的脑海里模拟，而他的船，他真正的船还绑在港边孤零零等着。

离去前，他挣扎着起来送我到门口，夕阳的亮光让他眯着眼。靠在门框上他说："真想再下去一趟——海上空气真好。"

添旺

添旺十八岁开始讨海，一直到五年前一个台风打沉了他的船，他才决心上岸离开。

五年来，他在岸上换了几个工作，每样工作他都像讨海那样拼命。添旺娶了太太，生了两个小孩，房子买在海涌伯厝边（邻居），生活总算稳定平静下来。

海涌伯家里时常有几个讨海人一起喝酒聊天，你讲一段我接一段把讨海的遭遇配着烧酒夸张地讲出来——“夭寿，好大一条鱼，撇咧撇咧就在船边……”；“铁镖捧起来，对着头壳就錾下去……”；“绳子都拉直，跑掉啦，挡也挡不住……”那讲话的手势动作和声调都像在撩拨水面掀起波涛。

添旺老是接不上话，他的海上故事都在他的记忆里长了霉斑。

有一个晚上，添旺没有过来。添旺他太太抱着三个月大的婴儿走进来：“添旺昨晚和我讲到两点多，说要辞掉工作下来讨海。”添旺他太太没有说好或是不好，只顾低头摇着怀抱里的婴孩。海涌伯和其他讨海人还是喝着酒没有人表示赞成或反对。我只听到海涌伯用低得不能再低的声音说：“早晚的代志。”

我下来讨海那年，海涌伯一脸严肃地说：“干什么不行啊，走讨海道途。”

有整整半年时间，我无数次趴在船舷呕吐把胆汁都呕了出来；无数次起网拉绳我耗尽了所有气力虚脱得瘫软颤抖；好几次半夜醒来手掌蜷缩如握紧一颗鸡蛋怎样都伸不开来；好几次我看着惊涛骇浪如滚滚洪流冲击着船只而惊惶害怕；多少次我犹豫着海涌伯说过的话——讨海要有讨海人的命。

这期间，海涌伯始终摆出“大门开开不要勉强”的态度。回想这段折磨和试炼，我渐渐能够体会到被讨海这个世界认同、接受的艰苦和喜悦，仿佛获得重生，海洋像黎明曙光般开始向我展露她的魅力，我清楚感受到蓝色潮水正点点滴滴替换我体内猩红的血液。

出港，变成是种归来；进港上岸反而是种离开。讨海人在“上去、下来”的语意中，是否已经透露出——海洋是讨海人真正的家园？

导读

廖鸿基，花莲市人，一九五七年生。花莲高中毕业，三十五岁成为职业讨海人，开始写作。之后筹组台湾寻鲸小组执行“花莲海域海上鲸类生态调查计划”，并发起“黑潮海洋文教基金会”，任创会董事长，以实际行动关怀台湾海洋环境、海洋生态及海洋文化。著有《台湾岛巡礼》《台11线蓝色太平洋》《讨海人》《鲸生鲸世》《寻找一座岛屿》《海洋游侠》《漂岛：一段远洋记述》等。曾获时报文学奖散文类评审奖、《联合报》读书人文学类最佳书奖、吴浊流文学奖小说正奖、赖和文学奖。

廖鸿基的散文，以他出生地花莲和渔民生活的大洋为书写背景，读他的作品，不但能看到种种海洋印象，同时也可看到在蓝色波纹的海洋书写底下，潜藏着绿色高山的沉稳与傲岸的性灵。他从三十五岁那年“下海”讨鱼，最后却爱上鱼而成为海洋生物、生态、文化的书写者和守护者，这样的经验，使他能从单纯的捕捞渔获，进而省思生命的意义和环境的问题，因而表现了他异于多数台湾作家的海洋特色。

《讨海人》收入廖鸿基的第一本散文集《讨海人》，《奶油鼻子》则收入第二本散文集《鲸生鲸世》。这两篇文章描述的对象虽然不同，一是渔人的讨海生涯与图像，一是海中鲸豚的生态描绘，但一样的是，廖鸿基用他的亲身观察和敏锐的笔，以及他长年奔驰的大洋生活，写下了海上的人和海中的鱼之间的感情。他的文章，使台湾人正视与台湾岛相依相偎的海洋的存在，并且为台湾文学的书写打造了一个全新的海域。

——向阳

巫婆·再见

利格拉乐·阿女乌

十月十七日那一天，瑞伯台风挟带着强烈的风雨离开，台湾的天空出现少见的蔚蓝，当太阳刚刚自大武山脉害羞地爬升，布朱努克（排湾语[①]，Butsuluk，部落名）部落的天空飞来一只雄伟的巨鹰，许多正在田里为瑞伯台风善后的族人，纷纷抬起头仰望这只翱翔在天上的雄鹰，这意外的访客给部落带来小小的骚动，一位姆姆（排湾语，Vu Vu，泛称祖父辈）展开双臂，跪在大地上朝着天空呐喊，口中喃喃念着："姆姆（排湾语，Vu Vu，在这里指称祖灵之意），你好久没来部落了，飞得这么低，是来探视你的孩子们吗？"这当然是事后老人回到部落之后，才缓缓转述给我们听的，只是我们谁也没想到，这只雄鹰的出现，竟是来宣告一件丧事。

午后，尽管已经入秋，南部的暖风仍是熏得人昏昏欲睡，布朱努克

---

① 排湾人是台湾第三大少数民族，拥有台湾少数民族少有的贵族制度，并以巫术著名。

部落沉浸在一片安静祥和的氛围之中，突然一声尖啸，划过部落上空，几乎所有的族人都听见雄鹰口中传来的声音，我的姆姆仓皇地自利格拉乐（排湾语，Liglav，家屋名）家屋中夺门而出，一手抚着胸口，一手急敲着隔壁贵族嘎拉基木（排湾语，Gaiagimn，贵族家屋名）家的大门，想要向贵族请示原因，敏感的姆姆直觉有事要发生了，否则，部落的守护神是不会如此惊吓他所属的子民的。

果不其然，当部落中的族人议论着这只雄鹰的种种怪异行为时，一辆轿车慢慢地开进布朱努克部落，眼尖的族人一眼就认出那辆巫婆家的车子，惊恐的表情随之布满在族人黝黑的脸庞，大家面面相觑，却没有一个族人敢说出心中臆测的事情，直到车上巫婆的孙子在见到巫婆居住了数十年的家屋，才爆出一声撕人心肺的哭声。喊着："姆姆，回家了，我们回家了！"

依娜（排湾语，i-nah，母亲之意）站在我的身旁，失神地说着："该来的还是来了。"话还没说完，眼泪就如断了线的珍珠，直簌簌地往下坠，我才知道，部落族人最担心的事情还是发生了；巫婆这些年来身体状况一直不好，这件事情全部落的族人都知道，但这也正是部落不能揭发的隐痛，任谁也不敢贸然提起这件禁忌，找不到巫婆继承人的噩梦，如蛇一般地盘踞在族人的心灵深处；自从三年前的玛拉伟克（排湾语，Malavek，五年祭）举行前后，巫婆屡次因体力不支必须延后进行各家屋的祈福工作，族人就开始担心巫婆的身体，能否继续支撑到下一届的玛拉伟克，岁月匆匆地流走了三年，巫婆几度进出医院宣告病危，每次却也都奇迹似的安渡鬼门关，族人的心情有如十五个不安分的水桶般，七上八下摇摇晃晃地担心了这些年。

今年初，依娜打来电话，拉拉杂杂的聊些部落八卦，突然话锋一转，谈到巫婆又再度入院的消息，“这一次，不知道巫婆熬不熬得过去呢。听巫婆的孙子说，她老是吵着想回家，嘴中总是念着‘就算死，也要死在自己的家里’的话，以前巫婆就算在医院里住上十天半个月，心情也不会这么差劲，这一次真不知道会怎么样。”电话那端传来了依娜忧烦的叹息声。

听完依娜的话，我跌入回忆的时空里，找寻所有与巫婆相处的浮光掠影，犹记得小时候第一次见到她，当依娜远远地指着正坐在屋檐下刺绣的巫婆，虔诚地说：“那是巫婆，专门帮人看病的，你不能去吵她哦！”我透过外省二代的眼睛望出去，想到的却是午夜里骑着扫把，头戴巫女帽缺两颗大门牙的坏巫婆，恐惧害怕使我忍不住当场大哭，正在专心刺绣的巫婆抬起头来，犀利的眼光扫过利格拉乐的家屋门前，吓得我急忙将号啕声吞咽下肚，巫婆叹口气摇了摇头，嘴里嘟囔着：“哪家的孩子？这么吵！”从此以后，只要见到巫婆走来，我就避之唯恐不及地闪得老远。

之后的学生时期，几乎是不太有印象曾经见过巫婆，一直到十年前开始汲汲于自己的身份认同，才与巫婆有了密集的对话经验；这时候的巫婆，步履已经蹒跚，必须靠着拐杖的支撑行走于部落间，但是犀利的眼神，仍然安稳的固守着布朱努克的每个角落，只是，岁月的痕迹却化为一圈又一圈的皱纹，满布在她黝黑的脸上，我依稀还记得，她曾经指着自己的脸，调侃地说：“一条皱纹就是一个故事，数看看，我有多少说不完的故事？！”那——已经是好多年前的事了！

我跟随着我的姆姆来到巫婆的家屋前，已经有许多族人正在协助料理丧葬事宜，悲恸的哭泣声此起彼落地在部落中回荡，一个个老人家或蹲或坐的守在巫婆身前，各色毛巾掩住了他们哀伤的脸，却掩不住阵阵心碎的啜泣声，失去了与祖灵沟通的巫婆，宛如失去了传统信仰的中心，族人的恐惧不仅是因为丧失了一位一百〇五岁的老人家，更大的无形忧虑是，将来要如何与大武山上的祖灵们联系呢？

巫婆的子女们正在与部落贵族讨论着，应该让她穿着什么样的服饰入殓？我站在角落里静静地看着巫婆，安详的她好像睡着一般躺在床板上，身上已经换了传统的排湾族服饰，精致的刺绣宣告巫婆的身份地位；数不清的琉璃珠链垂挂在胸前，这些琉璃珠可以让大武山上守候的祖灵们，知道巫婆来自哪一幢石板屋，不至于错认了孩子；曾经让我惊艳的双手，交握在胸前的黑色绒衣上，黥纹依旧，只是少了主人生命的跳动；而那一脸充满故事的皱纹，却是再也没有办法透过主人亲自诉说了。

一位头戴日本军帽的姆姆，缓缓地进入屋内，我认得这个姆姆，他来自上部落的家族，曾经在二次世界大战时，被迫派遣到南太平洋为日军打仗，经历过一场外人无法想象的残忍争战，回到部落时已经是个迟暮的老人，失去灵魂的身躯整日在部落里晃荡，据说最后是巫婆让他恢复意识的；姆姆走到巫婆的遗体前，脱下军帽恭敬地鞠躬行礼三次，什么话也没说地又走出去，他的身影刚刚掠过门口，我就听见姆姆暗暗的哭声亦步亦趋地，跟随着他沉重的脚步离开，一句句：“您怎么丢下我们就走了呢？您怎么丢下我们就走了呢？我们以后要怎么办？……”从他嘴里唱了出来。

走出巫婆的家屋，我回到自己家屋，依娜肿胀着双眼说：“那只老鹰还没走，大家都说它是来送巫婆的，它在学校操场上一直叫一直叫，声音好像人在哭一样呢！”再过不久，守护布朱努克的太阳就要下山了，姆姆和依娜也赶去帮忙招呼来自各部落的客人，听依娜说，贵族有交代：今天至少要准备六百人的吃食呢！部落里大部分的族人都来帮忙了，但是，广场前却安静得让人心伤。

巫婆家屋前已经亮起一盏盏由各家屋提供的灯火，巫婆过世的消息如火焰蔓延传遍附近的部落，络绎不绝的人潮来了又去去了又来，哀泣却从未停止过，今天晚上将是个热闹却哀伤的夜晚。

我坐在利格拉乐家屋前，遥望着停伫在学校操场中的雄鹰，它正单脚站立在旗杆上，直视着巫婆的家屋，眼中放射出的犀利眼神，宛如我小学那年见到的巫婆的双眼，在血红夕阳的衬托下，这只孤傲的黑色雄鹰让人敬畏，相信在它的护卫下，巫婆的大武山之行不会太孤单，我轻轻地对着这只雄鹰说：“麻烦您照顾巫婆了，她可是拄着拐杖才能走路哦，您就陪着她慢慢地走，别让她太累了！”

巫婆，再见！

祖灵遗忘的孩子

利格拉乐・阿女乌

几天前，母亲在小妹的陪同下，风尘仆仆地从屏东山中地部落赶来，我清楚地嗅到母亲身上芒果花的香味，似乎恍惚中又回到童年记忆里燠热的夏季，妈妈坐在芒果树下温柔地哄着我入睡的情境。自父亲过世后，母亲带着对父亲的思念回到暌别二十年的部落，疗养生离死别的伤痛；长期蛰居气候温和的中部，母亲当年一身健美的古铜色肌肤，如今已渐渐褪成不健康的青白，若隐若现的血液在泛白的皮肤下流动，隐藏在血管背后的是看不见的疼痛。

就像离开泥土的花朵终将因失去养分逐渐枯萎，当母亲以一身“平地人”的肤色回到部落时，族人纷纷相信这是一个离开族灵护卫的孩子遭到惩罚的下场；因为，母亲不是第一个遭到祖先处罚的例子。

毕竟是离开了二十年的地方，尽管母亲在这里出生、茁壮，但是在社会的规范下，选择重返部落无异于选择重新开始生活；汉人社会中，存在两性之间的对待差异，随着文化的流通，也慢慢地侵蚀了族人的脑袋，部落里有色的眼光像把锐利的刀，无时不在切割母亲的心脏，“死了丈夫的女人”“不吉利的家族”等等字眼，如空气般充斥在母亲的部落生活中。

看到母亲来回挣扎于定居与谣言的苦痛，远嫁中部的我，几度冲动地想将母亲接出部落，好让她摆脱流言的中伤，母亲却只有摇摇头说："没关系，习惯就好，大概是我太早就嫁出去，祖先已经把我忘记了，总有一天他会想起我这个离家很久的孩子；你要记得常常回来，别让祖先也忘了你啊！"

母亲在贫穷的五十年代，远嫁到离部落约有五六十公里远的老兵眷村中。充满梦幻的十七岁，正是个美丽的年纪，但是在一个动乱的年代里，为了抚养下面五个孩子，单纯的外婆在"婚姻掮客"的蒙骗下，将母亲嫁给了一个在她的世界观里不曾出现的地方来的人；同年，母亲小学的同学有近一半的女性，像断了线的风筝，飘出了祖灵的眼眶，认命的母亲在被迫离开生养的部落后，专心地学习着如何做好一个尽职妻子的角色，"这是你外婆在离开家前一天夜里唯一交代的事，她千叮咛万叮咛，就是要我别丢家里的脸，做得好不好，有祖灵在天上看着；受了委屈，祖灵会托梦告诉她，所以一定不能做坏事。"结婚后一年，母亲抱着未满月的我，兴奋地回到日夜思念的部落，在中秋月圆的前一夜，赶上一年一度的部落大事——丰年祭。沉浸在欢乐歌舞中的母亲是快乐的；她出嫁前外婆亲手为她缝制的衣服，仍安静地躺在衣柜中，似乎在等待着主人的青睐，细细地绣上化成一只只活现的百步蛇，服帖地睡着了；当母亲愉快地穿起传统服饰，兴冲冲地飞奔到跳舞的人群中时，族长愤怒的斥责声赫然轰醒母亲——她已是个结过婚的女子。那年母亲十八岁。

依照排湾族的传统，祭典中的歌舞是依身份作区别的，有贵族级、有平民级、有已婚级和未婚级的，这些族规在每个孩子生下后，就有长辈谆谆告诫并严守。母亲其实并没有忘记规矩，错在她太早就出嫁；十八岁的女孩，在部落里正是只天天被追逐的蝴蝶，来回穿梭于青年的社交圈里，但是被快乐冲昏头的母亲，却意外地触犯了族规。当她郁郁寡欢被分发到已婚者的舞群中时，竟发现她许多同窗挚友的脸孔，错落地出现在这群略显老暮的团体中。

“那是我第一次觉得离部落很远很……远！”那天夜里，母亲与其他的同学喝到天亮，聊天中，知道许多女同学和她一样，嫁到了遥远的地方；没有亲人、没有丰年祭、没有歌声，也没有禁忌，一个人孤零零地生活在眷村，或客家庄，或闽南聚落里，除了孩子别无寄托。隔天清晨，母亲将少女时期的衣服脱下，仔细地用毛毯包裹好，藏进柜子的最底层，抱起熟睡的婴儿，在第一声鸡鸣时离开令她日夜牵挂的部落，同时告别她的少女时代。

回到眷村后的母亲，第一次认真地想要让自己成为“外省人的妻子”，因为她知道，与部落的距离将愈来愈远，最后她终会成为被部落遗忘的孩子，成为老人记忆中的“曾经有那么一个女孩”；但是，有许多事情真的不能尽如人意，就像母亲说：“尽管我再怎样努力，但是身上排湾族的肤色仍然无法改变，我走到哪里，有色的眼光就像这身黑色一般，永远跟着我。”为此，母亲伤心、愤怒，却依然无法抹去少数民族身份的事实。童年的印象中，母亲常常躲在阴暗的角落掩面啜泣，小小的我，不知道母亲为何如此伤心？直到年岁渐长，才慢慢地体认到隐藏在她心中多年的苦处；“当你离开家，家里的人都把你当成外面的人，回家时像做客；而你现在住的地方的人，又把你当成外面的人的时候，你要怎么办？”母亲曾经不止一次地举例说给我听，当时我只天真地想："再换个地方就好了嘛！”这般刺骨的疼痛，一直到我自己结婚后才亲身经历到，日子就在反反复复的情感挣扎中过下去。

父亲与母亲的年纪相差足足二十五岁，敦厚木讷的父亲有着一百八十厘米高、一百公斤重的巨人体形；而母亲玲珑娇小、小鸟依人的五短身材，站在父亲身旁时，常有不知情的邻居友人，误以为他们是父女。在现代生活中，常常听到这样的话“身高不是问题，年龄不是距离”，我可以认同前一句话，却质疑下一句词。年龄的差距，其实非常严重地影响父母之间的相处，小时候，家里像个无声的世界，除了语言障碍外，母亲坦承：“我真的不知道该跟你父亲说什么？”现代社会强调的两性关系与共同生活的必要条件，用父母的婚姻状况来看，似乎显得多余又讽刺。当我上高中后，一个喜欢为赋新词强说愁的年纪，因为找不到写散文的题材，自作聪明地将父母的婚姻添油加醋写成一篇名为“历史造成的悲剧婚姻”的散文。这篇散文意外地遭校刊主编录取，那一学期校刊一出版，我兴奋地拿回家给父亲阅读，借机炫耀作品；没想到，父亲看完文章之后，抄起竹条便是一阵雨点般的毒打。直到午夜，被罚跪在客厅的我，仍然不知道一向温和的父亲，为什么把我痛打一顿？事后，母亲告诉我，当天夜里父亲将那篇文章念一次给母亲听（母亲识字不多），他们两人坐在房里，无言以对。我才知道，这不是一篇加油添醋的文章，它不但是事实，同时，因为我的无心，竟深深地刺痛这一对“历史造成的悲剧婚姻”中男女主角的伤口。

解严前两年，父亲辗转自移居美国的姑姑手中，拿到从大陆老家寄来的家书，离开故乡四十年的纷杂情绪，因为一封信与一张泛黄照片的漂洋过海，使得父亲几度涕泪纵横，无法自持。母亲目睹父亲情绪的溃堤，惊讶原来在父亲的心中，竟有另一个女人已轻轻悄悄地住了四十年，一时之间，恐惧、伤心、生气、嫉妒……占满她心脏与脑袋所有的空间；在父亲还没从接获家书的喜悦中清醒的那一晚，母亲拎着她所有的家当，悄然离去。我们全家都以为母亲必定是回去部落了，父亲带着我们三个小鬼匆促赶上山；母亲的未归顿时在部落引起一阵骚动，有人说：“母亲是跟人跑了。”也有人说：“母亲跑去自杀了。”第一次惊觉到即将可能会失去母亲，成为孤儿的恐惧一直侵扰着幼年的我。三天后，父亲在另一个眷村找到母亲的踪迹。多年以后，父亲毕竟没赶上解严的列车，“没能回老家看看”成为父亲这一生的缺憾。

母亲之于父亲的情感是复杂的，父亲生前一丝不苟的个性，常是母亲数落的话题；而母亲粗枝大叶的行事方法，常常是他们之间导火线的引爆点。但也许就是这种互补的个性，多少也弥补了父母婚姻之间的缺憾。印象中的母亲，在父亲护卫下生活，所以一直让我有股“不安全感”；在我高中联考那年，母亲因为找不到我的试场而当场落泪的记忆，更确定我的判断是正确的。父亲过世那天，母亲数度因过度悲伤而昏厥，身为长女，在见到母亲无法处理丧事的情况下，只得一肩扛起父亲的身后事，在短短的一个星期中，我能够很清楚地感受到自己由少女转至成人的变化，并开始担心起一向羸弱的母亲该何去何从。父亲过世那年，她才三十五岁。

父亲过世满七七的那一天，母亲脸上出现一股坚毅的表情，那是在父亲过世之后，第一次见到她没落泪，我当时以为她会想不开，做出什么伤害自己的举动。在所有的祭祀活动终告结束之后，母亲宣布决定搬回部落。“外面的世界已经没有什么值得我留恋的。”带着小妹，母亲回到了她曾经发誓再也不回去的故乡，开始另一个社会对女性的挑战；经过生离死别的洗礼，母亲终于鼓起勇气去开辟另一个属于自己的战场，社会之于女性是残忍的，受到道德规范的牵制与世俗眼光的杀伤，女性用“坚忍”二字换来的却是一身不堪入目的伤痕。当母亲带着芒果花香出现在我眼前时，我知道母亲又走过了一段不堪回首的岁月，诚如她自己说：“我用五年的时间才让部落里的老人，想起那个他们口中的‘曾经有一个女孩'……也用了当初我离开部落再乘于百倍的精力，让祖先想起好久好久以前就离开部落的那个孩子，因为这个过程很累、很辛苦，所以我再也不敢离开家了。”谨以这几句话送给离开家好久好久的少数民族人们。

导读

利格拉乐·阿女乌，一九六九年生于屏东，排湾族，大甲高中毕业。曾获赖和文学奖，文字风格自然朴实，温润有味，并深具文化反思与社会关怀。著有散文集《谁来穿我织的美丽衣裳》《穆莉淡》、报导文学集《红嘴巴的 Vu Vu》、绘本书《故事地图》。

利格拉乐·阿女乌的父亲原籍安徽，而母亲则为排湾族，她曾自言，自接触母文化以来，才发现自己“整整遗忘了母亲二十年”，而她的书写，即是向母文化回归与赎罪之旅。《巫婆·再见》中对巫婆离去的不舍，《祖灵遗忘的孩子》中母亲如何唤起部落祖灵的记忆，都是环绕这个关怀母题。

利格拉乐·阿女乌曾以“外省第二代之眼”睥睨巫婆，鄙弃母文化。回归以来，她深切反思、忏悔自己的傲慢与无知，谦卑地走入母文化的历史与现实之中。做为一个曾经背离的回归者，她用心聆听巫婆那紧系在皱纹深处的部落掌故。《巫婆再见》写的是部落巫婆辞世的情境。对族人而言，巫婆是他们的心灵依靠，是现实生活中不可或缺的支柱，族人们一方面为巫婆将离去而不舍，一方面也忧虑部落传统文化即将面临断裂的危机。《祖灵遗忘的孩子》中，十七岁就远嫁外地、成为外省人妻子的阿女乌母亲穆莉淡，三十五岁成了寡妇，返回原乡。然而，在眷村中备尝孤独况味的穆莉淡，回归之后，却也花了五年的时间，历经苦痛，才让祖灵重新记起她。阿女乌写出少数民族的背离与回归之路；背离是无奈的，而回归却充满坚定意志，当回归者的步履日渐积累，部落文化的传续仍将漾动着希望的阳光。

——杨翠

图书在版编目（CIP）数据

余生须尽欢 / 简媜等著；向阳编. -- 南京: 江苏凤凰文艺出版社, 2019.4
ISBN 978-7-5594-1995-8

Ⅰ. ①余… Ⅱ. ①简… ②向… Ⅲ. ①散文集－中国－当代 Ⅳ. ①I267

中国版本图书馆CIP数据核字（2018）第081487号

本著作物经厦门墨客知识产权代理有限公司代理，由联合文学出版社股份有限公司独家授权北京时代华语国际传媒股份有限公司，由江苏凤凰文艺出版社在中国大陆出版、发行中文简体字版本。

书　　名	余生须尽欢
作　　者	简媜 等 著　向阳 编
责任编辑	唐婧　黄孝阳
出版发行	江苏凤凰文艺出版社
出版社地址	南京市中央路 165 号，邮编：210009
出版社网址	http://www.jswenyi.com
发　　行	北京时代华语国际传媒股份有限公司　010-83670231
印　　刷	北京中科印刷有限公司
开　　本	880 × 1230 毫米　1/32
印　　张	8.5
字　　数	150 千字
版　　次	2019 年 4 月第 1 版　2019 年 4 月第 1 次印刷
标准书号	ISBN 978-7-5594-1995-8
定　　价	49.80 元